JARKA KUBSOVA

Bergland

GOLDMANN

Jarka Kubsova

Bergland

Roman

GOLDMANN

MIX
Papier | Fördert gute Waldnutzung
FSC® C014496

Penguin Random House Verlagsgruppe FSC® N001967

7. Auflage
Taschenbuchausgabe März 2023

by Wilhelm Goldmann Verlag, München,
in der Penguin Random House Verlagsgruppe GmbH,
Neumarkter Str. 28, 81673 München
produktsicherheit@penguinrandomhouse.de
(Vorstehende Angaben sind zugleich
Pflichtinformationen nach GPSR)
Umschlaggestaltung: UNO Werbeagentur, München
nach einer Konzeption von buxdesign, München
Umschlagmotiv: Collage von Ruth Botzenhardt unter Verwendung von
Motiven von plainpicture/Hartmann + Beese und Bridgeman Images
KN · Herstellung: ik
Satz: Buch-Werkstatt GmbH, Bad Aibling
Druck und Bindung: GGP Media GmbH, Pößneck
Printed in Germany
ISBN 978-3-442-49354-8

www.goldmann-verlag.de

Vielleicht find ich dich,
find ich mein Zuhaus
hinter blauen Bergen.

Johnny Cash, *Wo ist Zuhause, Mama?*

Tiefenthal

Das Dorf lag in den südlichen Alpen zwischen narbigen Felsen und zackigen Wäldern, und sein Name war Tiefenthal. Ein richtiges Dorf war es eigentlich gar nicht, denn anders als viele Dörfer hatte es keinen Mittelpunkt. Die Häuser waren nicht um eine Kirche herum gebaut und auch um keinen Marktplatz, auf dem ein Brunnen sprudelte. Die meisten Häuser des Tiefenthals verteilten sich auf den steilen Kämmen und Bergflanken ringsum. Einer bestimmten Ordnung folgten sie dabei nicht. Eher machte es den Eindruck, als hätte sie jemand wie eine Handvoll Saatgut im weiten Bogen über den Hängen ausgeworfen, wo sie dann in zufälligen und unterschiedlich großen Abständen zueinander gewachsen waren. Dieser Eindruck wurde dadurch verstärkt, dass sie sich – obwohl sie dort oben das einzig Menschengemachte waren – zwischen den Felsen und Wäldern ganz natürlich einfügten. Und zwar ohne Ausnahme, denn alle Häuser glichen einander; weiße Sockel mit Holzblockbau, auf dem die Lärchenschindeldächer saßen wie Vögel mit ausgestreckten Flügeln. Was sich bewährte, das behielten die Tiefenthaler bei. In der Regel standen zwei Häuser dieser Erscheinung nah beisammen, wobei das eine das Wohngebäude war und das andere der Stall. Ein jeder da oben war Bauer, und der typische Tiefenthaler Paarhof machte weithin sichtbar, dass man das Leben seines Viehs nicht viel geringer schätzte als das eigene.

Am höchsten gelegen, inmitten der steilsten Wiesen der Tiefenthaler Berge, war der Innerleithof. Blickte man vom Tal hinauf, musste man den Kopf weit in den Nacken legen. Unterhalb des Bauernhauses wuchsen einige alte Eschen. Im Winter, wenn sie nur mehr buckelige schwarze Stämme waren, konnte man aus einem gewissen Abstand nicht sicher sagen, ob da oben Menschen oder Bäume in der Wiese standen. Und ebenfalls aus etwa diesem Abstand konnte man meinen, dass hinter dem Hof die Welt endete. Rückseitig lag ein breiter Streifen Wald, aus dem spitzer Fels ragte, im Winter weiß, im Sommer grau, und dahinter kam nur noch der Himmel.

Dort oben am Berg wohnte die Innerleit Rosa. Man sah sie oft auf den Wiesen, und von den Tiefenthalern musste keiner zweimal schauen, um sie zu erkennen. Außerdem, wer sollte dort oben schon sein? Sie war ja ganz verwaist geblieben. Man sah sie ackern und Holz schlagen, man sah sie die Schweine füttern und den Gemüsegarten umstechen, das nickende blonde Pferd vor dem Pflug den Hang rauf- und runtertreiben und schwarze Furchen in den graspelzigen Bergrücken reißen. Da schuftet sie schon, die Innerleit Rosa, sahen die Menschen im ersten Morgenschimmer. Da schafft sie noch immer, im letzten Licht. Johan Breitenbergers Tochter, mit der keiner gerechnet hatte. Für die dieser Hof gar nicht bestimmt gewesen war, vom Vater. Und die ihn am Ende so bewirtschaftete, als ob es eine Bestimmung war, vom lieben Gott. Schön war sie und machte sich nichts draus, dürr war sie und lud das Heufuder wie ein Knecht. Schmales Gesicht, breite Hände: das Breitenberger Bauernerbe seit Jahrzehnten. Man sah sie nicht weinen oder in die Dunkelheit starren. Vielleicht tat sie das auch, drinnen, in der niedrigen Stube aus goldbraunem Holz. Aber dabei sah sie keiner.

Viele Jahre später, der Hof war noch derselbe, aber die Zeiten waren andere, hatte jemand eine Tafel neben die Eingangstür des Bauernhauses geschlagen. *Höchster Kornhof des Tiefenthals* stand darauf geschrieben, was die Besucher beeindrucken sollte. Korn war da schon lange keins mehr gewachsen auf dem Innerleit. Als dies noch der Fall war, hätte sich wohl keiner damit gerühmt. Unnötig wäre es außerdem gewesen. Denn wer hier den Namen eines Hofes kannte, der kannte auch den ganzen Rest; wie hoch der lag, wie steil die Wiesen waren, was der Boden taugte. Und was die Menschen, die dort lebten. Jeder wusste, dass zum Mayernhof ein Stück Wald mit dem besten Holz gehörte. Am Niederlahner brachte der Boden mehr Steine als Erdäpfel hervor. Am Egghof stand die größte Mühle. Dem Finailhof hatte eine Lawine zwei Kinder auf dem Schulweg begraben. Die Bastele Anna konnte krankes Vieh mit Kräutern und Beschwörungen heilen. Der Marsoner lag auf der Schattenseite und sah von November bis April keine Sonne, und vom Innerleit wusste jeder im Tiefenthal, dass er hart an der Anbaugrenze stand. Und was das bedeutete. Je nach Hof hatte man es schwer oder leicht, wurde man zäh oder verrückt, konnte man ackern wie ein Gaul, hatte einen krummen Rücken von der Bückerei auf dem Feld oder Melkerknoten an den Händen von der Schufterei im Stall. Du konntest einen Namen haben, aber es war der Name deines Hofes, der dir eine Geschichte und eine Identität gab. Deshalb fragte man im Tiefenthal nicht etwa: Wie heißt du? Man fragte: Von welchem Hof kommst du? Und wenn man es sagte, dann wusste der andere alles über dich.

Am Innerleit kam der Winter früher und verzog sich spät. Oft war die Erde bis in den April vom Frost noch hart wie Knochen, während andere weiter unten schon das erste Grün auf der Wiese sprießen sahen. In manchem Jahr holten die Menschen da oben ihre Kartoffeln aus dem Schnee. Und doch hatte der Innerleithof eine lange Reihe von Breitenbergern hervorgebracht. »Viele Hände, hat die Arbeit bald ein Ende«, hatte Rosas Mutter Moidl immer gesagt, wenn im Juli die meiste Arbeit am Hof anfiel; den Rechen in der Hand, ihr warmes Lächeln im Gesicht stand sie in der Wiese. Das Korn war zu schneiden, das Heu zu wenden, das Vieh zu hüten. Aber viel antreiben musste sie ihre Kinder nicht. Zwei Jungen hatten sie zuerst bekommen, Toni und Karl. Und dass nach denen drei Mädchen folgten, war dann auch in Ordnung gewesen. Auf einem Bauernhof hing das Schicksal daran, ob einer der Erste oder der Letzte war, ob Junge oder Mädchen, ob man der wurde, der alles bekommt, oder ein *Weichender*, der leer ausgeht oder abgegolten wird. Einen Stammhalter zu haben war gut, einen weiteren in der Reserve noch besser. Man wusste ja nie, was noch kam. Ob der Zufall, das Schicksal oder der Herrgott sich nicht noch etwas ausdenken, ein Fieber, einen Unfall, eine Liebschaft, und die Würfel nochmals geschüttelt wurden und jeden auf einen neuen Platz verwiesen. In den meisten Fällen aber fügte es sich gut, auf den Höfen im Tiefenthal gab es viele Kinder, und ein, zwei Buben waren immer mindestens darunter. Dass es jemanden so hart traf wie den Oberhofer Sepp, der fünf Mädchen hatte und noch ein sechstes bekam, und von da an die Kirche am Sonntag im Stechschritt verließ, um schneller zu sein, als ein spöttischer Spruch ihn hätte treffen können, das war eine eher seltene Geschichte.

Johan Breitenberger dagegen konnte sich in dieser Hinsicht geradmachen. Seine Söhne führte er früh an die Arbeit heran, drückte ihnen Rechen und Mistgabel in die Hand, kleine geschnitzte Versionen, zum Spielen waren die gedacht, aber einen Zweck hatten sie auch. Die Tiefenthaler Eltern schauten genau, wie ihre Kinder damit umgingen. Aufmerksam und prüfend, wie man auf den Acker schaut, auf dem man gerade den Roggen oder Weizen ausgesät hat und den man hoffnungsfroh abschreitet, während man darauf wartet, dass es aufkeimt. Denn dann kann man anfangen, nach Hinweisen zu suchen, nach einem ersten sicheren Zeichen, ob es eine gute Ernte geben wird. Und so schaute man auch auf die Kinder und fragte sich heimlich: Taugt der was? Wächst er grade? Ist er stark? Man schaute, ob einer die Kälber im Griff hatte oder sich von ihnen in die Ecke drängen ließ. Vor allem auf die Buben schaute man auf diese Weise. Und wenn dann Toni oder Karl riefen: »Schau, ich kann schon mahn!« oder: »Ich kann schon Erdäpfel setzen!«, entgegnete man ihnen: »Aus dir wird mal ein großer Bauer!« oder: »Oh, was bist du tüchtig!« Das waren dann so Sprüche, die man seinen Jungen sagte, aber Sprüche mit einem Sinn dahinter waren es auch, als Lob verpackte Beschwörungen.

Johan Breitenberger gab nicht nur bei seinen Pflanzen acht, wie sie sich entwickelten. Er nahm seine Buben mit auf den Acker, kaum dass sie laufen konnten. Sie folgten ihm in den Wald, sie folgten ihm in den Stall, hüteten das Vieh, karrten Mist und Erde und mit feierlichem

Ernst im Gesicht Säcke voll Mehl, und wenn er sie prüfend von der Seite ansah, dann konnte er als Mann und Bauer zufrieden sein. Um seine Jungs wusste Breitenberger sich zu kümmern, bei den *Gitschen* fiel es ihm schwerer, das überließ er lieber Moidl. Sie wies sie in die Hausarbeit ein, lehrte sie, wie man aus Asche, Fett und Lärchenharz Seife kochte. Sie half ihnen vor Feiertagen mit den Kleidern und Flechtfrisuren, an denen sie eine seltsame Freude hatten, die Breitenberger ein Geheimnis blieb. Und wenn die Arbeit ein Ende hatte, dann ließen die Eltern ihre Kinder laufen. Im Sommer suchten sie die besten Himbeerplätze, stiegen zu den Drei Seen hoch und sprangen hinein, bauten Hütten mit Moosdächern im Wald, ließen im Wildbach die Rindenboote davonrasen, rannten hinterher und wer eins einfing, hatte gewonnen.

Moidls Hände waren dann die ersten, die fehlten. Zu Weihnachten bekam sie plötzlich hohes Fieber, und zu Neujahr lag sie schon in der Stube aufgebahrt. Später, unten an der Kirche, sagte Breitenberger zu den Totengräbern: »Das mach ich selbst«, ließ sich von ihnen eine Schaufel geben und schüttete das Grab seiner Frau mit den eigenen Händen zu. Rosa stand nah genug dran. Wie es klingt, wenn Erde auf Holz fällt, würde sie nie vergessen können, und auch nicht das Ächzen, das Johan Breitenbergers Brust dabei entfuhr. Sie hatte ihn Bäume zerteilen und Zaunpfosten einschlagen sehen, aber noch nie hatte sie ein solches Geräusch von ihm gehört. Später kam es ihr so vor, als hätte der Vater sich seither nie wieder ganz aufgerichtet. Wenn Johan Breitenberger fortan in den Wiesen seines Hofes stand, dann gebeugt, als würde er immer noch über dem Grab seiner Frau stehen.

Auf dem Innerleit legte nun niemand mehr am Abend die Wäsche der Kinder auf den Ofen, um sie zu wärmen, wie Moidl es im Winter immer getan hatte. Und als am Morgen nach der Beerdigung keiner aufstand, bis auf den Vater, der schon im Stall war, ging Rosa in die Küche, feuerte den Holzherd an und kochte aus Milch und Mehl ein *Muas*, wie die Mutter es sie gelehrt hatte. Mit ihren zwölf Jahren war sie das älteste der Mädchen. Sie holte die Kleinen aus dem Bett, half ihnen beim Anziehen und kämmte sie. Sie riefen noch lange nach der Mutter, wenn ihnen was nicht passte, aber in der Nacht krochen sie bei Rosa unter die Decke. Von jeder Seite hielt eins der Mädchen sie fest umklammert, wie Ertrinkende ein Stück Treibholz, auch wenn Rosa sich wünschte, sie würden etwas Verlässlicheres finden. Sie wusste ja selbst kaum, wie sie sich über Wasser halten sollte. Draußen vor dem Fenster war schwarze Nacht, und der Wind, der ums Haus strich, klang keuchend und drohend, als wolle er bald noch jemanden holen. Man stopfte Moos in die Ritzen gegen diesen Wind, aber morgens hatte er einem trotzdem eine Schicht Pulverschnee auf die Decke geblasen. Die Kälte kroch in jeden Winkel, auch der Seele.

Im Winter wartete man darauf, dass er vorbei war. Man wartete sehr lange.

So gerne hätte der Vater seinen Kindern etwas gesagt, das ihre Köpfe wieder gehoben hätte. Aber was sollte das sein? Und wenn sie am Tisch »Herr, mir bittn ums Essen, das bittre Leben und Sterbn wollmer nit vergessen« beteten und ihnen schon wieder die Tränen in die Suppe fielen, dann schlang Johan Breitenberger sein Essen hinunter und verschwand schnell irgendwo auf dem Hof. Er konnte die mächtigsten Stämme fällen, er konnte Getreide wachsen lassen, wo Getreide eigentlich nicht wuchs, und wenn es bei jemandem mit dem Vieh nicht gut ging, dann kamen die Tiefenthaler zum Innerleit Johan, dem oft noch ein Rat oder ein Mittel einfiel. Er schaute in den Himmel und wusste, wann Regen kommen würde, er horchte in den Wald hinein, welche Vögel da riefen oder nicht, und machte rechtzeitig lockere Schindeln und Weidezäune fest, dass der Sturm sie nicht abriss und irgendwo hinwarf. Er fuhr Siege ein gegen die Natur, die sich seiner Entschlossenheit entgegenstellte. Er legte Terrassen im Acker an, dass die Regengüsse ihm die fruchtbare Erde nicht den Berg hinunterschwemmten. Er verlegte Holzwaale und Drainagen, um das Wasser dorthin zu leiten, wo es ihm nutzen statt schaden konnte. Er bepflanzte das Dach mit Hauswurz, der Blitze abhalten sollte. Er zimmerte ein Wetterkreuz gegen alle anderen Unwetter und stieß es an der äußeren Grundstücksgrenze in die Erde, dort, wo der Weg ins Tal begann oder endete, je nachdem aus welcher Richtung man kam. Johan Breitenberger konnte alles und wusste alles, nur nicht, wie er seine Kinder trösten sollte. Er wusste ja nicht einmal, wohin mit dem eigenen Schmerz. Am ehesten konnte er seinen Söhnen helfen, indem er ihnen genug von dem gab, was ihm selbst am meisten half, und das war Arbeit. Wer am Tag einen Hektar Bergland bestellt oder abgemäht hatte, der spürte am Abend seine Knochen schmerzhafter als sein Herz, und das war besser zu ertragen. Aber das war kein Heilmittel, das bei jedem wirkte.

Als im Tal jemand umging, um Mädchen für wohlhabende italienische Haushalte in der Stadt anzuwerben – die Südtirolerinnen galten als fleißig und genügsam –, fragten Klara und Tres, kaum dass man sie jugendlich nennen konnte, ob sie durften, und Breitenberger ließ sie gehen. Eine Reihe Tiefenthaler Jungen ließ das entmutigt zurück, denn jeder wusste, dass Mädchen, die fortgingen, für das Leben im Tiefenthal unbrauchbar wurden. Wer eine Weile in der Stadt gelebt hatte, der war hier auf dem Berg mit nichts mehr zufrieden. Dann und wann kamen die jungen Frauen zu Besuch, trugen nun kurze Haare und Absatzschuhe, und für die Tiefenthaler Jungen hatten sie kaum noch einen Blick übrig. Tres und Klara rümpften plötzlich die Nase über die Arbeit mit dem Vieh, beklagten die Stille und Einsamkeit da oben, jammerten über die zugige Schlafkammer, kamen immer seltener und irgendwann überhaupt nicht mehr.

Rosa immerhin machte keine Anstalten fortzugehen, und als sie sich mit Mathias Unterholzner verloben wollte, einem der vier Mitterhof-Buben, gab Breitenberger ihnen seinen Segen. Auf den elterlichen Hof musste Mathias sich keine Hoffnung machen, vor ihm waren noch zwei Brüder, also zog er nach der Hochzeit am Innerleit ein, bis er und Rosa etwas Eigenes finden würden. Der Innerleit würde an Toni gehen, Karl wollte als Knecht bleiben. Sie waren nun junge Männer, Breitenberger konnte allmählich an die Übergabe denken.

Um alles, was in seiner Macht stand, hatte er sich gekümmert, so gut er konnte. Alles andere versuchte er zu ignorieren. Er hielt es aus, dass an den Ladentüren unten im Dorf nun *Macelleria* und *Fabbro* geschrieben stand, er sagte noch immer Metzger und Schmied und sorgte dafür, dass seine Kinder es auch taten, obwohl man ihnen in der Schule Italienisch in die Köpfe pflanzte und das Deutsche verbot. Er hielt aus, dass selbst die Inschriften auf den Gräbern geändert wurden. Er wusste, es war Grabschändung, aber für die Bestrafung war, das wusste er auch, keine weltliche Instanz zuständig. Breitenberger hielt dem italienischen Faschismus trotzig seine Wangen hin, und als die Deutschen kamen, dann auch denen. Während die Leute um das Land stritten, hatte er es zu bewirtschaften. Er mähte und ackerte, er säte und eggte.

Er war dankbar für die Ernte, die er einfuhr und die seine Familie ernährte. Als alle Südtiroler vor die Wahl gestellt wurden auszuwandern, um Deutsche sein zu können, oder zu bleiben und Italiener werden zu müssen, brauchte er nicht lange zu überlegen. Und damit ein jeder hier wusste, wie er dachte, brachte er an seinem Wetterkreuz zusätzlich eine Holztafel an, in die er zuvor vier Zeilen geschnitzt hatte:

Das ist mein Fels,
Das ist mein Stein,
Fest verwurzelt hier mein Fuß;
Was mir mein Vater gab, ist mein,
Wer fordert Dank und Gruß?

Es dauerte nicht lange, bis jemand es umstieß und *Walscher Fock* drüberschrieb. So beschimpfte man jetzt diejenigen, die hierbleiben wollten. Johan Breitenberger hob das Wetterkreuz aus dem Gras, wischte es sauber und stellte es wieder auf. Er blieb noch eine Weile an dieser Stelle stehen, wo der Weg begann oder endete, und schaute in die Landschaft, aus der sich fest und schweigend die Berge erhoben. Er spähte in den Himmel, um nach Zeichen zu suchen, so wie er es tat, um ein herannahendes Gewitter beurteilen zu können. Aber die Kräfte, die sich da draußen zusammenbrauten, waren ganz andere als die, mit denen er sich auskannte.

Echte Bauern

Zum wiederholten Mal an diesem Vormittag trat Franziska auf den Balkon und schaute die Straße ins Tal hinunter. Diesmal sah sie den quietschgelben Kastenwagen tatsächlich kommen. Noch schlimmer als die Farbe war das Logo auf den hinteren Seitenflächen. Es sollte ein Heunest darstellen, in dem eine seltsame Gemeinschaft versammelt war. Eine freundlich blickende Kuh mit einem sehr groß geratenen rosigen Euter ruhte neben einem dickbackigen Schweinchen. Ein paar Küken und zwei Hasen schauten auch heraus. Um das Nest herum lagen rote Äpfel und Weintraubenreben zwischen zwei reichlich eingeschenkten Weingläsern. Und über allem prangte in einem Bogen der Schriftzug *Goldenes Huhn – Urlaub beim echten Bauern*, das Logo des Dachverbandes der Betriebe für Ferien auf dem Bauernhof.

Immer wenn Franziska das Logo sah, konnte sie die Anweisungen für den Grafiker förmlich hören: »Es müssen Tiere drauf, es muss niedlich aussehen wegen der Kinder, aber für die Erwachsenen sollte auch was dabei sein.« Einzig der obligatorische Speck am Brettl fehlte. Ohne aufgeschnittenen Speck schien Touristenkontakt in dieser Gegend eigentlich gar nicht möglich zu sein. Aber vermutlich musste man sich entscheiden: Schwein tot oder Schwein lebendig, beides gleichzeitig vertrug sich nicht, immerhin das schien denen beim Verband aufgefallen zu sein. Sie wünschte nur, das würde auch für andere Dinge gelten. Sie hielt es für falsch, dass der Verband Milch- und Obstbetriebe gleichermaßen vertrat. Was auf dem Logo schon schräg rüberkam, war in der Realität ein echtes Problem.

Sie und Hannes hatten noch nie verstanden, warum für ihren Milchbauernhof auf 1670 Meter Höhe die gleichen Kriterien galten wie für die Bauern in den Ebenen, die kein Stück Vieh hatten, dafür aber fünf Hektar Obstplantage. Da unten konnten die Landwirte ihre waagerechten Baumreihen zum Spritzen und Ernten schnurstracks mit einem *New Holland Kompakttraktor* abfahren. Auf den steilen Wiesen am Innerleit kam an vielen Stellen nicht einmal der handgeführte Balkenmäher infrage. Das Heu musste man von Hand zusammenrechen und zum Einsammeln den Transporter oberhalb der Wiese an einem anderen schweren Fahrzeug anseilen. Jedes Mal eine lebensgefährliche Aktion. Aber für steile Lage, knochenharte Schinderei sowie den Umstand, dass man hier ständig sein Leben aufs Spiel setzte, gab es vom *Goldenen Huhn* nicht etwa einen Bonus, sondern Punkteabzug.

Ungünstige Lage ohne Anschluss an das öffentliche Verkehrsnetz? Minus 20 Punkte. Keine Vitalangebote wie Heubad, Milchbad oder Entschlackungskuren? Punkteabzug. Ab 300 Punkten vergab der Verband fünf Küken. Ab fünf Küken, mit denen man offiziell für seinen Betrieb werben durfte, konnte man locker 20 Euro mehr pro Übernachtung nehmen. Und der Trend – der Verband wurde nicht müde, es ihnen unter die Nase zu reiben – ging zu fünf Küken. Mit weniger konnten Vermieter es eigentlich gleich bleiben lassen. Zwei oder drei Küken, das war die Ferienwohnung alten Schlags: zwei Zimmer, Schlafcouch, Küchenzeile mit Zweiplattenherd, Plastiktischdecke, Essecke mit strapazierfähigem Bezug und *Mensch ärgere dich nicht* im Regal. Dieser 70er-Jahre-Standard hatte den Gästen lange ausgereicht, war ihnen sogar entgegengekommen: Hauptsache billig; je günstiger, umso besser. Heute hatte man mit sowas 90 Prozent Leerstand. Höchstens in den Sommerferien mietete sich vielleicht auf den letzten Drücker doch noch eine panische Familie ein, weil ansonsten alles schon Monate im Voraus ausgebucht oder schlicht unbezahlbar war. Die Freude über die Buchungslücke verflog dann angesichts von Plastiktischdecke und schlechtem Empfang meist schnell wieder. Und als Vermieter guckte man zwei Wochen lang auf genervte Gesichter. *»Wie jetzt, hier gibt's kein WLAN?!«*

Der Verband hatte mit solchen Betrieben wenig Erbarmen. »Wer nicht mit der Zeit geht, der geht mit der Zeit«, bekamen Bauern mit unterdurchschnittlichen Wohnungen schon mal an den Kopf geworfen. Franziska regte das auf. In der Landeszentrale in Bozen dumme Sprüche reißen war leicht. Aber von denen sah ja auch keiner, wenn sich hier oben Elke Gamper, verwitwete Milchbäuerin und Zwei-Küken-Gastgeberin, die Augen aus dem Kopf heulte, weil doch alles ein verfluchter Kreislauf war. Wenn kaum noch Gäste kamen, weil die Wohnung den Ansprüchen nicht mehr genügte, war auch kein Geld da, um es in die Wohnung zu investieren.

Und auf Ferienvermietung war im Tal mittlerweile fast jeder Bauer angewiesen. Oder auf einen anderen Zusatzerwerb. Es gab nicht wenige, die einem zweiten Vollzeitjob nachgingen, um sich das Bauersein leisten zu können. Sie und Hannes hätten den Kredit für das neue Haus niemals bekommen, wenn sie nicht von Anfang an auch Ferienwohnungen als Einnahmequelle eingeplant hätten. Dabei hatte Franziska damals sogar noch ihren Job im Labor in Lana gehabt. Aber der Bankberater ahnte vermutlich schon, dass sie die ewige Pendelei nicht durchhalten würde. Und was Hannes als Milchbauer einnahm, interessierte die Bank schon gar nicht. Von den paar Kühen konnte keiner leben – geschweige denn, sich vergrößern.

Sie hatten wegen des Neubaus lange mit sich gerungen. Sie wussten ja, was auf sie zukommen würde: ständig Leute auf dem Hof, immer verfügbar sein. Aber mit Sepp unter einem Dach, in der alten Hütte, die nicht mal Zentralheizung hatte, das kam mit Kindern einfach nicht infrage. Also versuchten sie optimistisch zu sein und das Beste draus zu machen. Das neue Haus entstand unweit des alten. Das untere Geschoss für Hannes, sie und die Kinder und oben drei Wohnungen für Gäste. Für Standard und Ausstattung hätten sie unten im Tal ohne Weiteres fünf Küken bekommen. Wennschon, dennschon. Es gab eine Fußbodenheizung, separate Badewanne, eine Küche mit jedem Schnickschnack. Die Möbel hatte ein Tischler aus Holz gefertigt, das Hannes in einer Januarwoche in einer halsbrecherischen Aktion in ihrem tief verschneiten, steilen Wald gefällt hatte. Es verströmte noch nach Jahren einen würzigen Duft, und zusammen mit den Schieferplatten am Boden sah es modern und traditionell zugleich aus. Es gab kaum einen Gast, der die Wohnungen nicht gelobt hatte.

Und trotzdem hatten sie bei der letzten Prüfung vor über einem Jahr die fünf Küken verfehlt. Es war die Lage. So hoch oben zu sein, weit abseits jeglicher Infrastruktur, kostete wertvolle Punkte. Und dann waren noch so dumme Kleinigkeiten dazugekommen. Wegen dem Rummel in den Sommerferien hatte es die Prüferin erst Anfang November zur Besichtigung geschafft. Es war kalt wie im Eisschrank, und es wuchs einfach nichts mehr. Ein Bergbauernhof ist im Sommer ein Traum, im Herbst zauberhaft, und im Winter, wenn Schnee liegt, sieht es dort aus wie im Märchen. Aber im November, solange alles kahl ist, das Gras braun und die Aussicht im Nebel verschwindet, kann es richtig öde sein.

Franziska hatte danach eine Weile geschmollt, im Stall etwas zu kräftig mit der Heugabel gefuchtelt, die Kinder und Hannes ein paarmal zu oft angepampt. Aber schließlich hatte sie sich zusammengerissen und im Winter zwei Fortbildungskurse beim *Goldenen Huhn* belegt. Die Teilnehmer bekamen am Ende ein Zertifikat, das sie sich rahmen und an die Wand hängen konnten und das der Verband in der Regel mit etwas Wohlwollen bei der Kükenvergabe belohnte. Bei einem der Kurse war es um »Wettersicherheit« gegangen und bei dem anderen um »Entspannung und Genuss«. Das Ziel war das gleiche: Gästezuwachs.

Außerhalb der Ferienzeiten war die Bettenauslastung eine Katastrophe. Franziska war skeptisch, ob der Ratschlag, einen Kaminofen oder eine Rotlichtsauna einzubauen, um in der Zwischensaison attraktiver zu sein, sich auszahlen würde. Angepriesen wurden außerdem Saunafässer. Dafür musste man wenigstens nicht gleich die ganze Wohnung umbauen. Man konnte sie an geeigneter Stelle draußen aufstellen. Ihr gefiele das sogar, das Problem war nur, dass es mit einem Schwiegervater und Altbauern wie Sepp auf dem gesamten Hof eine *geeignete*

Stelle einfach nicht gab. Wenn hier nun Saunagänger herumschlendern würden, dann müsste sie immer Wache stehen, denn wer wusste schon, was Sepp dazu einfallen würde. Sicher würde er nur zu gerne ein paar nackte Deutsche mal kurz aussperren und aufgeregt über den Hof rennen lassen. Vielleicht würde er so ein Fass mitsamt Gästen auch gleich den Hang runterkullern lassen, wenn man es ihm schon direkt vor die Nase stellte. Bei der Vorstellung musste Franziska grinsen. Ansonsten war es nicht einfach mit Sepp.

Sie drehte noch schnell einen letzten Kontrollgang durch die Zimmer der frisch geputzten Wohnung. Hannes und sie waren ein bisschen stolz, wie schön die Wohnungen geworden waren, aber Sepp setzte niemals auch nur einen Fuß hier rein.

Sie hatten mit seinem Widerstand gerechnet. Wenn in den Hochglanzprospekten die Südtiroler Gastfreundlichkeit beschworen wurde, bezog sich das ganz sicher nicht auf ihren Schwiegervater. Niemand wusste so richtig warum, aber Sepp *hasste* Touristen. Franziska und Hannes hatten gehofft, dass sich das legen würde wie durch eine Art Hyposensibilisierung. Wenn sie ihm die Touristen in erträglicher Dosis auf den Hof führen würden, wäre er eines Tages vielleicht immun … Den abgewetzten Blaumann am Leib, die Mistgabel in der Hand hatte er dagestanden, als sie ihm das erste Mal von der Idee mit den Ferienwohnungen erzählten. »Ferien auf dem Bauernhof? Sowas gibt es nicht!«, hatte er geraunzt. »Auf einem Bauernhof gibt es keine Ferien. Hier gibt es nur Arbeit. Wenn einer zum Arbeiten kommen will, dann kann der gerne kommen. Arbeit gibt's genug.« Und seitdem war das Lamento immer so weitergegangen. Wie gern hätte sie ihm entgegnet: »Du, ich mach das hier nicht, weil ich lieber putze und dekoriere, statt meinen Doktor in Biologie zu Ende zu machen.« Es war ja nicht nur um ein neues Haus gegangen, sondern um die Zukunft des Hofes. Mit dem Stall musste dringend was passieren, und soweit sie wusste, stammten ein paar der Hypotheken, mit denen der Hof belastet war, noch aus der Zeit von Sepps eigenen Modernisierungsplänen. Als man hier zumindest einigermaßen noch wachsen konnte. Er hätte 50 Kühe haben können – und dann eines Tages dieser Rückzieher. 15 Kühe behielt er, das war's. Plötzlich wollte er nicht mehr, und dabei blieb es.

Hannes hatte sie gebeten, seinen Vater nicht zu hart anzugehen. »Ein Hof ist ja auch ein Lebenswerk. Ist schwer zu verdauen, wenn du weißt, das trägt nicht mehr.« Lieber sollte sie also ihr eigenes Leben leugnen, als den armen Sepp mit der Wahrheit zu konfrontieren. Es war hart, aber sie hielt sich zurück. Von den letzten Ersparnissen hatten sie vor Kurzem einen Kamin einbauen lassen. Dann hatte Franziska beim *Goldenen Huhn* um eine neue Prüfung für ein Küken-Upgrade gebeten – *heile Bauernhofwelt spielen*, nannte sie es. Kaum jemand, der unter der Fuchtel des *Goldenen Huhns* stand, gab es gerne zu, weil die Höfe auf die Vermarktungskraft des Dachverbandes angewiesen waren, aber das, was man im Gegenzug dafür sein musste, war in weiten Teilen kaum mehr als eine gut durchdachte Inszenierung.

Ein *echter Bauernhof* sollte man sein, aber bitte nicht *zu echt*. Jedenfalls nicht mit Güllelachen, andauerndem Traktorenlärm, lästigen Fliegen und Schweinen, die von Nahem betrachtet gar nicht niedlich waren, sondern vor allem gewaltig stanken. Das *Huhn* hatte geschickt durchschaut, was die Kundschaft wollte, das musste Franziska zugeben. Der Verband wusste genau, welchem Idealbild die Menschen nachjagten, wenn sie einen Urlaub auf dem Bauernhof buchten. Ein altes, etwas kitschiges Bild war das, so wie es noch immer in Kinderbüchern auftauchte, mit niedlichen, frei laufenden Tieren. Ein bisschen Bullerbü, ein bisschen Landlust, ein bisschen Joghurtwerbung, ein bisschen Omas kleiner Bauernhof; übernachten im Heu, die Eier noch warm im Stall einsammeln und Rohmilch trinken. Danach sehnten sich die Menschen. Dabei konnte es niemandem entgangen sein, wie Landwirtschaft heute aussah, um halbwegs einträglich zu sein: hoch technisierte Großställe und Abläufe wie in der Industrie. Keinem konnte das gefallen. Aber vermutlich half es, ab und zu Urlaub auf dem Bauernhof zu machen, wo man sich kurz darüber freuen konnte, dass die Welt noch in Ordnung schien.

»Nur 12 Kühe? Wie süß! Das ist ja wie früher!« Bei den Gästen sorgte die übersichtliche Betriebsgröße des Hofes regelmäßig für Begeisterungsschübe. Dabei hatten Hannes und sie sich sicher nicht auf ein Dutzend Rinder und vier Schweine beschränkt, weil diese Anzahl die beste Überschneidung mit dem Bild auf der Milchpackung ergab. Die Wahrheit war: Sie *mussten* sich derart einschränken, weil die Regelung der *Großvieheinheit pro Hektar* mehr Tiere auf dem Hof gar nicht *erlaubte*. Die weit wichtigere Einnahmequelle war heute nun mal der Tourismus. Und damit der lief, mussten sie den Hof nach den eisernen Regeln des *Goldenen Huhns* ausrichten. Ob es ihnen nun passte oder nicht.

Das Ergebnis war dann allerdings, dass man kaum mehr ein Bauernhof war, sondern eine Wellnesseinrichtung mit plüschigen Streicheltieren, wo regionale Produkte auf fototauglichem Geschirr serviert wurden. Irrwitzigerweise schien diese Augenwischerei tatsächlich zu funktionieren. Christine Marsoner hatte letztes Jahr Panoramafenster und eine Fußbodenheizung einbauen lassen und nannte ihre Wohnungen jetzt *Chalets*. Und Anna Laimer buk für jeden Gast eigens einen Apfelstrudel, rieselte eine Schicht Puderzucker drauf und stellte einen Strauß Alpenrosen mit Schleierkraut auf den unbehandelten Holztisch neben der Bauernbank. Sie war jetzt zwar immer todmüde, weil sie erst zum Backen kam, wenn sie ihren eigenen Haushalt fertig und die Kinder im Bett hatte, aber die Instagrammer fielen sofort über sowas her. »Du musst denen die Motive eben auf dem Silbertablett servieren«, sagte Anna. Ihre weißen Angorahasen waren sogar mal viral gegangen, nachdem eine Influencer-Mum ihre Tochter im Kleinkindalter in ein geblümtes Kleidchen gesteckt, mit einer süßen Bauernzopffrisur versehen, zusammen mit den Hasen auf der Blumenwiese hinter dem Stall drapiert und diesen *ungezwungenen Moment* mit der Handykamera festgehalten hatte. Anna hatte ihren Mann zwar vorher bitten müssen, den Gülletank aus dem Bild zu fahren, und es war wohl nicht leicht gewesen, den Winkel so zu treffen, dass der Strommast nicht mit drauf war. Aber schließlich war das Bild im Kasten, und Anna hatte den Buchungskalender jetzt schon voll bis nächstes Jahr nach Ostern. Die Influencer-Mum kam nicht wieder, weil es ihr *da oben* doch etwas zu zugig war, und das nächste Mal wollten sie lieber wieder *etwas mit Pool*, aber das Bild hatte sie trotzdem gepostet und dazu geschrieben: »Huhuu ihr Lieben, wir genießen die Heidi-Welt als Family so sehr. Das hier ist einfach ein Happy Place. Soooo viel Natur!!!«

Franziska hatte es mal mit Stockbrotbacken probiert. Einmal wurde der Teig so zäh und dick, dass man ihn nur als großen unförmigen Klumpen am Stock befestigen konnte. Außen war die Pampe ruckzuck schwarz und innen noch roh. Ein anderes Mal wurde der Teig zu flüssig, tropfte ins Feuer und stank. Meistens hielten die

Kinder ohnehin nicht länger als eine Runde durch, dann schlugen sie sich mit den Stöcken die Köpfe ein, und die Erwachsenen waren mit Schlichtungsversuchen beschäftigt und genervt. Am Ende gingen alle lieber wieder rein, war ja auch schon etwas kühl geworden. Franziska kratzte dann ewig das hart getrocknete Zeug aus der Schüssel und kippte die Reste in den Schweinetrog.

Dass sich Sepp über solche Aktionen krumm- und schieflachte, konnte sie dann schon fast verstehen. Und doch hatte sie es nicht leicht mit ihm. Er reinigte die Güllegrube, wenn Gäste auf dem Balkon lagen, er spaltete Holz in der Mittagszeit oder parkte mit seinem klapprigen grünen Ford Kombi die Zufahrt zu den Ferienwohnungen zu. Dass so eine Sache wie mit dem Huhn nie wieder vorkommen durfte, war ihm hoffentlich klar. Sie hatte ihm deswegen eine ordentliche Szene gemacht. Im ganzen Dorf erzählte man sich die Geschichte. Franziska führte gerade eine Familie aus NRW über den Hof. Noch ganz verzückt kamen sie von den Laufenten und wollten Richtung Stall, die Kinder hopsten vorneweg, da ging plötzlich das Gekreische los. Vor dem Stall stand Sepp, die weiße Plastikschürze blutverschmiert, das Messer in der einen, den Hühnerkopf in der anderen Hand, und in dem Plastikeimer zu seinen Füßen rotierte der Rest vom Tier. Sie war gut einen Tag damit beschäftigt gewesen, die Eltern des *schwer traumatisierten* Kindes zu besänftigen. Letztendlich konnte sie froh sein, dass nicht irgendwo ein vernichtender Onlinekommentar auftauchte. Du konntest nie wissen, ob Menschen, die auf einem Bewertungsportal eben noch fünf Sterne für das beste Hähnchenbrustschnitzel vergeben hatten, im nächsten Moment einen Shitstorm wegen Tiermisshandlung lostraten, weil auf deinem Bauernhof ein Huhn geschlachtet wurde. Sepp war sich seiner Schuld natürlich nicht bewusst, er wollte sich in dieser Geschichte sogar noch als Held darstellen – wie immer eigentlich. Immerhin habe er das Huhn in den Eimer getan, statt es ungehindert *ausgeistern* zu lassen, wie man es hier nannte, wenn Hühner ohne Kopf noch eine erstaunliche Zeit lang über den Hof torkelten.

Franziska blickte sich um, aber heute schien alles ruhig zu sein. Die Ferienwohnungen waren blitzblank geputzt, die Kinder in Schule und Kindergarten, Hannes half jemandem bei der Waldarbeit, und Sepp hockte vermutlich über der aktuellen *Dolomiten*-Ausgabe oder machte ein Mittagsschläfchen. Schon bog der quietschgelbe Firmenwagen um die Ecke und parkte direkt vor dem neuen Schild, das Sepp auf ihre Bitte hin aus Fichtenholz ausgesägt hatte. Mit dem Brennstab hatte er in schön geschwungener Schrift *Willkommen auf dem Innerleithof* draufgeschrieben. Erst hatte er sich gesträubt, und sie war angesäuert davongestapft. Aber am nächsten Tag hatte das fertige Schild auf dem Küchentisch gelegen. Unter der Schrift war noch Platz gewesen, und sie hatte es den Kindern überlassen, mit wasserfesten Farben die Familie draufzumalen. Über das Ergebnis musste sie lachen. Da standen sie wie die Orgelpfeifen, ein schiefes Grinsen im Gesicht, sie und Hannes und daneben der Größe nach die Kinder: Ella, Max und Hannele – und bald musste noch eins mehr mit drauf. Die Vorstellung machte ihr fast ein bisschen Angst. Sie malte dann noch ein rotes Herz über ihre Köpfe, auch wenn das schon ziemlich kitschig war. Aber immerhin standen in ihren Wohnungen keine *Love-*, *Glück-* oder *Lieblingsplatz-*Schriftzüge herum. Sowas war ihr einfach zu viel. Dabei hatte sie ja kapiert, dass man mit Deko punkten konnte und so vielleicht Sachen ausgleichen, an denen nichts zu ändern war.

Sie konnte jetzt erkennen, dass es Frau Stimpfl war, die aus dem Auto stieg. Die *strenge Stimpfl* nannte man sie. Ausgerechnet. Franziska spürte die Aufregung. Es hing so viel an diesem Termin. Für den Hof. Für sie alle.

Schwarzer Schnee

Die Tiefenthaler waren es gewohnt, dass ihnen genommen wurde. Mal war es die Grippe, mal eine Blutvergiftung. Man verlor seine Lieben durch Krankheiten und Unglücke wie Baumstürze und Steinschläge. Man verlor gestandene Männer oder Frauen, man verlor Kinder. Mit Verlusten wussten die Tiefenthaler umzugehen, man musste sie hinnehmen wie die Lawinen oder Hagelschauer, die das Korn niederwalzten, wie den Frost, der die Aussaat vernichtete, oder die Sonne, die die Grasnarbe verbrannte. Die Tiefenthaler waren es gewohnt, dass ihnen der Herr oder die Natur regelmäßig nahmen, was ihnen am Herzen lag. Aber niemand hatte sie je um so viel gebracht wie der Krieg.

Anfang November des Jahres 1943 stand Johan Breitenberger wieder neben seinem Wetterkreuz, diesmal schaute er zu, wie seine Söhne Toni und Karl und sein Schwiegersohn Mathias Unterholzner vom Hof gingen. Je weiter sie ins Tal kamen, desto mehr wurden sie. Insgesamt verließen an diesem Tag 32 Jungen und

Männer das Tal, um der Wehrmacht oder der Waffen-SS eines Landes zu dienen, dessen Staatsbürger sie nicht einmal waren. Dableiber marschierten neben Optanten, es war egal geworden, für wen sie gestimmt hatten, sie gingen alle in denselben Krieg.

Von da an schleppte sich Breitenberger wie ein geschlagener Hund über den Hof, nahm kaum mehr die Augen von der Erde. Nur manchmal, wenn er Holz machte oder auf dem Acker stand, sah Rosa ihn, wie er sich kurz aufrichtete, um den schmerzenden Rücken durchzustrecken. Jedes Mal blickte er dann in Richtung des Weges unterhalb des Hofes, wo jetzt die abgefallenen Blätter unter den nackten schwarzen Zweigen der Eschen lagen. Bald wälzte sich an dieser Stelle der Nebel herauf. Wie jedes Jahr im November quoll er die Hänge hoch wie Rauch aus dem Ofen, wenn man feuchtes Holz erwischt hatte. Er schluckte die gegenüberliegenden Bergspitzen, bis man sich fragen musste, ob sie noch da waren und, wenn der Nebel noch näher herankam, ob es eine Welt überhaupt noch gab. Rosa stellte dem Vater einen heißen Gerstenkaffee auf den Tisch, wenn er von draußen hereinkam, und sagte nichts. Er legte ihr die Hand auf die Schulter, kurz und schwer, wenn er vom Tisch aufstand, und sagte nichts. Manchmal war das Einzige, was sie voneinander hörten, das Klappern der Löffel am Porzellan, wenn sie gemeinsam aßen. Im Ofen knackte und platzte ab und an ein Scheit, ansonsten war es still in der Stube, die ganz aus Holz gefertigt war. Im Fenster hatte der Christdorn zu blühen begonnen, und aus dem Herrgottswinkel schaute Jesus vom Kreuz auf sie herab.

Im Dezember vertrieb der Wind den Nebel, das hier war jetzt sein Revier. Er wollte Rosa das Brennholz aus dem Arm reißen, wenn sie es zum Haus trug, er warf mit Steinchen und kleinen Zweigen. Diese Art von Wind nahm sich, was er wollte, spielte damit, als wäre er ein übermütiges Kind. Nachts schlich er ums Haus und heulte dazu wie eine Orgelpfeife. Wenn er endlich Ruhe gab, war es eine Stille, die Rosa sagte, dass es nun schneien würde. Nachts hörte man manchmal aus dem Wald eine Eule schreien oder das dunkle, fordernde Seufzen der Hirsche, das Klicken ihrer Geweihe, wenn sie kämpften, oder ihre dumpfen Hufschritte, wenn sie sich ans Haus heranwagten, wo der Garten sie lockte. Aber wenn es schneite, hörte man nichts von alledem. Es war dann eine eigene Art von Stille und auch eine eigene Art von Dunkelheit. Die Nächte, in denen Schnee fiel, waren die schwärzesten. Er fiel hier nicht von oben wie im Tal, er kam in schwelenden Wolken, die sich um den Hof herum legten und ihn ganz verschluckten. Als sie klein war, hatte Rosa sich einmal in so einer Nacht aus dem Daunenbett gewunden und durch die eisige Kälte zum Fenster geschlichen. Mehr als geräuschlose, schemenhafte Bewegungen waren im tiefen Schwarz nicht zu erkennen gewesen, und Rosa hatte erschrocken gedacht, dass der Schnee, der in dieser Nacht fiel, schwarz gewesen war. Manchmal hörte sie jetzt in den Nächten doch ein Geräusch. Wenn der Vater die Steige herunterging, vorsichtig, aber die Stufen knarrten trotzdem. Von unten hörte sie ein kurzes Kratzen an den Dielen, wenn er sich den Stuhl vor dem Fenster richtete, von wo man den Weg zum Haus im Blick hatte. Sie wusste dann, dass er dort saß und hinausstarrte. Und sie wusste, dass er wartete, genau wie sie.

Es schneite noch bis zum Mittag des darauffolgenden Tages. Am Nachmittag, kaum dass es etwas aufgeklart hatte, sah sie Katharina vom Steighof heraufkommen. Der Schnee reichte ihr bis zu den Knien. Obwohl vom Weg unter der Schneedecke nichts zu erkennen war, folgte Katharina ihm genau. In einer Viertelstunde Fußmarsch erreichbar stand der Steighof dem Innerleit am nächsten, und wie auf den meisten Höfen, die einander nahe standen, hielt man zusammen. Man packte gegenseitig bei der Feldarbeit an, half sich mit Gerätschaften aus, fragte nach den Kindern, holte sich Rat für das Vieh, brachte an dem Tag vor Allerheiligen eine Menge *Mohnkrapfen* vorbei und bekam mindestens genauso viele zurückgeschenkt. Wenn man am Innerleit unterhalb des Stadels über die steile Wiesenkante schaute, konnte man unten das Lärchenschindeldach des Steighofs sehen und den Rauch, der aus dem Schornstein aufstieg. Und an manchen Tagen reichte das, um sich nicht ganz allein in der Welt zu fühlen.

Schnaufend kam Katharina oben an, wo Rosa schon in der offenen Tür auf sie wartete. »Ich wollt nur sehen, ob ihr hier genauso viel Schnee habt wie wir«, sagte Katharina, lachte und klopfte sich den Schnee aus den Kleidern. Rosa war so froh, sie zu sehen. Als Kinder waren sie oft zusammen gewesen, aber seit Katharina Franz geheiratet hatte, kaum mehr, und seit der Optionszeit erst recht nicht. Franz hatte keinen Hehl daraus gemacht, für die Deutschen zu sein. Er war auch schon viel länger im Krieg als Mathias und die Brüder. Wer den Anschluss an Deutschland wollte, müsse auch dafür kämpfen, sagte Franz, und ließ Katharina mit zwei kleinen Kindern und den Alten allein auf dem Hof zurück.

Katharina hatte ein paar frische Strauben dabei. Rosa kochte Tee, zögerte kurz, und griff dann nach der Flasche mit dem Zirbenschnaps. Als sie sich wieder der Freundin zuwandte, hatte die ihre Wollstrümpfe ausgezogen und über das Gestell der Ofenbrücke gehängt. Die Füße auf den Stuhl vor sich gelegt, wackelte sie mit den rot gefrorenen Zehen. »Weißt du noch, wie wir am Mariolberg das Vieh hüten mussten und es anfing zu schneien?«, fragte sie nach dem ersten Schnaps. »Es war mitten im Mai, wir waren barfuß und dann plötzlich so viel Schnee!«

»Ja, und du meintest: Lass uns in die frischen Kuhfladen stellen. Das hab ich sicher nicht vergessen«, lachte Rosa. »Den Gestank bin ich drei Tage nicht losgeworden. Die Schwestern wollten mich nachts deswegen schon aus der Kammer werfen.«

»Aber geholfen hat es!«, sagte Katharina. »Die Füße hatten wir schön warm.«

Rosa fiel daraufhin die Geschichte mit den Ziegen wieder ein. Stundenlang hatten sie einmal Kränze für den Almabtrieb gewunden. Dann war eine der Ziegen zu weit in den Wald hineingelaufen. Sie waren dem Klingeln des Glöckchens nachgestiegen, und als sie mitsamt dem Zicklein zurückkamen, hatten die anderen Ziegen fast alle Kränze gefressen.

»Das Teufelsvieh, ich hätt sie in der Pfanne braten mögen«, sagte Katharina. »Das haben die zusammen ausgekocht, das denk ich bis heute.«

Dann ließ sie sich von Rosa noch einen Schnaps einschenken.

Ratschen ging gut, darauf verstand man sich im Tiefenthal. Ein bisschen übers Wetter schwatzen, nach der kalbenden Kuh fragen und fluchen, wenn der Habicht schon wieder ein Huhn geholt hatte. Etwas vorgebeugt und leiser sprach man auch mal über die anderen, über kleine Geheimnisse und große Sünden, wer seinen Hof nicht im Griff hatte oder seine Frau. Aber alles andere, alles, was einen selbst betraf, die Sachen, die einen nicht schlafen ließen, wovor man sich fürchtete, wonach man sich sehnte, das kam nie zur Sprache, das würgte man runter. All die großen, schwer verdaulichen Dinge. Trauer, Kummer über verlorene Menschen und verlorene Ernten, man schluckte sie herunter und erwähnte sie mit keinem Wort. Man konnte einen ganzen Krieg herunterwürgen und was der mit einem anrichtete, innen drin. Es war keine Absicht, es war ein Reflex. Nichts Angeborenes, keine generelle Tiefenthaler Sprachunfähigkeit, sondern anerzogen. Regel Nummer eins für jedes neue Menschlein hier: Nicht plärren, Zähne zusammenbeißen. Wird schon wieder vorübergehen. Man hob seine Kinder auf, wenn sie hinfielen. Wenn sie sich die Knie, den Kopf oder sonst welche Knochen an einem Stein aufschlugen, vom Rind umgerannt wurden, in die Stachelbeeren fielen, an den zischenden Ofen fassten. Man wickelte eine Binde drum, wenn's nötig war, zog das Kindlein auf den Schoß, pustete und zeigte in den Himmel, wo der Schmerz jetzt hinflog. Aber man sagte auch sehr bestimmt: »Nun ist gut. Jetzt plärr aber nicht. Ist doch nichts passiert.« Und das saß so tief, dass man das dann immer tat, egal wo der Schmerz herkam. Man hielt aus, man hielt durch, guckte in den Himmel, verbiss sich die Tränen. »Bloß nicht plärren«, sagte man den Kindern. Und den Größeren sagte man: »Sprich nicht über Leid, sonst wird es breit.« Die Eltern machten es nicht aus Bosheit. Man tat einem Bauernkind keinen

Gefallen, wenn man es zum *Seicherl* erzog. Eine Mimose war keine Pflanze, die hier gut gedieh. Es war Hartholz, das sich hier hielt, anspruchslos und angepasst, die winterharten Sorten.

Als es draußen zu dunkeln begann und Katharina sich eilig die Strümpfe wieder anzog, hielt sie auf einmal inne und sagte dann doch noch etwas, an das Rosa noch oft in ihrem Leben zurückdenken würde. »Neulich hat der Onkel eine seltsame Geschichte erzählt, über das Häusl am Stein. Du weißt, welches ich meine.« Natürlich wusste Rosa es. Jeder im Tiefenthal kannte das *Häusl am Stein*, das man erst so nannte, seitdem mit ihm ein Wunder geschehen war. Zumindest erzählte man es sich so. Vor langer Zeit hatte es eine Nacht gegeben, in der der Himmel sich auftat und das Wasser nur so herausstürzte. Es ließ die Erde von den Hängen hinabrutschen, und alle Häuser, die in dieser Erde standen, riss es mit hinunter. Bis auf eines, das blieb stehen. Es stellte sich heraus, dass das gesamte Fundament auf einem riesigen Stein stand, der fest aus der Erde ragte und das Häusl sicher trug. »Der Onkel sagte«, erzählt Katharina weiter, »dass auch manche Menschen im Tiefenthal auf Stein gebaut sind und mehr aushalten, als sie denken. Und dass es oft erst dann sichtbar wird, wenn ein Unglück kommt und freilegt, dass sie auf mehr gebaut sind, als es den Anschein hat.«

Rosa sah Katharina nach, bis ihr rotes Kopftuch unterhalb des Ackers aus ihrem Blickfeld verschwunden war.

Kaum später versank der letzte Schimmer Wintersonne hinter den Felsspitzen. Die Dunkelheit fiel im Winter so plötzlich auf die Landschaft, als ob jemand eine schwarze Decke über den Bergen ausgeworfen hätte, und manchmal, wenn sie wieder so allein dastand wie jetzt, fühlte Rosa diese Dunkelheit tief in sich hineinsinken.

Am Sonntag ging sie zusammen mit Katharina zur Kirche. Nach der Messe stand wie immer der Postler Josef Schwienbacher am Kirchplatz und verteilte die Zusendungen. Für den Steighof war nichts dabei, für den Innerleit wie immer Johans Zeitung. Rosa wollte schon gehen, da drückte Schwienbacher ihr noch einen Brief in die Hand. Er war von der *Wehrmachtauskunftstelle für Kriegerverluste*, und es stand drin, dass Toni Breitenberger gefallen war.

Am Abend brüllten die Kühe im Stall, sie mussten gemolken werden. Die Schweine wurden unruhig, sie wollten ihr Futter. Die Hühner mussten eingesperrt werden, damit der Fuchs sie nicht holte. Und wenn alle Arbeit getan war, suchte Johan Breitenberger sich neue. Immer öfter kam er zum Essen nicht mehr heim. Rosa saß über der Brennsuppe oder über den Schwarzplenten-Knödeln, aus denen der Dampf entwich. Dann ließ sie das Essen stehen, zog sich die Joppe über und ging ihn suchen. Mal stand er im Stall und spülte die Milchkannen schon das zweite Mal. Mal schritt er die Felder erneut ab und fand doch nichts Auffälliges. Dann war er im Wald, um Äste zu räumen, was sinnlos war. Manchmal fand sie ihn auf der Bank vor der Hütte, mit dem Rücken gegen die gekalkte Mauer, er verschwand schon bald darin, sein Haar war jetzt fast weiß. Bisweilen fand sie ihn gar nicht, und er kam spät. Woher, sagte er nicht. Er hatte jetzt immer ein Taschentuch dabei, mit dem er sich ständig über die Augen und die Nase fuhr. Rosa steckte ihm jeden Tag ein frisches in die Manteltasche. Den Weg schaute er kaum mehr hinunter, aber einmal, beim Melken, hob er seinen Blick. Rosa spürte, dass er sie ansah, aufmerksam und forschend. Sie brauchte eine Weile, bis sie begriff, dass ihr Vater ihr nicht bei der Arbeit zusah. Sondern dass er sie prüfte.

Am nächsten Tag bat er sie, mit zu den Äckern zu kommen, was er noch nie getan hatte. Seite an Seite schritten sie die winterdürren Hänge ab. »Hier waren zuletzt Schwarzplenten, also werden hier als Nächstes Erdäpfel gut gehen«, sagte Breitenberger. »Als Deckfrucht nimmst du Rüben. Den Mist bringst du am besten bei feuchtem, etwas warmem Wetter aus, und wenn er noch gefroren ist, dann schlag ihn vorher klein.« Dies solle sie im März machen und jenes am besten erst im Mai. Für das Vieh könne sie als Einstreu auch das Laub der Eschen nehmen, wenn das Stroh ausginge, und sollte in diesem Winter das Holz nicht reichen, viel sei ja nicht mehr vor der Tür, dann solle sie einfach den alten Weidezaun hinter dem Stall verfeuern. Er zeigte hierhin und dorthin, sie sah seinen Handzeichen und Gesten nach, einer Zukunft, die er in die trübe Luft zeichnete und von der er sich offensichtlich ausnahm. Sie schaute auf alles, was ihm wichtig war. Ihr Herz schlug so fest, dass sie es spürte, sie wagte kaum zu atmen. Aber sie hörte zu. Sie hörte alles ganz genau, was Johan Breitenberger ihr zu sagen hatte. Sie sah ihn nicht an, sie konnte nicht, aber sie hörte jedes einzelne seiner letzten Worte, und immer, solange es ihr möglich war, hielt sie sich daran.

Herzlähmung, sagte der Arzt, der den Totenschein ausstellte. Das war im Tiefenthal die Erklärung für so ziemlich jeden Tod, der nicht so augenscheinlich war wie ein Sturz von einem Felsen oder hohes Fieber. Die meisten Menschen hier starben nicht im Bett, sondern bei der Arbeit. Rosa musste an einen Winter mit viel Schnee denken, während dem sie einmal vom Weg abgekommen und tiefer in den Wald hineingeraten war. An einer Stelle sah sie zwischen den Bäumen etwas aus dem Weiß herausragen. Erst glaubte sie, es wären bloß ein paar Äste, aber dann erkannte sie, dass dort ein Hirsch stand, der sich nicht rührte. Es war ein großes, ausgewachsenes Tier mit einem Zwölfergeweih. Sie wunderte sich, warum der Hirsch nicht davonlief, bis ihr klar wurde, dass er tot war. Von ihrem Vater wusste sie, dass die Tiere auf der Suche nach Futter manchmal im hohen Schnee stecken blieben und aus eigener Kraft nicht mehr herauskamen. Sie erfroren oder verhungerten dann an der Stelle. Doch Rosa, die die leeren, schreckvollen Augen des Hirsches lange nicht vergessen konnte, fragte sich, ob es nicht die Verzweiflung gewesen sein konnte, die den Hirsch getötet hatte. Und ob das nicht auch für den Tod des Vaters die bessere Erklärung war als die, die der Arzt hatte.

Drei Tage lag Johan Breitenberger in der Stube aufgebahrt, versunken, still und ungewohnt. Leichgänger kamen, die Männer mit dunklen Hüten, die Frauen mit weißen Kopftüchern. Sie sprenkelten mit einem Tannzweig Weihwasser in Breitenbergers blassgelbes Gesicht, wo es wie Tränen aussah, und sprachen ein letztes Vaterunser für ihn. Am letzten Tag der Totenwache tauchte eine blasse Sonne auf, legte zu und stand auf einmal so strotzend am Himmel, als ob der schon immer nur ihr gehört hätte. Es war März geworden und von überall erklang jetzt das metallische Flüstern von Schmelzwasser.

Von den hoch gelegenen Höfen wie dem Innerleit mussten die Toten auf den Schultern heruntergetragen werden. Es war in diesen Zeiten schwer, vier Männer zu finden, die stark und geschickt genug waren, den Leichnam auf diese Weise das steilste Stück Weg bis zur Egger Mühle hinunterzubringen, wo der Sarg warten würde und von wo es weniger mühsam weiterging. Schließlich fand sich der Thaler Sepp, der seit der Kinderlähmung krumm und schief war, Mehlsäcke aber trotzdem schulterte, als ob es Daunenkissen wären. Der zweite war der Pichler Willy, der zwar kaum noch seine Ziegen im Stall erkennen konnte, aber jeden der Wege im Tiefenthal so gut kannte, dass er sie auch in der finstersten Nacht laufen konnte, und der außerdem behauptete, dass er den alten Breitenberger auf dem Buckel bis nach Lana trüge, wenn es sein musste. Die anderen beiden waren zwei hochgewachsene Buben vom Kasererhof, die noch zu jung zum Einrücken waren, aber zum Tragen stark genug.

Johan Breitenberger wurde neben seiner Frau Moidl ins Grab gelegt. Ihr Sohn Toni lag weit weg in einer Erde, die keiner kannte. Und von Karl und Mathias war schon lange kein Lebenszeichen mehr gekommen. Neben dem Grab ihrer Eltern stand Rosa, und jeder wusste, was jetzt gut für sie war. »Am besten gehst du in die Stadt wie deine Schwestern, Rosa«, sagte Paula vom Wieseckhof. »Das ist doch nichts für ein junges Mädchen alleine da oben«, meinte Friedl vom Gampenhof. »Auf den Mathias kannst du auch woanders warten.«

Als alle gegangen waren, schaute Rosa hoch zum Innerleit, sie musste den Kopf weit in den Nacken legen. Da stand der Hof an die Flanke des Berges geheftet, als wäre er mit ihr verwachsen. Bot seine Fassade trotzig den Winden und Unwettern hin. Sie hatten sich so oft an diesem Hof ausgetobt, aber nie gewonnen. Und als ob etwas in ihr freigelegt worden war, wusste Rosa auf einmal genau, was zu tun war.

Hier unten war die Luft schon recht mild, da und dort sah man einen Huflattich aus der winterbraunen Grasnarbe herausschauen, in den Eiben schwatzten und flöteten die Alpendohlen, nur oben um den Hof herum lagen noch verharschte Schneeplacken. Rosa machte sich an den einstündigen Aufstieg. Oben angekommen streifte sie das Trauergewand ab und zog die Arbeitskleider an. Vor dem Haken in der Diele hielt sie kurz inne, griff nach Johan Breitenbergers Hut mit der breiten Krempe und setzte ihn auf. Dann füllte sie die Asche aus dem Ofen in einen Eimer, vermischte ihn mit Erde und verteilte alles auf den verharschten Flächen. Wenn der Schnee nicht weichen wollte, dann half sie eben nach. Schwarzer Schnee – man durfte sich davon nicht schrecken lassen. Das Dunkle zog die Sonne an und weckte die schlafende Erde auf. Es war Zeit, den Acker zu bereiten.

Eine Prüfung

Frau Stimpfl nahm ihr Klemmbrett mit dem Bewertungsbogen vom Beifahrersitz und zog die Jacke fester. Es war Mitte Mai, unten bei den Obstbauern hatte sie sicher reichlich Punkte für die Obstblüte vergeben, doch hier oben pfiff einem noch immer der kalte Wind um die Ohren. Franziska war froh, dass es nicht geschneit hatte. Das war letztes Jahr um diese Zeit passiert, und eine Gastfamilie wäre deswegen fast abgereist. Eine andere wollte im Januar drei Tage vor Anreise stornieren, weil *kein* Schnee lag. Man hatte schließlich Skiurlaub gebucht und dann *sowas*. Drinnen konnten die Gäste es sich jetzt immerhin mit dem Kaminofen warm und gemütlich machen, für draußen gab es bisher noch keine Lösung. Aber vielleicht würde dem *Goldenen Huhn* da auch noch etwas einfallen, dachte Franziska, so im Sinne der Wettersicherheit.

»Wir können ja auch erstmal reingehen«, bot sie der fröstelnden Prüferin an, und während sie ihr einen Espresso in der neuen Maschine zubereitete, die fast so teuer gewesen war wie ein neues Melkgeschirr, begann Frau Stimpfl mit dem obligatorischen Datenabgleich.

»Zwei Wohngebäude, drei Ferienwohnungen, zwei Familien, korrekt?«

»Korrekt.«

»Im Nebengebäude wohnt der Schwiegervater?«

»Genau.«

»Ihr habt 10 Hektar Grund, 18 Nutztiere. Grunderwerb ist Milch?«

»Ja.«

»Streicheltiere 16 Stück, stimmt das noch?«

»Ja.«

»Wie viele Kinder?«

»Drei.«

»Das da mitgezählt?«, fragte Frau Stimpfl und deutete auf Franziskas Sechsmonatsbauch.

»Nein, das ist Nummer vier.«

»Früher hatten die meisten hier oben ja immer gleich ein ganzes Dutzend Kinder«, sagte die Prüferin, und Franziska krallte sich bei diesen Worten in den Innenseiten ihrer Strickjacke fest. Sie konnte sich einfach nicht daran gewöhnen, dass ein Babybauch, sobald er sich über den Hosenbund hinauswölbte, quasi zum Allgemeingut wurde, und jeder etwas dazu zu sagen hatte. Und natürlich jeder etwas anderes. Hatte man erst eins, hieß es: »Da kommt aber bald noch was, oder?« Bei dreien waren alle sicher, dass man »jetzt komplett« sei, und bei vieren zählte man bereits zu den Verlotterten. Es sei denn, man war Bergbäuerin, da musste man natürlich jedes Jahr mindestens eins bekommen, und am besten vor allem Jungen.

»Bekommen Sie Hilfe?«

»Eigentlich schaffe ich das bisher alles alleine.«

»Es ist sehr wichtig, dass die Gäste nicht vernachlässigt werden durch private Angelegenheiten. Nachlässigkeit bei den Sauberkeitsstandards kann sich heutzutage keiner erlauben.«

»Nein, auf gar keinen Fall«, sagte Franziska und fühlte sich ein bisschen ertappt. Wie peinlich das gewesen war, als eines Vormittags das Ehepaar Schlüter, Stammgäste aus dem Bodenseekreis, bei ihr klopfte und Frau Schlüter ihr mit spitzen Fingern ein Büschel Haare vors Gesicht hielt, das sie bei der Ankunft im Ausguss vorgefunden hatte. »Da haben Sie bei der Reinigung wohl etwas übersehen«, sagte sie mit verkniffenem Mund. Schnell spulte Franziska Entschuldigung und Wiedergutmachungsversprechen herunter, wie sie es im Kommunikationskurs für das Zulassungszertifikat gelernt hatte. Schuld immer einräumen (auch wenn es nicht die eigene Schuld war, der Gast hat immer recht), entschuldigen und einen Rabatt oder Bonus anbieten. Versichern, dass es eine Ausnahme war. Dafür sorgen, dass es eine Ausnahme bleibt.

Als die Kinder noch kleiner waren, waren solche Ausnahmen leider öfter vorgekommen. Ella hatte es ständig an den Ohren, schrie sich unten die Seele aus dem Leib, während Franziska oben putzte, und Hannes musste dann dringend in den Stall, musste in den Wald, musste an den Maschinen schrauben, musste immer dringend irgendwas. Und während an ihm alles abzuperlen schien, konnte Franziska gar nicht aufhören, sich dafür zu verurteilen, dass sie nie irgendwem oder irgendwas gerecht werden konnte. Die Kleinkindzeit lag ihr manchmal immer noch wie ein Stein auf der Brust, und bald würde es wieder von vorne losgehen.

»Erreichbar noch immer nur mit dem Auto?«, wollte Frau Stimpfl jetzt wissen.

»Ja.«

»Keine Bushaltestelle in der Nähe?«

»Keine weit und breit, leider.«

»Und das Frühstück? Hier steht, ihr wolltet über das Frühstück noch mal nachdenken.«

O Gott, das Frühstück. Franziska hatte mehr über Frühstück für andere Menschen nachgedacht als über ihr eigenes, und mehr, als es überhaupt möglich und ratsam schien, über Frühstück nachzudenken. Und noch immer war sie zu keinem Ergebnis gekommen. Das *Goldene Huhn* sah es gerne, wenn die Höfe ihren Gästen ein Frühstückskörbchen servierten. *Mit hauseigenen Produkten. Eine Ferienwohnung mit dem Komfort eines Hotels.*

»Wir sprechen vor allem Familien an. Und die Mamas heutzutage wollen auch mal Urlaub machen.«

»Das stimmt«, sagte Franziska und schaute nach draußen, wo die Berge wie eine Festung vor den Fenstern standen. Sie überlegte, wann sie eigentlich das letzte Mal über die Berge hinausgekommen war, aber es fiel ihr nicht ein. Sie war bereit, sehr viel möglich zu machen, aber jeden Morgen ein *liebevoll zubereitetes* Frühstück für ein Dutzend Menschen zu organisieren, das überstieg wirklich ihre Möglichkeiten. Manchmal schaffte sie es morgens wegen dem Melken kaum, ihren eigenen Kindern rechtzeitig eine anständige Pausenmahlzeit in die Brotdose zu füllen. Frühstück, das hörte sich so einfach an, aber für einen Gastgeber war es die Hölle. Franziska wusste das von ihrer Freundin Helene, die auf ihrem Hof Frühstück anbot. Manche Gäste wollten es vegetarisch, manche nur süß, manche herzhaft, manche von allem etwas. Bei den Veganern und Allergikern wusste Helene manchmal gar nicht, was sie tun sollte. Aber egal was sie sich einfallen ließ, immer schmiss sie am Ende deprimierend viele Reste in den Eimer. Denn man musste immer viel auftischen, wenn es zu wenig war, beschwerten sich die Leute. Und wenn man es wegwarf, tat einem diese ganze Verschwendung in der Seele weh. Allein das Brot war ein Problem. Die meisten Touristen mochten das Tiefenthaler Brot mit Anis und Brotklee nicht. Außerdem musste jemand dafür jeden Tag fünf Kilometer den Berg runter und wieder rauf, und zwar noch bevor die ersten Gäste aufgestanden waren und man die eigenen Kinder in der Schule oder im

Kindergarten deponiert hatte. Früher wurde das Brot am Hof gebacken, der alte gemauerte Ofen stand noch vor Sepps Bauernhaus, eine Ruine mittlerweile, aus der Ofentür wuchsen Grasbüschel heraus.

»Wir haben uns gegen ein Frühstück für die Gäste entschieden«, sagte Franziska leise und hielt die Luft an. Konnte es wirklich sein, dass sie hier stand und sich wie eine Schülerin vorkam, die gerade bei einer Prüfung durchfiel, weil sie es ablehnte, ein Frühstückskörbchen anzurichten? Manchmal fragte sie sich ernsthaft, wie sie in dieses Leben hatte geraten können.

Frau Stimpfl notierte sich etwas. Dann nahm sie die Hofmappe in die Hand. Die Hofmappe war Vorschrift, in den *Huhn*-Seminaren bekam man Tipps, wie man sie am besten zusammenstellte. *Die Gäste lieben es, Land und Leute kennenzulernen. Und für euch ist es eine schöne Beschäftigung während der Regentage und der kalten Jahreszeit.* Nicht dass Franziska sonst langweilig gewesen wäre, aber sie hatte wochenlang daran gearbeitet und Material gesammelt. *365 Jahre Erbhof Innerleit.* Laminierte Geschichte Dutzender Familien, sauber abgeheftet. Die Prüferin schlug Seite um Seite um. Informationen zur Dreifelderwirtschaft, zum Ende des Ackerbaus, Wissenswertes zum Grauvieh, historische Fotos vom Hof und seinen Bewohnern.

Bei Rosa hielt die Prüferin inne. Jeder tat das, wenn er das Foto sah. Die alte Schwarz-Weiß-Fotografie hatte es in sich. Heutzutage hatten die Menschen Hunderte Fotos von sich selbst. Früher war es ein Glück, wenn einer überhaupt eins besaß, und soweit Franziska wusste, gab es von Rosa nur dieses eine. Aber keine Frau konnte sich ein schöneres Zeugnis von sich wünschen. Da stand sie, die Innerleit Rosa, an den Zügeln hielt sie einen prächtigen Haflinger. Ihre Beine steckten in schweren Stiefeln, sie trug ein geblümtes Arbeitskleid und auf dem Kopf einen Hut, der von einem Mann stammen musste. Das alles war schon bemerkenswert, aber das Hinreißendste war dieses geheimnisvolle kleine Lächeln auf ihren Lippen. *Mona Lisa vom Tiefenthal,* hatte jemand mal gesagt, das traf die Sache ziemlich gut. Franziska hätte zu gerne gewusst, warum Sepps Mutter auf dem Bild so verstohlen lächelte. Viel Grund zum Lächeln konnte sie nicht gehabt haben bei allem, was sie über Rosas Leben gehört hatte. Rosa, die Legende, die junge Frau, die den Hof nach den Kriegsjahren im Alleingang durchbrachte. Franziska erschien das unmöglich, übermenschlich. Sie hatten heute so viel, was das Leben leichter machte, und trotzdem war es manchmal so schwer. Aber wenn sie von Sepp mehr hören wollte über seine Mutter, biss sie regelmäßig auf Granit. Wenn es um Rosa ging, wurde er schmallippig und warf ihr brummend ein paar Brocken hin, mit denen sie sich zufriedengeben musste.

»Ihr seid hier an der Kornanbaugrenze?«, fragte die Prüferin, als sie bei der Seite mit der Geschichte des

Ackerbaus auf dem Innerleithof angekommen war. »Das könntet ihr ruhig noch mehr herausstellen, vielleicht mal ein Schild aufhängen oder so etwas. Gäste mögen es, wenn sie Urlaub an Orten machen, an denen das Leben besonders hart ist. Sie fühlen sich dann selbst ein bisschen wie … Helden.«

Franziska unterdrückte den Impuls, Frau Stimpfl nicht so anzusehen wie ihre Kinder, wenn sie sich eine besonders bizarre Geschichte ausgedacht hatten oder ihr einen toten Maulwurf ins Haus schleppten, den sie auf der Wiese gefunden hatten. »Okay, wir überlegen mal«, sagte sie freundlich.

Die Prüferin schlug die Mappe zu. »Na, dann gucken wir uns doch mal den Rest an.«

Der *Rest* lag da wie ein Postkartenmotiv. Trotz der kühlen Temperaturen war der Himmel klar, die Bergspitzen funkelten in majestätischem Weiß, während die Weiden schon grün waren und mit unzähligen Löwenzahnköpfen übersät. Herkules kam angelaufen und wedelte freudig mit dem Schwanz.

»Ist das der Hofhund?«, fragte Frau Stimpfl mit hochgezogenen Augenbrauen. Der Mischling war für diese Rolle denkbar abwegig: kurze Beine, lange Ohren und ein Fell so kringelig wie bei einem Schaf. Mancher Hofbesucher versuchte wenigstens *eine* Rasse in ihm zu erkennen, gab aber meist ergebnislos auf. Max und Ella, ihre beiden Großen, hatten ihn als Welpen vom Mühlhof angeschleppt. Es war eigentlich damals schon abzusehen, dass er nichts mit den sonst auf Höfen üblichen Border Collies oder Berner Sennenhunden gemein hatte, aber die Kinder hatten so lange erfolgreich gebettelt, bis er bleiben durfte.

Unterhalb des Stalls liefen die Hühner geschäftig herum, die Laufenten watschelten in einer geraden Reihe den Weg entlang. Die Prüferin zückte das Klemmbrett und zählte mit. Streicheltiere: 16 Stück, wie angegeben. Wäre sie ein paar Tage vorher gekommen, sie wären bei den Streicheltieren glatt durchgefallen. Denn Hasi hatte ausgestreckt im Käfig gelegen, und Hannes musste schnell zum Egghof fahren und denen einen Hasen abkaufen. Die Zahl der Streicheltiere durfte einen bestimmten Wert nicht unterschreiten, darauf legte das *Huhn* wert.

Sie kamen an den Beeten vorbei. Johannisbeeren, Himbeeren, das Kräuterbeet, alles stand in kräftigem Grün. Franziska war ein bisschen stolz, dieses Jahr hatte sie das erste Mal Arnika und Engelwurz großbekommen. Früher hatte es diese Heilpflanzen in jedem Bauerngarten gegeben, doch das war irgendwie in Vergessenheit geraten. Wer hätte sich am Innerleit auch drum gekümmert? Hannes oder Sepp sicher nicht.

Es ging schon weiter Richtung Stall. Die Prüferin öffnete die Tür ein Stück weit und lehnte sich so weit herein, dass sie mit den Füßen gerade noch im Trockenen stehen konnte.

»Die Gäste bekommen frische Milch?«

»Sicher.«

»Ihr solltet mal darüber nachdenken, die Milch in Emaillekannen zu servieren«, sagte die Prüferin beim Anblick der Plastikbehälter in der Milchkammer. »Es gibt da welche mit wirklich süßen Motiven und gar nicht mal so teuer. Kleiner Aufwand, große Wirkung.«

Im Stall drehte eine der Kühe den Kopf Richtung Tür, hob den Schwanz und ließ einen Schwall Scheiße heraus, der beinahe bis zu ihnen spritzte. Die Prüferin sprang zurück und schüttelte sich. »Habt ihr mal über einen Laufstall nachgedacht?«

Bevor Franziska etwas sagen konnte, heulte um die Ecke eine Kreissäge auf. Frau Stimpfl zuckte zusammen. Da stand Sepp, den blauen Schurz am Leib und machte Holz. Die Prüferin guckte schief und schrie gegen das Gekreische an, dass sie dann ja jetzt auch alles gesehen habe. Sie steckte den Kuli ein und sagte, was die Prüfer immer sagten: »Wir melden uns.«

Franziska sah dem gelben Kastenwagen hinterher. Wie er mit einer Mappe voller Häkchen, Kreuze und Randnotizen aus ihrem Leben davonfuhr, in die Stadt, wo in irgendeinem Büro über die Zukunft des Hofes entschieden werden würde. In ihrem Kopf kreischte es, und daran war nicht nur die Motorsäge ihres Schwiegervaters schuld.

Aufbruch

Sepp trat im Sonntagsanzug vor die Tür und sah im Licht noch einmal prüfend an sich herunter, als ihn ein lautes Rumpeln vom Stall her zusammenfahren ließ. Er brauchte gar nicht nachzusehen. Im Grunde hatte er schon fast damit gerechnet. Der Winter hatte wie immer lange auf dem Berg gelegen, aber seit ein paar Tagen war es milder, und nun würde es schnell gehen. Man durfte sich im März von der starren Kälte oder einer Schneedecke nicht täuschen lassen. Unter dem Weiß brachte sich der Frühling längst heimlich in Stellung, das erste Grün und vereinzelte Köpfchen vom wilden Krokus standen schon darunter.

Für Rosa war das seit jeher das Zeichen, den Pflug aus dem Stall zu ziehen. Die Erde war jetzt schwer und nass. In diesem Zustand glitt das Pflugmesser wie durch Brotteig. Zumindest war es Sepp früher so vorgekommen, als er noch zu klein zum Helfen war und Rosa bei der Arbeit zusah. Vorneweg ging der Haflinger, und hinten drückte Rosa die Schar in die Erde. Später, als Sepp größer war und selbst übernehmen sollte, war es ihm ein Rätsel, wie es aus der Ferne so leicht aussehen konnte, denn die Arbeit mit dem Pflug war eine Schinderei. Doch Rosa hatte sich nie auch nur mit einem Wort beschwert.

Trotzdem sollte jetzt endgültig Schluss damit sein. Nach dem letzten Ackern hatte er gewartet, bis Rosa außer Sichtweite war, dann hatte er den alten Einspänner nicht wie sonst in den Stadl geschoben, sondern oben auf die Empore über dem Eingang gehievt. Vier Hektar hatten sie bestellt, wie immer. Viel zu viel für sie beide, und doch zu wenig, um mit dem Überschuss etwas einzunehmen. In den Ebenen schafften die Bauern mit ihren Landmaschinen an einem Tag doppelt so viel wie sie da oben in einer Woche. Getreideanbau am Berg, das hatte keine Zukunft mehr, sie waren schon lange nicht mehr konkurrenzfähig. Aber Rosa wollte davon nichts wissen. Sepp machte es nur noch ihr zuliebe, und sie machte es, weil sie es schon immer gemacht hatte. Bessere Gründe konnte sie ihm jedenfalls nicht nennen.

»Hast du den Pflug in den Stadl gestellt?«, hatte sie später, nach dem Ackern, gefragt, als hätte sie schon eine Ahnung. »Nein, er ist jetzt oben auf der Empore«, hatte er fest geantwortet. Lügen war zwecklos, sie hätte es ja eh bald entdeckt. Natürlich wusste sie genau, was das bedeutete, und schon kochte sie vor Wut. Auf der Empore wurde nur abgestellt, was auf dem Hof nicht mehr gebraucht wurde. Der Erdwagen aus Holz stand bereits oben, ein Mühlstein, der Leiterwagen und der alte Mistkarren auch. Sepp war es peinlich, dass sie im Jahr 1972 noch immer mit Sachen hantierten, die woanders längst im Bauernmuseum ausgestellt wurden, und er war froh über alles, was er aussortieren und endlich kaltstellen konnte. Rosa sah das natürlich anders, die wollte nur, dass alles so blieb wie immer. »Lass uns das Korn auflassen«, hatte er oft versucht, sie zu etwas Neuem zu bewegen. »Diese ganze Schinderei für Mehl. Mehl, das du im Dorf kaufen kannst, ganz ohne Arbeit, oder gleich ein ganzes Brot. Wir stellen auf Milch um, das rechnet sich viel mehr, das wirst du sehen.« »Ein Bauer, der rechnet, ist schon kein Bauer mehr«, gab sie zurück, den Flegel beim Dreschen in der Hand wie eine Waffe. Und er stöhnte und drosch mit, hörte diesem Geklapper zu, das er nicht mehr ertragen konnte. Am Steighof droschen sie zu viert, das klang wie eine Melodie. Aber am Steighof waren sie auch eine richtige Familie und nicht bloß zwei verlassene Gestalten wie hier am Innerleit. Anstrengender war es zu zweit, aber das war nicht das Schlimme. Das Schlimme war das unrhythmische, schiefe Lied, was auf dem Dreschboden herauskam, wenn man bloß zu zweit war.

Vorerst war der Sieg an seine Mutter gegangen. Rosa verteidigte ihren Acker wie ein Kaiserschütze die Landeslinie. Bröckeliger Felshumusboden, der Wasser wie ein Schwamm aufsaugte, nach den Regengüssen im Mai schwarz wie Graberde wurde oder nach einem trockenen August zu grauem Staub zerfiel. Das war Rosas schwer zu regierendes Reich. Darin stiefelte sie umher, darüber beugte sie sich, vielleicht auch davor, den Eindruck hatte er manchmal. Sie durchwühlte es mit den Händen, schuftete sich daran ab. Nichts hatte dieser Boden ihr je geschenkt, und trotzdem tat sie immer so, als wäre sie ihm etwas schuldig. Schwere Stiefel an den Füßen, blauer Schurz überm Arbeitskleid, diesen alten Männerhut auf, so stand sie in ihrem Bergland, und sie würde hier nicht weichen. Hatte Wurzeln geschlagen in diesem Acker, rührte sich nicht von der Stelle und kriegte gar nicht mit, wie die Welt sich weiterdrehte, wie sie hier oben den Anschluss verloren. Merkte nicht, dass das, mit dem sie verwachsen war, im Verschwinden begriffen war. Wenn sie nicht bald etwas ändern würden, wenn sie sich nicht rührten und vorwärtskamen, dann würden sie mit verschwinden.

Sepp fiel wieder ein, was er eigentlich vorhatte, und stapfte wütend ins Tal hinunter. Er würde Rosa sicher nicht helfen, den Pflug von der Empore zu holen; er hatte anderes zu tun. Nach jahrelangem Stellungskrieg wurde es Zeit für einen Überraschungsangriff. Er machte einen auf Winterlandschaft, nach außen ließ er sich nichts anmerken, aber heimlich schmiedete er längst eigene Pläne. Wenn er den Innerleit erstmal nach seinen Vorstellungen hergerichtet hatte, dann würden sie alle Augen machen, und Rosa würde einsehen, dass es richtig war, mehr aus diesem Hof rausholen. Es war so bitter nötig. Sie musste sich doch nur mal umsehen im Tiefenthal.

An der Kehre beim Egghof öffnete sich das Tal und lag vor einem wie ein aufgeschlagenes Buch. Sepp ließ den Blick schweifen. Er las Schönheit in diesem Buch, aber auch Langeweile und Stagnation; eine ewig gleiche Geschichte, die ihn jedenfalls nicht mehr vom Hocker riss. Er sah die Wasserwaale und Wege, die die Landschaft wie ein Adergeflecht durchzogen. Die struppigen Böschungen und Schonungen, die überhandnahmen und alles verkrauteten, wenn man ihnen nicht schnell genug beikam. Er sah die buckeligen Wiesen, die Holzweidezäune, die mühsam hineingeschlagenen Terrassen, auf denen man zwischendurch wenigstens ein Stückchen geraden Boden unter den Füßen hatte. Er sah die aufgeschürften Ackerflächen und sauber gereihten Bauerngärten. Die Höfe mit ihren sonnenverbrannten Holzfassaden standen auf ihren kahl rasierten Flecken zwischen den Wäldern wie auf Rettungsinseln, doch viele warteten vergeblich auf Hilfe, das war abzusehen. Die Gebäude verfielen, bröckelnde Mauern hier, zerfledertes Fassadenholz dort, es war ein langsamer Untergang. Sepp hatte das brennende Gefühl, dass hier ein neues Kapitel geschrieben werden musste. Diese Geschichte brauchte Helden, und er, der Innerleit Sepp, stand bereit. Rosa sollte besser froh darüber sein, dass er überhaupt noch da war und bleiben wollte. Die hielt das für selbstverständlich, aber das war es schon lange nicht mehr. Wer konnte, machte sich aus dem Staub. So war das jetzt. Jahrhundertelang hatte ein Leim die Menschen oben auf den Bergen bei ihren Höfen festgehalten. Aber jetzt löste der Klebstoff sich auf, wurde trocken und porös, das Gebilde fiel auseinander. Und was oben keinen Halt fand, rutschte talabwärts. Landete in der Stadt, in den Fabriken und Hotels, rollte oft noch weiter, hinter die Landesgrenze. Hoffnungsvolle Nachwuchsbauern verschwanden, dringend gebrauchte Knechte, schmerzvoll ersehnte Bräute. Gingen fort, streiften das Tal und den Stallgeruch ab, so gut sie konnten, streiften auch ein Zuhause mit ab, schluckten das Heimweh runter, schufteten jetzt für andere. Aber immerhin, in den Nächten und an den Wochenenden hatten sie ihre Ruhe. Kein Bauer, der einen rumschubsen konnte, wann und wie er wollte. Und so blieben sie, wo sie waren, kauften sich Dinge, kamen nicht wieder.

Beim Pichlerhof drüben konnte man gut sehen, wie so eine Geschichte im schlimmsten Fall endete. Der war bereits verlassen. Das alte Dach bog sich durch, der Wind klaubte sich Schindeln heraus, als ob er jetzt die Erlaubnis dazu hätte. Vorne schaute einem ein schwarzes Loch entgegen. Nicht mehr lang, dann würde das Haus ganz zusammenstürzen, und noch ein bisschen länger, dann würde alles wieder dem Wald gehören. »Feste Arbeitszeiten und am Wochenende immer frei«, hatte der Pichler Rudi geschwärmt, bevor er nach Schenna gezogen war. Im Geiste sah Sepp ihn mit einer Verlobten am Arm über die Promenade und durch die Geschäfte flanieren. In Schenna gab es jetzt ein Kino und eine Drogerie. Am Innerleit hatten sie seit gerade mal zwei Jahren Strom. Nach schwerem Kampf gegen Rosa natürlich. »Wenn der Steighof Strom hat, dann haben wir hier Licht genug«, hatte sie gesagt. Darauf musste man erstmal kommen, der Steighof lag fast einen Kilometer tiefer. Als sie dann doch Strom hatten, ging sie stur weiter mit der Karbidlampe in den Stall. Erst seit Kurzem saß sie abends unter der Glühbirne zum Nähen. Aber sie wartete mit dem Einschalten immer, bis es draußen völlig dunkel war. Man musste das Licht ja nicht gleich verschwenden.

Sepp setzte seinen Weg fort. Als er in der Talsohle am Stausee vorbeikam, schaute er intuitiv in eine andere Richtung. Eine angelernte Geste war das, jahrelang von Rosa abgeschaut. Dabei war der See jetzt im Frühjahr, da er mit Schmelzwasser vollgelaufen war, im Grunde genommen schön. Er hatte eine tiefgrüne Farbe, und auf der Oberfläche lag das Spiegelbild der Berge, Wolken und Tannenwälder. Die Tiefenthaler straften ihn trotzdem mit Missachtung, aus Prinzip. Jeder hier wusste, was darin war und sich oft am Ende des Sommers, wenn der

Wasserspiegel sank, auf fast gespenstische Weise offenbarte. Dann ragten die Reste von Grundmauern heraus wie verwitterte Knochen, und hier und da konnte man sogar verstreute Dachschindeln erkennen. Ein Dutzend Höfe war in den fünfziger Jahren unter dem gestauten Wasser ertränkt worden. Wie die meisten hier hatte Rosa nie aufgehört, das zu beklagen. Wenn sie im Tal zu tun hatten und an dem See vorbeikamen, sah sie immer so daran vorbei, als würde dort etwas lauern, dem sie auf keinen Fall ins Auge blicken wollte. Sepp kannte die Gesichtsausdrücke seiner Mutter nur zu gut. Sie konnte meisterhaft streng dreinschauen, eisern oder erhaben. Aber wenn sie am See vorbeikam, das war ihm nicht entgangen, sah sie vernichtet aus. Einen Hof ertränken, das vertrug die Tiefenthaler Seele nicht. Dass ein Hof aus der Not aufgelassen wurde, das musste man hin und wieder – und zuletzt immer öfter – hinnehmen. Aber einen Hof ersaufen, das war ein Verbrechen, das vergab man nicht, nicht einmal, wenn in der Folge halb Südtirol mit Strom versorgt werden konnte. Manche der Bauern hatte man damals mickrig abgespeist, einige umgesiedelt und auf neue Grundstücke gesetzt. Aber die meisten hatten sich von so einer Verpflanzung niemals erholt. Falsche Erde für die Tiefenthaler Tiefwurzler. Woanders gingen sie zugrunde. Oder kamen heimwehgeplagt zurück, und sei es ein letztes Mal. Man hatte Alois Kranzer in den See steigen sehen, heraus aber nicht. Seitdem würde es nachts um den See herum irrlichtern, erzählte man sich. Auch Rosa erzählte das und noch mehr. Von verhexter Butter, die nicht steif wurde, von unglücklichen Seelen, die Zeichen gaben, von umgefallenen Sensen, Schritten in den Dachkammern und flackernden Lichtern im schwarzen Wald. Sepp gab auf sowas natürlich nichts. Typisch war das für die Alten hier. Sahen Gespenster, aber die wirklichen Probleme sahen sie nicht.

Er war inzwischen unten angekommen und stieß die Tür zum Kreuzwirt auf. Der Geruch von Zigarettenrauch, kaltem Bier und langem Winter schlug ihm entgegen. Die Veranstaltung war bereits losgegangen, die Gaststube war so voll, dass der Vertreter sich zum Reden auf einen Tisch gestellt hatte. Sepp war spät dran und musste nun über ein paar Reihen schiefer Bauernschultern hinweg nach vorne schauen. Hinter dem Mann hingen an der holzvertäfelten Wand zwischen den ausgestopften Köpfen von Gämsen und Rehböcken Plakate: *Der Schlepper von geballter Kraft!*, stand dort, und darunter abgebildet war ein blauer D 3006, 2-Zylinder-Dieselmotor, 28 PS. In echt hatte kaum einer im Tiefenthal so eine Landmaschine je gesehen. Anderswo herrschte längst Vollmechanisierung in der Landwirtschaft, am Tiefenthal war diese Entwicklung vorbeigegangen. Doch plötzlich gab es Menschen, die das dringend korrigieren wollten. Beinahe wöchentlich strömten jetzt Vertreter der Firmen *Deutz*, *Same* oder *Lindner* ins Tal. Düngemittelverkäufer traten auf, Vorsteher von Viehzuchtvereinen und Genossenschaften. Hielten Vorführungen und Vorträge über die Vorteile von Kunstdünger und Pflanzenschutzmitteln. Sie karrten Kraftfutter heran, das die Rinder größer, besser, profitabler machen sollte, teilten Prospekte aus und versprachen Rabatte. Schneidige junge Kerle waren das, in seltsam knisternden weißen Hemden, ganz anders als die grobe Oberbekleidung aus Flachs und Schafwolle, die man hier trug. Neulich hatte der alte Paul Tumpfer ihn mit dem Ellenbogen in die Seite gestoßen. »Du, meine Frau meint, dass das Hemden sind, die man nicht mehr plätten muss, die werden von alleine glatt«, hatte er ihm leise und mit bedeutungsvoll hochgezogenen Augenbrauen ins Ohr geflüstert. »Wenn du mich fragst, ist das ein fauler Zauber. Sowas kann nicht mit rechten Dingen zugehen.« »Jaja«, sagte Sepp bloß und beachtete den Tumpfer Paul nicht weiter, um sich nicht unnötig aufzuregen. Die meisten Alten kamen zu den Veranstaltungen vor allem der Unterhaltung wegen. Mal ein bisschen was anderes zum Gucken als die ewig gleiche Landschaft vor dem Fenster. Den ganzen *Unfug*, den die Jungspunde von sich gaben, glaubten sie sowieso nicht.

Der Tumpfer Paul hatte sich auch gleich wieder verzogen, saß heute ganz hinten und wärmte sich den Buckel an dem großen grünen Kachelofen. Der hörte gar nicht zu, was vorne gesagt wurde. Sepp dagegen saugte jedes Wort in sich auf, als würde er wenigstens ein bisschen Landwirtschaftsschule nachholen, die Rosa ihm verboten hatte. »Alles, was du wissen musst, kannst du hier auf dem Hof lernen«, hatte sie gesagt und war stur geblieben, da konnte er noch so sehr betteln und toben.

Er wollte etwas Neues, nicht das, was er von Kindesbeinen an kannte. Mit jedem Vortrag, von Woche zu Woche, wuchs in ihm eine vibrierende Zuversicht heran, dass sie hier mithilfe all der Dinge die jetzt ins Tal hereinschwappten, etwas überwinden würden. Etwas, was hier nie jemand aussprechen würde, aber wohl jeder heimlich fühlte. Die schmerzhaft nagende Wahrheit darüber, wer sie wirklich waren. Die Wahrheit darüber, dass es einen Unterschied zwischen Knecht und Bauer gar nicht gab. Sie alle waren Knechte. Knechte einer Erde, die kein Erbarmen mit ihnen hatte. Die Steine statt Rüben ausspuckte, wenn ihr danach war. Die sich dem Regen hingab und ins Tal hinabfloss. Die sich vom Wind forttragen ließ oder ihm die frische Saat mitgab. Die Natur diente den Bauern nicht. Es war umgekehrt: Sie ließen sich von ihr herumschubsen, Vorschriften machen. Sie waren von ihr abhängig, von ihren Launen und Wechselspielen. Sie hatten keine andere Wahl. Sie liebten das Land, und sie liebten ihre Höfe. Das taten sie wirklich. Es war eine tiefe und treue Liebe. Aber wer liebte schon sein schmerzendes Kreuz, seine krumm gewordenen

Knochen, wer liebte denn die Schufterei von morgens bis abends und den Kummer darüber, wenn am Ende trotzdem weniger aus der Erde herausschaute, als man zum Leben brauchte. Warum durften die einen Komfort und Zerstreuung haben, und die anderen sollten weiter schuften und leben wie die Sklaven? Aber so musste es nicht bleiben, davon war er überzeugt, dafür schlug sein Herz. Man konnte das überwinden. Sie mussten nur zugreifen, die neuen Möglichkeiten nutzen. Sie hatten ein etwas leichteres Leben direkt vor der Nase.

Sepp hätte es nie zugegeben, aber er dachte dabei auch an Rosa. Seit er in einem Werbeprospekt einen Polstersessel entdeckt hatte, sah er sie darin sitzen. Wenn sie erst Geld hätten, würde er ihr so einen kaufen, damit sie sich darin ausruhen konnte, sie kannte ja nur die harten Stühle und Bänke aus Holz. Vielleicht wäre sogar auch irgendwann mal eine Wäscheschleuder drin. Es gab heute so viele Dinge, die einem die Plackerei etwas leichter machten.

»Vergesst eure Ochsen und die Pferde«, rief der Vertreter von seiner improvisierten Bühne herab in die Gaststube hinein. »So ein Deutz frisst nichts, säuft nichts und scheißt euch den Stall nicht voll. Dafür hat er Hydraulik und eine Dreipunktkupplung. Der leistet mehr als ein Pferd oder ein Knecht jemals könnten!«

»Ja, und kostet auch viel mehr!«, rief ihm einer aus den hinteren Reihen entgegen.

»Wenn du ihn mir schenkst, nehm ich den sofort!«, rief ein anderer.

Geld war ein Problem. Geld hatte hier keiner. Aber auch dafür kamen Leute, die die Lösung hatten: Vertreter von Raiffeisenbanken und Genossenschaften. Sie versprachen Kredite. Und damit man die Kredite auch bedienen konnte, kamen die Molkereien. Es schien sich alles recht zu fügen.

»Wenn ihr geschickt seid, könnt ihr aus einer Kuh 3000 Kilo im Jahr rausholen«, schwor einer der Molkereimitarbeiter sie ein. Und die Tiefenthaler Bauern bogen sich vor Lachen. So viel Milch aus einer Kuh! Hahaha! Nur der Konrad Stocker lachte nicht, sondern rief: »Dann baut uns auch Straßen, die bis auf den Berg heraufgehen, dann bring ich euch so viel Milch, wie ihr haben wollt!« Recht hatte er. Ohne Straße hatten die ganzen Träumereien keinen Sinn. Zu den meisten Höfen führte im besten Fall ein Karrenweg, oft aber kaum mehr als ein Trampelpfad. Und trotzdem wollten viele hier, dass das so bliebe. »Eine Straße kannst du haben«, hatte der Nachbar vom Stocker sofort gerufen. »Aber durch meinen Acker führt die nicht!« Es war immer das Gleiche mit den Leuten hier im Tal, dachte Sepp kopfschüttelnd. Alles Neue erstmal ablehnen. Da brach ein neues Zeitalter an, aber die meisten kapierten es einfach nicht. Wie seine Mutter. Beharrten auf dem, was war. Kopf einziehen und weitermachen. Mit Pflug und Pferd wie vor hundert Jahren.

Er hatte jetzt freie Sicht nach vorne. Die meisten hatten sich lieber an die Tische in den Ecken verzogen. Rauchten Pfeife, schmissen Karten, ließen sich noch ein Schnapsl bringen. Sie saßen es aus, wie Schlechtwetter. Würde schon alles vorüberziehen. Die Tiefenthaler Methode. Aber die wirkte bei ihm nicht. Er würde sich nicht wegducken und warten. Er trank noch einen am Tresen, dann brach er Richtung Innerleit auf. Je höher er stieg, desto kälter wurde es, aber das machte Sepp heute nichts aus. Er würde es selbst der Kälte bald zeigen. Kein Warten mehr, bis der Winter gnädig das Feld geräumt hatte und man etwas anbauen konnte. Kühe gaben immer Milch, egal wie das Wetter war. Jahrhundertelang waren sie hier oben vom Wetter abhängig gewesen, aber jetzt war Schluss damit. Mit einem feierlichen Gefühl in der Brust schaute Sepp dem Innerleit entgegen – und fuhr zusammen: Da stand die Kaiserschütze Rosa, die Beine fest in die Erde gestemmt und neben ihr der alte Pflug. Sepp jaulte auf. Das Wetter zu besiegen würde leichter werden als diese Frau.

Talschluss

Das Tal war eine Sackgasse. Jedes Mal dachte sie das, wenn sie zu ihren Eltern fuhr. Korrekterweise sprach man von einem Schlusstal, aber für sie war es schon immer eine Sackgasse gewesen. Die Straße schlang sich beinahe parallel zur Falschauer, die durch die Talsohle floss, führte noch ein Stück an der Lahnersäge vorbei und ragte schließlich wie ein abgerissener Faden in Bauer Pöders Wiese hinein. Ein paar Hundert Meter dahinter erhob sich der Nagelstein. Richtung Westen kam man im Tiefenthal nur genau bis zu dieser Stelle, dann stieß man unweigerlich auf eine Wand aus Stein.

Auf halbem Weg lag der Kreuzwirt. Franziska war schon fast vorbeigefahren, als ihr auffiel, dass die Fenster mit Brettern vernagelt waren. Verdammt, dachte sie. Hatte diese Institution also auch dichtgemacht. Immer mehr Geschäfte hatten in den letzten Jahren aufgeben müssen. Der Ort atmete mit den Ferienzeiten, und manchem ging im Leerlauf dazwischen die Puste aus. Knapp 3000 Einheimische waren sie hier, dazu kamen rund

1500 Gästebetten, woanders waren es mehr als doppelt so viele. Am geschäftigsten waren die Weihnachts- und Neujahrswochen, dann gehörte das roboterhafte Staksen der Skischuhe zum Dauersound im Tal, und man trat sich nicht nur am Skilift auf die Füße. Aber kaum war der letzte Kombi mit den auf das Dach geschnallten Skiern verschwunden, hängten die Gasthäuser ihre »Wir machen Winterpause«-Schilder an die Tür und die meisten Geschäfte ließen die Rollläden runter. Der Bäcker und das Lebensmittelgeschäft hatten außersaisonal immerhin an fünf Vormittagen geöffnet, aber alles andere lohnte sich einfach nicht. Nicht mal die Pizzeria hatte auf. »Ich kann ja hier nicht alles vorhalten, bloß weil eventuell einer von euch mal auf eine Pizza runterkommt«, hatte Margit Gruber verlauten lassen. Mal eben an einem Sonntag mit den Kindern essen gehen war außerhalb der Saison nicht drin. Und während der Saison war es meist zu überlaufen.

Kurz vor Talschluss stellte Franziska das Auto auf dem Parkplatz der Pension Elisabeth ab und holte die Milchkannen aus dem Kofferraum. Seit sie eine Art private Milchauslieferin geworden war, war sie im Besitz einer eigens dafür geeigneten Getränkekiste. »Wenn du schon einen Bauern heiraten musst, dann will ich wenigstens regelmäßig frische Milch«, hatte Franziskas Mutter Elisabeth, Geschäftsführerin und Namensgeberin der Pension, klargestellt. Einmal die Woche kam Franziska also hier angefahren, umgekehrt ließ sich Elisabeth Kofler am Innerleit eher selten blicken. »Das Geschäft, du weißt das doch, Franziska …« Ihre Mutter tat gerne so, als wären sie nie Bauern gewesen. Sie hatte ihre Herkunft schon vor langer Zeit abgestreift wie ein Kleid, das einem unangenehm auf der Haut wurde. Kerzengerade saß sie am blitzblank polierten Empfangstresen, den Blick Richtung Tür gerichtet, auch jetzt in der Nebensaison, wenn gar nichts los war. Als das Glöckchen klingelte, sprang in ihrem Gesicht ein Lächeln an. Dann erkannte sie ihre Tochter. »Ach, du bist es«, sagte sie, immer noch freundlich, aber anders freundlich, als sie mit den Gästen sprach. »Komm, ich helf dir mit der Milch«, und eilte ihr entgegen, als hätte Franziska einen schweren Koffer dabei.

Es war eingesickert. Die Zuvorkommenheit, die Begrüßungsformeln und Abschiedsworte, das professionelle Lächeln jederzeit. Die Koflers waren in den Siebzigern die Ersten im Ort gewesen, die Kühe gegen Touristen eingetauscht hatten. In den Städten war man schon länger auf sie eingestellt gewesen. In Meran und Bozen spuckten die Züge jedes Jahr ab dem ersten Juni Sommerfrischler an den Bahnsteigen aus. Dort kurten sie, dümpelten in den Thermen herum und dinierten in den Hotels. So war das im Bahnzeitalter. Mit dem Autozeitalter quoll die Gästeflut dann allmählich über die Ränder der Städte hinaus wie ein gut gehender Hefeteig.

Und bald hörte man auch von ehemals bäuerlichen Dörfern wie Hafling oder Gröden, dass viele Einheimische dort jetzt von Touristen besser lebten als vom Rindvieh oder ihren Äckern. Ins Tiefenthal fand bis weit in die Siebziger kaum einer. Zunächst war es nur schwer erreichbar gewesen, später versperrten Stauseearbeiter den Weg. Während man anderswo noch die letzte Lücke als Fremdenzimmer ausstaffierte, hielten die Baufahrzeuge mit ihren ewigen Staub- und Dieselwolken alles fern vom Tal, was nicht hierhergehörte. Lange war hier nichts außer der Hund begraben. Doch noch etwas später war es genau das, was die Gäste suchten. Tiefenthal wurde die zweifelhafte Ehre zuteil, ein Geheimtipp zu sein. Menschen sprangen aus dem VW-Käfer, legten die Köpfe in den Nacken, um den Tiefenthaler Paarhöfen auf den Hängen entgegenzublicken, die dort saßen wie eh und je, und begannen ihre Loblieder zu singen, in denen oft Adjektive wie *ursprünglich*, *natürlich* oder *original* vorkamen. Sie stürzten sich auf die erstaunten Rinder, als wären es zahme Hunde, kletterten auf die Almen, bestellten aufgeschnittenen Speck und Kaiserschmarrn und gaben sich dem stolzen Glück hin, einen Ort entdeckt zu haben, den man noch als *unberührt* bezeichnen konnte. Die Landnahme des neuen Mittelstandes hatte – mit etwas Verspätung – auch das Tiefenthal erreicht.

Die Fremden kletterten die Berge herauf, über die alten Wirtschaftswege und Ziegenpfade, sogar auf den

Totenwegen hat man sie gesehen. Die Tiefenthaler schauten ihnen verdutzt und neugierig hinterher und wunderten sich, dass da jetzt jemand hochging, der dort nichts zu schaffen hatte. Man musste das erst lernen, dass sie es zum Vergnügen machten. Und dass man sie nicht *Fremde* nannte, sondern *Gäste*. Die fremden Gäste schienen die Erlaubnis zu besitzen, sich im Tal jederzeit und überall so frei zu bewegen, als wäre es ihr angestammtes Recht. Sie überholten mit ihren Autos hupend die Ochsenkarren auf den Wirtschaftswegen und winkten, bis die verdutzten Bauern hinter ihnen im Staub verschwanden. Die Fremden hatten ein seltsames Interesse an allem, was den Tiefenthalern selbstverständlich war. Sie steckten ihre Köpfe in die Ställe, standen vor den Emporen der Stadeln, bewunderten die dort vergessenen Erdwagen, Heukarren und Mühlsteine, und versuchten sich einen Reim auf deren Funktion zu machen. »Schau mal, Manfred, damit hat man hier wohl früher das Korn gemahlen.« Sie gingen sehr langsam an den Stubenfenstern vorbei und reckten die Hälse, um einen Blick auf Familien zu werfen, die ihre Mittagssuppe löffelten. »Hach, ist ja urig!« Sie standen während der Herz-Jesu-Prozessionen am Straßenrand mit Fotoapparat in der Hand und Sportkappe auf dem Kopf, mischten sich beim Krapfenfest unter die Einheimischen und hakten sich ein, wenn die Blaskapelle spielte. Sie hielten am Stausee, an dem die meisten Tiefenthaler noch immer verletzt vorbeischauten, klappten am Ufer Tische auseinander, schlugen karierte Tischdecken darüber aus und machten *Picknick*. An heißen Tagen sprangen manche sogar ins Wasser, planschten, kreischten und tauchten um Alois Kranzers versunkene Hofmauern herum. Sie sahen gar nicht, wenn ein Tiefenthaler am Ufer vorbeikam und sich erschrocken bekreuzigte.

Beliebt war plötzlich auch der Sunnleitenstieg hinter Koflers Hof, Franziskas Elternhaus. Er führte recht steil durch den Lärchenwald bis zur St. Magdalena Kapelle hinauf, von wo man den besten Ausblick auf das gesamte Tal hatte und sogar auf die Hänge vom Stilfser Joch. Und wenn die Fremden auf dem Rückweg mit roten Gesichtern wieder an Koflers Hof vorbeimarschierten, fragten sie nach frischem Wasser und als sie Elisabeth Kofler mit den *Fockn* sahen, fragten welche auch nach einem Stück Speck. Der Rest war Geschichte, Franziska hatte sie hundertmal gehört. Freilich hatte Elisabeth Kofler einem, der darum bat, nicht einfach nur ein Stück Speck gegeben, sondern fuhr auf wie bei einer Hochzeit. Die herausgeputzten Fremden aus der Stadt sollten bitte keinen schlechten Eindruck haben vom Bauernvolk. Sie tischte Speck und Brot auf, geräucherte Kaminwurzen, Butter, Käse und eine Schüssel Kraut mit Geselchtem und weil sie ihn eh im Ofen hatte, auch noch einen Strudel mit Schwarzbeerfüllung. Eine anständige *Marende* war Elisabeth Koflers geringste Küchenkunst.

Am nächsten Wochenende kamen die gleichen Leute, aber diesmal schon zu sechst, und als sie wieder gingen, hielt Elisabeth Kofler mehr Geld in der Hand, als sie für einen Monat Butter hätte bekommen können. Im nächsten Frühjahr schrieb sie *Buschenschank* auf ein Holzbrett, platzierte es am Straßenrand und stand von da an Freitagfrüh bis Sonntagnacht in der Küche. Sie wälzte Teig für Krapfen und Strudel, rührte riesige Pfannen Kaiserschmarrn, servierte *Knödeltris* und *Kasnocken*. Mit dem Lob und den Komplimenten, die sie dafür bekam, baute Elisabeth Kofler sich ein Selbstbewusstsein auf, wie es unter Tiefenthaler Bäuerinnen selten war. Und von den Einnahmen baute ihr Mann im Haus zwei Zimmer für Gäste aus, was unerhört war. Schon im nächsten Jahr bestellte Andreas Kofler seinen widerspenstigen Acker ein letztes Mal, brachte die Kühe zum Schlachter und baute dann auch den Stall zu Fremdenzimmern um. In die Erde neben der Straße kam ein weiteres Schild, auf dem *Zimmer frei* und *Fließend warm Wasser* stand. Aber frei waren die Zimmer selten.

Franziska hatte erst selbst zur Touristin werden müssen, um zu verstehen, was da in ihrem Tal während ihrer Jugend vor sich gegangen war. Als sie mit Anfang zwanzig auf dem Beifahrersitz eines Motorrollers in das undurchdringliche Straßengewirr von Ho-Chi-Minh-Stadt hineinfuhr, wich ihre Euphorie bald einer faden Ernüchterung. Sie war um die halbe Welt gereist, um etwas Besonderes zu erleben, etwas Einzigartiges. Dann sah sie all die unzähligen anderen, die genau das Gleiche wollten. Sie sprachen Englisch, manche Holländisch, die meisten sprachen Deutsch. Aber ansonsten unterschieden sie sich nicht groß: Shorts und Tanktops, ungekämmte Haare und ein etwas kegeliger Gang wegen der großen *Backpacks*, die sie alle auf dem Rücken trugen. Sie fläzten auf Plastikhockern am Straßenrand über Bier oder Smoothies und über Plänen, die sie über die Ränder der Stadt hinausbringen sollten. In der Stadt waren sie bloß, um auszuschwärmen. Sie würden in Vororte ausrücken, dabei versuchen, ihre Abziehbilder abzuschütteln, um etwas Besonderes zu sehen und zu erleben, etwas, das noch *ursprünglich* war oder sogar *unberührt*. Etwas, das nur die *locals* kannten. Und Franziska tat genau das auch und fühlte sich schlecht dabei. Wenn sie um Tempel herumstrich und den Hals reckte, um einen Blick auf die Zeremonien zu erhaschen. Wenn sie über Trampelpfade in der roten Erde zu Tümpeln stapfte und aus der Ferne die badenden Kinder beobachtete. Sie sah, dass die Einheimischen ihr hinterherschauten, wie sie im Tiefenthal den Fremden hinterhergeschaut hatte: genervt und resigniert. Und wenn einer ihr am Abend das B & B-Zimmer zeigte, dann erkannte sie in den Gesichtern hier am anderen Ende der Welt, was sie von ihrer Mutter von zu Hause so gut kannte: professionelle Gastfreundlichkeit. Es war der Gesichtsausdruck von Menschen, die gelernt hatten,

Sorgen zu haben und trotzdem zu lächeln. Menschen, mit einem großen Durchlauf an anderen Menschen, die alle *einzeln* gesehen, geschätzt und hofiert werden wollten. Sie fragte sich, ob diese Menschen einst ihre Pension, ihr Restaurant, ihre Bar mit dem gleichen feierlichen Stolz für die Fremden hergerichtet hatten, nur um jetzt verloren zwischen leeren Stühlen zu sitzen, weil die Fremden weitergezogen waren. Weil der Geheimtipp zu touristisch geworden war. Weil die Gäste jetzt woanders saßen und seufzend an die Worte von Hans Magnus Enzensberger dachten: *Der Tourist zerstört, was er sucht, indem er es findet*, und dann weiterzogen und weitersuchten.

Zumindest in einem Punkt konnten Franziskas Eltern ihr keine Vorwürfe machen. Wie man in etwas hineinrutscht, hatten die Koflers quasi erfunden. Denn wer konnte damals schon wissen, wo das Ganze hinsteuerte? Als Franziska zehn war, hatten die Koflers das größte Hotel im Tal, und als sie 15 war, hatten sie die größten Sorgen. Nicht nur andere Tiefenthaler hatten aufgerüstet, im Tal standen jetzt gut zwei Dutzend weitere Hotels. Aber im Vergleich zu anderen Alpentälern war es lächerlich. Das waren keine Dörfer mehr, das waren Vergnügungsparks mit Bergkulisse. Mit Après-Ski und Happy Hour, Karussell und McDonald's. Und auf der Alm in 2300 Meter Höhe traten Elton John und Tina Turner auf. Im Tiefenthal spielte am Tiroler Abend gerade mal der Zappen Luis auf der Steirischen

Harmonika. Sie waren schon wieder abgehängt. Diesmal durch keinen Staublärm, sondern von einer Welt, die nur noch schwer zu durchschauen war. Geheimtipp oder Dauerparty, keiner wusste mehr, was die Leute eigentlich wollten. Und dann ging es auch noch mit dem Fliegen los. Als die Koflers mit dem Gastbetrieb begonnen hatten, war alles noch einigermaßen berechenbar gewesen. Sommerfrischler blieben gerne mal drei bis vier Wochen. Später verteilten die Leute ihren Urlaub auf mehrere Tage am Stück und wollten in einer Woche am liebsten vier Großstädte auf einmal sehen. Andreas und Elisabeth Kofler waren bald ein Schatten ihrer selbst. Den Bauernhof abzuschütteln war kein Befreiungsschlag gewesen. »Da war es mit den Kühen früher fast einfacher«, stöhnte der Vater. »Die konnte man anbinden, da musste man nicht bangen, ob die im nächsten Jahr wiederkommen oder nicht doch lieber eine Woche *all inclusive* nach Ibiza fliegen.« Andreas Kofler saß jetzt viel im Kreuzwirt herum; ein Bauer ohne Land und Vieh. Und Elisabeth Kofler saß an der Rezeption, den Blick auf die Tür gerichtet, im Gesicht ein gemeißeltes Lächeln und im Herzen die übergroße Sorge, ob in der nächsten Saison noch genug Gäste kommen würden. Zu Franziska sagten sie: »Sieh zu, dass du was von der Welt siehst und was Anständiges aus dir wird!« Die Koflers würden aus dieser Sackgasse von einem Tal nicht mehr herauskommen, aber zumindest für ihre Tochter sollte es anders kommen. Und zunächst klappte das auch ganz gut. Matura in Meran, Studium in Wien, Auslandsemester in Portugal. Franziska musste nicht darum betteln. Einen Bauernhof gab es nicht zu übernehmen. Sie war frei, und die Eltern schoben ihrer Tochter das dafür nötige Geld gerne zu. »Die Franziska ist jetzt in Amsterdam. Ist jetzt in Paris. Studiert jetzt Biologie in Wien. Die Franziska macht bald den Doktor.« Endlich konnten die Koflers den Erfolgsgeschichten, die die Gäste immer im Gepäck hatten, auch mal was entgegensetzen. Bekamen nicht nur zu hören: »Der Ulf ist jetzt auf dem Gymnasium, ist jetzt auf dem Internat, ist jetzt in London, ist jetzt Investmentbanker, hat jetzt eine Frau, eine Zahnärztin, hat jetzt drei Kinder.«

Und dann ist die Franziska mal wieder im Tal zu Besuch, schlägt beim Kuppelwieser Sommerfest über die Stränge und lacht sich den Bauern vom Innerleit an. Ab dann wurden die Koflers wieder verschwiegener den Gästen gegenüber. Das mussten sie selbst erstmal verdauen. Oder hoffen, dass sich das von selbst erledigte. Tat es aber nicht. Als ob das wirklich stimmte, was man über die Paare sagt, die auf dem Kuppelwieser Sommerfest zusammenkommen: Das hält für immer.

»Den Innerleit Hannes? Bist du verrückt!«, musste sie sich von ihrer Mutter anhören. Wobei das nicht gegen Hannes ging. Der war ein anständiger Kerl, das wusste jeder im Ort. Ein Bauer durch und durch. Stach aus der

Innerleit-Erde wie eine alte Sorte. Jeder wusste ja alles über jeden, daran hatte sich nichts geändert. Bäuerliche Beobachtungsgabe beschränkte sich nicht nur auf Wetter, Vieh und Pflanzengedeih. Man hatte Ohren und Augen überall. Wusste, wer sein Vieh vernachlässigte, über seine Verhältnisse lebte, ein Zimmer am Finanzamt vorbei vermietete und am Sonntag in den Klingelbeutel mal wieder nur mickrige Münzen fallen ließ. Sie wussten über Hannes Großmutter Rosa Bescheid. *Eine große Bäuerin!* Sie kannten die Geschichten über das Unglück mit Rosas Mann Mathias. *Was für ein tragisches Ereignis.* Der Ehrgeiz des jungen Sepp war ihnen im Gedächtnis geblieben. *Das war doch der Erste, der die Milch heruntergebracht hat, als es noch nicht einmal einen richtigen Weg gab.* Und wie es mit Sepps Frau ausgegangen war, das wusste natürlich auch jeder. *Die erste amtliche Scheidung im Tiefenthal.* Gehört hatte Franziska diese ganzen Geschichten auch alle. Nur zu Gesicht bekommen hatte sie Hannes kaum einmal. Der kam ja nicht weg von da oben. Das letzte Mal musste wohl beim Fasching gewesen sein. Sie ging als Erdbeere, er als Cowboy. Aber da waren sie noch Kinder. Und dann hatte er ja bloß noch den Hof im Kopf gehabt, während sie durch die Welt jettete und die Natur typologisierte. Aber zum Kuppelwieser Sommerfest kam er dann doch mal herunter, stand neben ihr am Bierstand an, und sie wusste erstmal gar nicht, wer er war. Sie wusste nur, dass Georg hinterm Tresen sich mit dem Zapfen ruhig Zeit lassen konnte. Sie unterhielt sich gerade gut.

Und dann ging alles ziemlich schnell. Um elf tanzten sie unter dem klaren, freien Himmel zu den 90er Medleys von *DJ Andy Berg*, man kannte seine musikalische Dramaturgie auswendig, zum Schluss wurde es immer sehr gefühlig, aber manchen kam es gerade recht. Um eins ließen sie sich mit einer Flasche Wein, die Hannes Georg abgeschwatzt hatte, auf einen Strohballen fallen und saßen dort, bis der Aufräumtrupp ihnen die unterm Hintern wegzog. Sie suchten sich dann einen Platz bei den Urlärchen. Diese schorfigen Giganten, Durchmesser um die vier Meter, angeblich 3000 Jahre alt. Normalerweise waren sie im Sommer von Touristen belagert, und das manchmal wortwörtlich. Man fand nicht selten jemanden in inniger Umarmung daran kleben, in tiefer Meditation zwischen dem Wurzelwerk sitzend oder versunken die Stämme umrundend, *um ihre Aura aufzunehmen*. Aber um diese Zeit hatten sie den Platz für sich allein. Um vier erzählte sie ihm von den Rotkehlchen. Sie hatte das so lange für sich behalten, wie sie konnte. Hatte sich angewöhnt, ihren Forschungsschwerpunkt nicht mehr zu erwähnen, vor allem nicht gegenüber Männern. Entweder lachten die bloß, oder es kam ein dummer Spruch. Jaja, mit Vögeln kannte sie sich aus. Wie witzig. Sie konnte das nicht mehr hören. Aber Hannes war anders.

»Rotkehlchen wissen, wenn Schnee kommt«, sagte er.

Sie horchte auf.

»Manchmal habe ich da oben im Winter ganze Schwärme«, erzählte Hannes. »Es ist, als ob sie aus dem Himmel stürzen. Kurz vor dem Boden bremsen sie ab und steigen gemeinsam ruckartig wieder auf, immer ein paarmal hintereinander das gleiche Manöver. Ich stell mich dann auf Schnee ein. Und lieg damit eigentlich immer richtig.«

»Ah ja, warte mal …«, Franziska kramte in ihrem Gedächtnis herum. »Morgendliche Einfälle nennt man das Phänomen. Ist bei Rotkehlchengruppen durchaus bekannt«, sagte sie. »Aber ob das als Wetterprophezeiung taugt, darüber gibt es, soviel ich weiß, noch keine Untersuchungen.«

»Dann ist es aber an der Zeit, dass sich jemand der Sache mal annimmt«, sagte Hannes.

Schneeprophezeiungen beim Sommerfest zu untersuchen sei nur leider etwas unrealistisch, hatte Franziska darauf gemeint. »Aber wenn wir Glück haben, hören wir sie gleich. Rotkehlchen sind immer die ersten, die am Morgen singen.«

Und dann legten sie sich ganz still unter eine junge Bergkiefer und warteten. Möglich, dass irgendwann ein Rotkehlchen kam, auf den höchsten Wipfel seiner Singwarte hüpfte und, nachdem der Zweig noch ein paarmal sanft rauf und runter wippte und schließlich stillstand, sein hohes, aufgeregtes Lied anstimmte. Genau in dem Moment, als der erste leuchtende Sonnenstrahl hinter dem Hochwart am Himmel erschien. Aber davon bekamen die zwei Umschlungenen da unten im Gras nichts mehr mit.

»Ob du einen Kräutertee willst«, fragte Franziskas Mutter, offensichtlich nicht zum ersten Mal. Sie stand in der großen Küche hinter der Empfangshalle und spülte die Milchkannen aus. »Och nö«, dachte Franziska und sagte: »Natürlich, gern.«

Nichts hatte sie damals in diesem Tal halten können, ihre Eltern hätten sie gar nicht aus dem Nest zu schubsen brauchen, sie wollte sowieso nur weg von hier. Und als sie endlich wegkonnte, als sie kurz davorstand, die Zelte für immer abzubrechen, da hatte sie Hannes kennengelernt. Willkommen in der Sackgasse. Damals hatte sie das natürlich nicht so gesehen. Hochheiraten, das war im Tiefenthal kein Euphemismus für einen Aufstieg, aber sie war eben verknallt. So richtig. Und wenn du verknallt bist, dann kommt dir selbst der Innerleit flach wie Holland vor.

Franziska lief mit den Teetassen hinter ihrer Mutter her, die schon wieder am Empfangstresen Platz genommen hatte. Sie holte sich einen Stuhl und setzte sich zu ihr. Sie wusste, was jetzt kam. Elisabeth Kofler besaß das Talent, stets exakt innerhalb einer Teelänge alle wesentlichen Themen abzuhandeln: Wie geht es den Kindern? Und mit Hannes? Wie steht es um die Buchungen? Im Sommer alles belegt? Dann würden die üblichen Klagen über Stornos und unzuverlässige Zimmermädchen folgen. Immerhin fragte sie nicht mehr nach dem Labor. Manchmal, wenn es um die berührungsempfindlichen Stellen ging, konnte Elisabeth auch ihrer Tochter gegenüber so höflich und diskret sein wie einem Gast, den man nicht fragte, warum er allein unterwegs war. Franziska hatte erst wirklich geglaubt, dass es funktionieren würde. »Mama, nur weil ich da oben wohne, heißt das doch nicht, dass ich Vollzeitbäuerin werde«, hatte sie beteuert. Damals dachte sie noch optimistisch. Mit der Stelle am Geo- und Umwelttechniklabor in Lana würde es schon gehen. Sie würde halt pendeln. Machten andere ja auch. Und die angefangene Promotion würde sie sausen lassen. Wenn sie ganz ehrlich war, löste die Vorstellung, nur noch am Schreibtisch zu sitzen, sowieso nicht nur pure Freude in ihr aus. Da war ein Bergbauernhof mit einem Wald dran doch die viel bessere Alternative. Praxiserfahrung vor der Haustür sozusagen. Und die Rotkehlchen würden ihr Hobby sein. Allerdings bekam sie die Vögel dann wegen der Pendelei bald kaum noch zu Gesicht. Wenn es gut lief, brauchte man nach Lana eine Stunde. Wenn es schlecht lief, schlich man hinter dem Milchtransporter her, hinter dem Holztransporter oder hinter Josef Oberthaler, der seinen Audi immer noch so fuhr wie früher sein *Ape-Dreirad* mit 3 PS. Überholen war jedes Mal eine Entscheidung über Leben und Tod und auf der gesamten Strecke an maximal drei Stellen möglich. Der Rest bestand aus Kehren, 21 Stück. Franziska hatte sie gezählt. Sie hätte sie mit geschlossenen Augen fahren können. Als sie das erste Mal schwanger war, musste sie pro Weg mindestens ein Mal anhalten. Keine Ahnung, warum man es Morgenübelkeit nannte, sie hatte Morgens-, Mittags- und Nachmittagsübelkeit. Und Kurvenübelkeit kam noch dazu. Für Ella, ihre Große, hatte sie noch eine Tagesmutter gesucht. Da war sie gerade mal ein Jahr alt. Für Tiefenthaler Verhältnisse war das immer noch ein skandalös früher Zeitpunkt. Der einzige Kindergarten im Tal nahm Kinder erst ab drei Jahren auf und auch nur bis mittags. Manchmal, wenn sie es nicht rechtzeitig schaffte, musste sie Hannes anrufen, damit er die Kinder holte, und alle guckten dann, als hätte eine Kuh einen Handstand gemacht.

Das Patriarchat hatte das Tal gut im Griff. Franziska hatte das alles vorher gewusst, sie war ja von hier. Aber sie, sie würde das ändern, hatte sie gedacht. Eine musste ja anfangen. Ihrer Mutter hielt sie flammende Reden, über die Vereinbarkeit von Beruf und Bauernhof. »Alles kein Problem, Mama. Hannes zieht da mit, der ist anders. Wir schaffen das schon.« Damals wusste sie eben noch nicht, wie sich das alles in echt anfühlen würde. Dass Ella als Baby immerzu schrie, sich nie ablegen ließ. Dass sie die Arme nach ihr ausstreckte, die Augen bis zum Rand mit Tränen voll, wenn sie ging. Und wie weh das tat, die Tür dann trotzdem zuzuziehen. Dass die Kleine auch noch mit zwei Jahren mehrmals pro Nacht wach wurde und sie dann hingehen musste, schon mit dem Nächsten schwanger. Dass sie immer gereizter wurde und es an Hannes ausließ, der für jedes Kalb aufstand, für jede kränkelnde Kuh und im Sommer alle zwei Stunden, um die Bewässerungsanlage anzuschmeißen. Aber wenn eins der Kinder brüllte, schlief er immer wie ein Stück Holz. Sie konnte sich ja bald selbst nicht mehr klagen hören. Sie wollte keine sein, die dauernd zetert. Aber sie hatte ja auch keine werden wollen, die hinter Gästen herräumt. Nur, neben dem mickrigen Milchgeld musste nun mal etwas zusätzlich reinkommen. Mit einer Halbtagsstelle im Labor jedenfalls ging es nicht. Nach Abzug von Benzin- und Betreuungskosten blieb kaum etwas übrig. Da konnte sie es auch gleich bleiben lassen. Und sich der Ferienvermietung widmen. Die war ja immerhin am Hof. Sie würden sich gemeinsam darum kümmern, hatte Hannes versprochen. Aber inzwischen blieb das meiste doch an ihr hängen. Wenn Gäste ankamen, verdrückte er sich, wenn sie wieder abreisten, hatte er wieder was zu tun. Und immer öfter auch, wenn keine Gäste da waren. Früher war das anders gewesen: Stundenlang hatten sie miteinander geredet. Hannes Unterholzner, der einzige Mensch im Tiefenthal, der die Zähne auseinanderbekam, auch bei den schwierigen Themen. Und dann war das auf einmal auch bei ihm vorbei. War am Ende bei den Menschen wohl nicht anders als bei den Rotkehlchen. *Die Gesangskurve des Männchens steigt signifikant mit der Suche nach einer Partnerin an. Hat sich ein Paar gefunden und haben sich die beiden aneinander gewöhnt, so kommt erst einmal eine Zeit der gegenseitigen Nichtbeachtung, denn das Geschlechtsverhalten scheint an den Nestbau gekoppelt zu sein.*

Ihr persönlicher Tiefpunkt war dann erreicht, als sie am Hof den Status einer *unbezahlten Mitarbeiterin* angenommen hatte, wie es bei Familienmitgliedern auf Bauernhöfen oft der Fall war. Als Selbstständige waren die Abgaben einfach zu hoch. »Es ist doch nur eine Formalität. Geld aus dem Fenster zu werfen können wir uns eben nicht leisten«, sagte Hannes, und sie unterschrieb. Seitdem musste nur noch Hannes Abgaben zahlen, aber es ging ihr nicht aus dem Kopf. *Unbezahlte Mitarbeiterin in einem landwirtschaftlichen Betrieb*. Selbst Mägde bekamen früher Geld für ihre Arbeit. Sie hätte einen Doktor in Biologie haben können, und jetzt war sie weniger als eine Magd und schwanger mit dem vierten Kind. Manchmal kam sie sich hier oben vor wie in einem Heimatroman, der nicht gut ausgehen würde.

»Wann ist nochmal der Entbindungstermin?«, fragte Elisabeth. »Anfang August«, antwortete sie.

»Aber das ist ja mitten in der Hochsaison!«, rief ihre Mutter entsetzt, als ob sie es zum ersten Mal hören würde. »Und habt ihr da oben zu dieser Zeit nicht die ganze Heuarbeit?«

»Ja, Mama. Den zweiten Schnitt. Wie immer.«

»Ach Gott, Franzi …«, stöhnte Elisabeth Kofler und wandte sich lieber wieder der Tür zu, durch die aber auch keine Lösung kam.

»Schon gut, Mama«, sagte Franziska und trank schnell den letzten Schluck Tee. »Das wird schon irgendwie gehen.«

Sämlinge

Es ist gut gegangen, dachte Rosa erleichtert, als die ersten Sämlinge wie kleine grüne Speere aus der Erdkruste herausstachen, der Hafer zuerst, dann bald auch der Roggen. Schon als Kind hatte sie das Aufkeimen jedes Mal mit aufgeregter Freude bestaunt. Wenn der Vater im Frühjahr einen Acker für das Sommergetreide oder im Herbst für das Winterkorn fertig gebaut hatte, stand sie oft in der Nähe und schaute zu. Aussäen ließ er sie nie, das war eine Sache der erfahrenen Leute, es brauchte einen gewissen Schwung, mit dem man die Körner auswarf. Man musste sich Streifen für Streifen der Ackerkrume vornehmen, durfte keine Stelle auslassen, aber verschwenden durfte man das wertvolle Saatgut auch nicht. Sie sah ihn, wie er sich mit langen, vorsichtigen Schritten über den frisch umgebrochenen Boden bewegte, der so weich und federnd war wie die Mooskissen im Wald. Es kam ihr immer wie ein Zauber vor, wenn die trockenen, leblosen Samen plötzlich zum Leben erwachten, kaum dass sie in der Erde waren. Wie sie darin etwas fanden, das ihnen die Kraft verlieh auszutreiben und zu einem grünen Dickicht heranzuwachsen, so hoch, dass ein Kind darin verschwinden konnte. Manchmal harrte Rosa lange am Rand eines neu bestellten Ackers aus, weil sie das Geheimnis der Sämlinge ergründen wollte. Aber irgendwann hatte sie sich dann doch abgewandt, um kurz zu spielen oder einem diebischen Huhn nachzujagen. Dann vergaß sie das Getreide, und wenn sie wieder nachsehen ging, hatte das Korn einen neuen Trieb, ein neues Blatt, war plötzlich eine vollständige Pflanze, und Rosa kam zu dem Schluss, dass es nur wuchs, wenn man nicht hinsah.

Auch in diesem Jahr, dem ersten allein auf dem Innerleit, betrachtete sie lange das zarte Grün in der schwarzen Erde. Diesmal kam zu der Freude noch etwas hinzu, und das war Triumph. In der darauffolgenden Nacht wurde sie wach, weil sie es tropfen hörte, erst langsam und beständig, dann immer lauter und schnell. Als der Regen drei Tage später mit einem Mal wieder aufhörte und Rosa zum Acker eilte, fand sie einen beträchtlichen Teil der Erde unterhalb der Steinterrassen, die die Anbaufläche begrenzten. Das Wasser hatte sie samt den jungen Pflanzen hinuntergespült. Sie beschloss, von Neuem zu pflügen. Doch an manchen Stellen schabte das Pflugmesser über Fels, kaum dass sie ein paar Meter damit vorangegangen war, so dünn war die Erdschicht schon geworden. Es nutzte nichts, bevor sie einen Acker bauen konnte, würde sie zuerst die Erde wieder heraufholen müssen.

Alle paar Jahre mussten die Bauern am Berg die hinuntergefallene Erde wieder hinauftragen und aufschütten. Nicht nur nach schweren Regengüssen. Sie rutschte bei jedem Pflügen ab, ganz gleich, ob man die Furchen senkrecht oder waagerecht zog, sie floss mit dem Schmelzwasser dahin, machte gemeinsame Sache mit dem Schnee, kullerte in braun-weißen Klumpen in die Tiefe, gab unter den Füßen nach, wenn man auf dem Bergbuckel herumkletterte, um das Unkraut herauszureißen, oder neue Zäune hineinschlug. Jedes Jahr verloren die Bauern ein Stück Grund, als würde der Berg die Menschen mitsamt der Erde abschütteln wollen. Aber los wurde er sie dadurch nicht. Sie kamen mit ihren Erdwägelchen und Rückkörben, mit ihren Schaufeln und Spaten, mit ihrer Tüchtigkeit und Unnachgiebigkeit, in der Überzahl ihrer Großfamilien, und trugen ihre Äcker und Gemüsegärten auf den Schultern wieder hinauf.

Die Erde war noch immer vollgesogen und schwer. Wenn Rosa sich den Rückkorb damit belud und auf die Schultern hievte, drückte das Gewicht sie tief in den schlammigen Boden hinein. Wenn sie die Erde mit dem Erdwagen hochzog, steckten die Räder bald darin fest. Rosa riss an der Achse und zog, und je höher sie stieg, desto mehr hatte sie das Gefühl, der Berg zerre sie nach unten. Oft genug kippte der Wagen um, und sie verlor die Ladung schon auf halber Strecke. Wenn sie es bis nach oben schaffte, rang sie nach Luft, ihre Lunge brannte wie Feuer. Am Anfang machte sie oben Pausen, aber das Stehenbleiben und Hinabschauen machte sie hoffnungslos und verzweifelt, solange unten mehr lag, als oben sein sollte. Also stieg sie schließlich ohne zu rasten hinab und stapfte beladen wieder hoch, sank ein, fiel hin, rutschte ab, schluchzte, erhob sich, würgte trotzig den Rotz hinunter, drückte den Rücken durch und begann feste, treffsichre Schritte in den schlammigen Boden zu setzen, kräftige, wütende Schritte. Nein, der Berg würde sie nicht kleinkriegen.

Man erzog die Bauernmädchen zur Frömmigkeit, sie sollten brav sein, still und zurückhaltend. Sie durften traurig sein, wenn ihnen etwas nicht passte oder himmelschreiend ungerecht war. Traurig, aber nicht wütend. Männer durften fluchen, durften laut werden, mit der Faust auf den Tisch schlagen, manchmal auch auf andere Dinge. Sie durften sich von der Wut antreiben lassen, sie durften sich von ihrer Wut helfen lassen. Und während Rosa mit der schlammigen Erde kämpfte, begann sie etwas zu verstehen: Männer waren nicht immer stärker, sie waren wütender. Mit Frömmigkeit jedenfalls war diesem Berg hier nicht beizukommen. Und es trieb sie gut an.

Bis zum Abend hatte Rosa einen Acker auf ihrem Rücken den Berg hochgetragen. Nun lag er wie ein großes krummes Grab in der Landschaft. Aufgequollen und zerdrückt lagen die jungen Sämlinge darin. Sie war so erschöpft, dass sie kurz überlegte, ob sie sich nicht auch hineinlegen und für immer die Augen schließen sollte. So ging mancher Kampf am Ende ja aus. Irgendwann hob sie den Blick zu den Bergen. Der Himmel, der noch vor ein paar Tagen voller schwarzer Wolken gewesen war, war jetzt ganz klar. Vereinzelte rote und lila Wolkenfetzen schoben sich allmählich zu einem einzigen leuchtenden Streifen zusammen. Davor standen die Berge, dunkel und fest. Ihr weicht ja auch nicht, dachte sie. Sie blieb sitzen, bis sie das Gefühl hatte, wieder genug Kraft zu haben für die Schritte bis zum Haus. Dann richtete sie sich auf und ging hinab.

Zwei Tage gab sie der Erde zum Trocknen, dann säte sie von Neuem aus. Sie war jetzt auf der Hut. Befestigte die Terrassen, schritt die Ackerränder ab, suchte nach Rissen und lockeren Stellen. Misstrauisch beobachtete sie das Wetter, betet um Sonne, betete um Schatten, um Wind, damit der die Wolken wieder vertrieb, und um weniger Wind, damit das Korn nicht niedergedrückt würde. Sie betete um trockenes Wetter zum Mähen und Einbringen und um Verzeihung für die Willkür ihrer Gebete. Am Ende war auf den Feldern trotzdem nur so viel gewachsen, dass sie sich vor dem Vater dafür geschämt hätte. Es waren Reihen darunter, die nicht höher reichten als bis zu ihren Knien, und an manchen Stellen war außer Unkraut gar nichts aus der Erde herausgekommen.

»Sei froh«, hatte Katharina sie getröstet. »Umso weniger können sich die Deutschen unter den Nagel reißen.«

Nachdem unten im Tal der italienische *Podesta* aus der Amtsstube gejagt und durch Ortsgruppenleiter Dreher, einen Deutschen, ersetzt worden war, waren seine Adjutanten vom *Südtiroler Ordnungs- und Sicherungsdienst* im Tal unterwegs, um *kriegswichtiges Material* und *Abgaben* einzusammeln, wie sie es nannten. Die Tiefenthaler nannten es Raub, und nicht alles ließen sie sich gefallen. Dass die gusseiserne Hauptglocke der Tiefenthaler Kirche beschlagnahmt wurde, hatten sie nicht verhindern können. Aber bei der kleineren Ave-Glocke waren sie schneller gewesen. Als der *SOD* anrückte, um sie vom Turm zu holen, war sie bereits verschwunden. Nur Eingeweihte wussten, dass sie im Mitterwald bei der Wolfsgrube in der Erde vergraben lag. Auf ähnliche Weise verschwanden Säcke voll Korn und ganze Schweinehälften. Derweil zogen Hilfspolizisten mit Zollstöcken und Klemmbrettern über die Höfe, nahmen Maß vom Kornstand, zählten die Krautköpfe im Garten, notierten die Anzahl der Hühner und Kühe im Stall. Nach ein paar Tagen bekam man eine Stellkarte, auf der die sorgfältig berechneten Kriegsabgaben aufgelistet waren. »Viel schaut ja nicht gerade heraus bei dir«, hatte einer von denen beim Anblick von Rosas Getreideacker verächtlich gesagt. Zwei Sack Roggen verlangte man trotzdem von ihr. Es folgte eine Forderung über fünf Hühner, kurz vor der Schlachtzeit im Dezember sollte es ein *Fock* sein, und dann, im Frühjahr 45, kam die Benachrichtigung, dass in Kürze das Ross beschlagnahmt werde.

Rosa hatte den Roggen hergegeben, sie weinte den Hühnern nicht nach, auch wenn eine Henne darunter war, die besonders gut legte, sie verbiss sich die Wut über den Verlust des Schweins, das sie bis zur Schlachtreife kugelrund gefüttert hatte und das nun an einer Leine torkelnd den Berg hinunter abgeführt wurde wie ein Strafgefangener. Sie gab her, was man von ihr verlangte, auch wenn das Unrecht sie nachts ins Kissen beißen ließ. Diese *Strawanzer* sollten sich ihretwegen noch die paar Silberlöffel holen, die es am Innerleit gab, aber das Pferd würde sie ihnen nicht überlassen. Es war des Vaters ganzer Stolz gewesen.

Die Tiefenthaler hatten eine Freude an ihren *Viechern*. Sie schätzten und hegten ihre Kühe und gaben ihnen Namen. Sie lachten sich krumm und schief über die munteren Sprünge der Ziegen, sie schauten fasziniert den Schafherden hinterher, die sich auf den Bergflanken bewegten, als würden sie von einer unsichtbaren Hand gelenkt. Sie gaben acht auf jedes kranke oder verletzte Tier. Und wenn eins nach einem Gewitter tot auf der Weide lag, schmerzte sie der Verlust. Sie hingen an jedem Vieh, aber in ihre Pferde waren sie vernarrt. Dunkle Noriker oder blonde Haflinger hielt man hier: robustes Bergkaltblut, mit gutem Charakter, großer Kraft und noch größerer Ausdauer. Groß waren diese Pferde nicht gerade, eher stämmig. Sie zogen die kräftigsten Bäume aus dem Wald, liefen im Schnee weiter, selbst wenn er ihnen bis zum Hals reichte. Sie beherrschten den Ackerschritt, der ein ruhiges Tempo verlangte, und zogen auch dann noch unbeeindruckt mit dem Pflug ihre Bahnen, wenn plötzlich ein Hund aufbellte oder im Sommer die Bremsen erbarmungslos stachen.

Mindestens einen Haflinger gab es immer am Innerleit. Lieber hätte Breitenberger auf drei Kühe verzichtet als auf ein Pferd. Gesprochen hat er immer damit, als wäre es ein Mensch. Gab es mal besonders viel zu ziehen oder war das Gelände unwegsam, hatte er ihm gut zugeredet. Seine Pferde waren immer folgsam, ohne dass er sie jemals schlagen oder grob mit ihnen werden musste. Moidl schimpfte manchmal, weil sie meinte, der Gaul würde sie noch um den Hof bringen, so viel, wie der fraß. Aber Breitenberger sagte, was er immer sagte: »Wer gut arbeitet, der soll auch gut essen.« Am Innerleithof galt das für jeden.

Rosa saß lange über der Stellkarte, die vor ihr auf dem Tisch lag, und hielt sich die Stirn. Schließlich stand sie auf, ging in den Stall hinüber, stellte dem Haflinger Heu und einen Eimer Hafer vor, etwas mehr als sonst. Als er den letzten Rest heraushatte, machte sie ihm das Halfter um und führte das Pferd so weit hinter den Waldrand, dass sie von unten nicht mehr zu sehen waren. Dann gab sie ihm einen kräftigen Klaps und schrie: »Lauf, los! Lauf!« Doch es drehte sich bloß gleichmütig nach ihr um, schnaubte, und rührte sich nicht vom Fleck. Ein paarmal versuchte sie es noch, schrie und schob es weiter in den Wald hinein. Schließlich hob sie einen Stock, schlug das Pferd gegen die Flanke, so kräftig sie nur konnte. »Ho! Fort mit dir!« Da ging ein Ruck durch das Tier, und es lief los. Sie blieb stehen, sah ihm nach, die Wangen rot vor Scham. Später ging sie hinunter ins Tal zum Metzger Gruber. Er verstand und gab ihr, was sie brauchte. Sie blieb unten, bis es dämmerte, dann stieg sie mit dem schweren Rucksack wieder hoch zum Innerleit.

Schon am nächsten Tag sah sie einen von Drehers Gehilfen den Berg heraufkommen. Sie brauchte nicht lange, um zu erkennen, dass es Serafin vom Gasserhof war, der in einer viel zu großen Uniform steckte. Sie hatte die ganze Nacht vor Angst kein Auge zugetan, und nun hatten sie ihr ein Kind hochgeschickt.

»Griaß enk. Ich soll das Pferd holen«, rief der Bub, als er oben angekommen war.

»Du solltest lieber deiner Mutter auf dem Hof helfen«, sagte Rosa und stellte sich ihm mit etwas Abstand in den Weg. Sie wusste, dass er es sich nicht ausgesucht hatte. Inzwischen verpflichtete die Wehrmacht selbst Heranwachsende. Sie wusste auch, dass Serafins Mutter allein mit einem halben Dutzend Kindern auf dem Hof geblieben war. Serafin war mit seinen 16 Jahren das Älteste. Lange konnte Dreher ihn noch nicht einkassiert haben, die Rolle, in die er schlüpfen musste, saß noch nicht. Selbst aus der Entfernung konnte Rosa sehen, wie seine Kiefergelenke zuckten.

»Ich soll Abgaben für die Gewinnung des Krieges einsammeln, und wenn einer was nicht hergeben will, soll ich von der Waffe Gebrauch machen«, sagte der Bub und versuchte, ihr nicht in die Augen zu sehen.

»Für das Pferd bist du aber zu spät«, sagte Rosa fest. »Ich hab's gestern schlachten müssen.«

Er schaute sich verunsichert um, sagte aber nichts.

»Es hat sich das Bein gebrochen, an der Seite guckte sogar ein Knochen raus. Da war nichts mehr zu machen. Zum Gruber hätte ich es nie bringen können, aber lange anschauen mag man sowas auch nicht«, sagte Rosa.

Der junge Hilfspolizist kniff skeptisch die Augen zusammen.

»Wenn du mir nicht glaubst, dann komm mit«, sagte sie und führte ihn hinter den Stall, wo sonst die Hausschlachtungen stattfanden. Dort hing, aufgespießt an den Nüstern, ein Pferdekopf am Haken. In einer Wanne lagen große Knochen, in der Ecke lag der Schweif. »Der Rest ist schon in der Wurst«, sagte Rosa. »Bei der Wärme muss man schnell sein, es muss ja nicht gleich auch noch alles verderben. Willst du vielleicht was für die Mutter mitnehmen?«

Aber Serafin hatte bereits ein paar Schritte rückwärts gemacht. Es roch so streng nach Blut hier.

»Ich will mich trotzdem nochmal umsehen«, sagte er.

»Das kannst du gerne machen«, sagte Rosa und folgte ihm.

Nachdem ihn im Stall nur verwundert die Kühe anschauten, stiefelte er auf dem Hof umher, kletterte auf den Heustadl, umrundete das Haus, inspizierte selbst den Ziegenverschlag.

»Du kannst auch gern bei mir in der Kammer nachschauen, ob ich es nicht unterm Bett versteckt habe«, sagte Rosa spöttisch. Das war ihm jetzt offensichtlich peinlich. Er ließ nochmal seinen Blick über den Hof schweifen, konnte aber noch immer nichts Auffälliges entdecken.

»Ja, nun denn«, stammelte er. »Dann muss ich es wohl so berichten.«

»Ein ganz Fleißiger bist du. Deine Mutter muss sich sicher freuen, so einen wie dich zu haben«, rief Rosa ihm nach. Sie schaute, wie er hinunterlief, und mochte sich gar nicht ausmalen, wie seine Vorgesetzten es aufnehmen würden, dass er unverrichteter Dinge zurückkam. Aber wie sie später hörte, waren die inzwischen mit ganz anderen Sachen beschäftigt. Angeblich ging der Krieg aufs Ende zu. Ein verschwundener Gaul war da noch das geringste Problem.

Vier Tage nachdem der Gasserjunge mit leeren Händen vom Hof gegangen war, stand das Pferd wieder vor dem Stall. Es rupfte die Grasbüschel heraus, die zwischen den Pflastersteinen wuchsen, und schaute Rosa an. Es hatte Kratzer von Brombeerbüschen und war schmutzig, aber sonst schien es unversehrt. Sie legte ihm die Hand auf den Nasenrücken und seufzte tief. Dann brachte sie es schnell in den Stall hinein, bevor es noch jemand sah. Nun hatte sie ein kräftiges Pferd im Stall, das den Pflug meisterhaft ziehen konnte, und musste trotzdem die Kuh einspannen, um den Acker zu bereiten. Die kannte das nicht und folgte kaum. Blieb mal stur in der Erde stehen, riss zu der einen Seite aus, dann wieder zur anderen. Es war ein Ziehen und Zerren, ein Schinden und Schimpfen. Aber Rosa gab nicht nach, sie wollte ein bestelltes Feld für den Fall, dass Karl und Mathias bald zurück wären. Vielleicht waren sie schon ganz in der Nähe. Hielten sich bloß im Wald versteckt, hockten zusammen mit Louis hinter einer umgestürzten Fichte und warteten, bis die Lage sicher war.

Louis war nie mit den anderen Einrückern in Bozen angekommen, wie Rosa erfahren hatte. Irgendwo unterhalb des Vigiljochs, wo der Wald am dichtesten war, hatte er Reißaus genommen, verschwand im tiefen Wald und hielt sich dort versteckt. Er war nicht der Einzige. Mindestens ein Dutzend Tiefenthaler Jungen waren dem Einrückbefehl nicht gefolgt. Tagsüber zogen sie sich in die Tiefen des Waldes zurück, schliefen hinter Felsen und unter umgestürzten Wurzelballen. In bitterkalten

Nächten schlichen sie in die Nähe der Höfe und schliefen heimlich in den Heuschobern. Bei nebligem Wetter wagten sie es manchmal, im Schutz der Dunkelheit, ein kleines Feuer anzuzünden, um eilig ein erlegtes Tier zu garen. Danach traten sie schnell die Flammen wieder aus und vergruben die Knochen und Kohlestücke. In dieser Zeit wussten die Tiefenthaler, dass es keine Irrlichter waren, wenn im Wald etwas aufflackerte, und schickten ein Stoßgebet, dass nur sie das gerade sahen. Und umgekehrt schauten die Jungen aus dem Wald zu ihren Höfen herüber, aus dem Dickicht oder von den höchsten Ästen, auf die sie geklettert waren und wo der umherstreifende *SOD* sie nicht entdecken würde. Hockten da oben wie seltsame, traurige Vögel. Nicht jeder hielt das aus. Genau zwei Tage lang hatte Christian Ladurner vom Niederlahner seiner Mutter dabei zugesehen, wie sie zur Mahd auf den Feldern schuftete, dann schlich er sich ins Haus hinein, zog die Kleider seiner Schwester über, band sich ein Tuch um den Kopf und stellte sich dazu, während seine Mutter bebend vor Angst weitermähte. Unablässig das *Vaterunser* betete, bis auch das letzte Halm eingebracht und der Junge endlich wieder im Wald verschwunden war. Nicht dass sie ihn nicht zurückhaben wollte, sie weinte jede Nacht um ihn. Aber sie wusste auch, was ihm drohte, wenn man ihn erwischte. Ortsgruppenleiter Dreher hatte den vielen Deserteuren hier in der Gegend seinen ganz persönlichen Krieg erklärt. Er verstärkte die Truppen, setzte Kopfgelder und Belohnungen für Hinweise aus, ließ in der Dunkelheit Bauernstuben stürmen, zwang die zitternden Alten mit vorgehaltener Waffe auf die Knie und drohte, den Nächstbesten ins Polizeidurchgangslager in Bozen zu bringen oder gleich nach Dachau, wenn sie nicht verrieten, wo die Verräter steckten. Sippenhaft war ein Wort, das viele Tiefenthaler an solchen Abenden das erste Mal gehört hatten. Und trotzdem gleich verstanden.

Dreher fuhr manchen Sieg ein. Zwar hatten die Burschen in den Wäldern Heimvorteil, sie kannten hier jeden Winkel und jeden Unterschlupf. Trotzdem hatten Drehers Leute mit ihren Hunden den Prackwieser Hannes oben auf der Leiteralm erwischt. Sie banden ihm die Füße mit einem Strick zusammen und schleiften ihn so den ganzen Weg von der Alm bis in den Ort herunter. Mit Grunzgeräuschen machten sie sich lustig über das *feige Schwein* und drehten am Ende noch eine Runde durch den Ort, damit jeder sehen konnte, was Deserteure erwartet. *Der Soldat kann sterben, der Deserteur muss es*, so lautete die Weisung. Wo genau auf dem Weg Hannes Prackwieser gestorben war, war nicht ganz klar. Aber es ging so lange keiner mehr auf die Leiteralm, bis der Regen die blutige Schleifspur von den Steinen gewaschen hatte.

Rosa hatte davon gehört. Und trotzdem wickelte sie regelmäßig Brot, Käse und Speck in ein Leintuch und brachte es in den Wald. Sie nahm immer ein paar Ziegen mit, damit ihre eigenen Fußspuren unter den Hufabdrücken der Tiere verschwanden. Sie wusste nicht, für wen genau sie die Sachen hinter dem Baumstumpf nahe einer kleinen Lichtung hinterließ, aber sie war sich sicher, dass derjenige es gut gebrauchen konnte. Stets fand sie das Tuch vom letzten Mal sauber gefaltet und mit Moos bedeckt. Gesehen hat sie nie jemanden, und trotzdem gab es immer wieder diese Vorkommnisse. Eines Morgens waren ihre Schuhe verschwunden. Alte Holzschuhe für den Stall waren das, die Sohle schon ganz abgetreten, Rosa hatte Mühe, darin zu laufen. Sie wunderte sich, wer Schuhe in diesem Zustand gebrauchen konnte. Noch mehr wunderte sie sich, als die Schuhe ein paar Tage später wieder an alter Stelle unter dem Dachsims vor der Türe standen. Hatte sie nun endgültig den Verstand verloren? Aber als sie die Schuhe in die Hand nahm, sah sie, dass eine neue Sohle darangenagelt war. Sie fuhr zusammen und schaute sich verblüfft um. Auf der Steinmauer schlief eine Katze in der Sonne, die Hühner rannten geschäftig wie immer über den matschigen Boden, für die verschwundenen und wieder aufgetauchten Schuhe der Bäuerin hatten sie weder Zeit noch Sinn. Über dem Hof lagen die ersten milden Tage des Jahres, in denen schon ein erstes zartes Versprechen auf den Sommer enthalten war, ansonsten ging alles und jeder hier seinen gewohnten Gang. Es blieb nicht bei dieser Geste. Einmal fand sie morgens, als sie den Melkeimer in die Hand nehmen wollte, einen kleinen Alpenrosenzweig darin. Ein anderes Mal entdeckte sie eine weiß gefleckte Kauzenfeder auf dem Fenstersims. Und einmal, das war das Schönste, stand ein kleines geschnitztes Pferdchen vor der Tür. Es war etwa daumengroß, die Kerben waren fein gezogen, ansonsten war es eher kantig. Noch nie hatte sie eine Holzfigur so einer Machart gesehen. Rosa blickte Richtung Wald, hob eine Hand, zaghaft, bis zur Schulter. Es kam ihr seltsam vor, eine leere Landschaft zu grüßen. Aber sie war sich sicher, dass es nun nicht mehr lange dauern würde, bis Mathias sich aus dem Wald trauen würde. Oft versuchte sie sich sein Gesicht ins Gedächtnis zu rufen, fragte sich, ob er noch derselbe war.

An seinem Gang und seiner Statur hat sie ihn dann doch gleich erkannt, als er an einem Septembertag des Jahres 1945 den Weg zum Hof heraufstieg. Er kam exakt aus der Richtung, in die sie so oft geschaut, wohin sie ihre Gebete gerichtet hatte, selbst als der Krieg schon lange aus war. Dass etwas anders an ihm war, das hat sie dann auch gleich gesehen.

Auf neuen Wegen

Sepp hatte dieses ewige Gerede so satt. Mindestens die achte Gemeindeversammlung zum Thema *Erschließungswege zu den oberen Höfen* war das in diesem Jahr, und sie waren kein Stück weiter. Kleine abgelegene Seitentäler wie das Tiefenthal standen bei den Infrastrukturplänen der Landesregierung in Bozen nicht gerade an oberster Stelle. Für den Bau neuer Straßen gab es ab und an ein paar Kleckerbeträge. Die Gemeinde hätte den Vorgang erheblich beschleunigen können, wenn sie etwas dazugelegt hätte. Aber die sträubte sich, schließlich stand nicht jeder im Tiefenthal hinter der Idee, Wiesen und Bergrücken aufzureißen, um sie mit Teer zu übergießen. Das Tal war beinahe so gespalten wie zur Optionszeit. Die einen wollten eine Straße, die anderen nicht. Ein ewiges Hin und Her war es, ständiges Gerede, ohne irgendein Ergebnis, auch jetzt wieder seit zwei Stunden. Sepp kippelte unruhig mit seinem Stuhl, es war nicht zum Aushalten.

»Ich brauch keinen Weg, der zu meinem Hof führt«,

maulte gerade Stallwies Karl. »Der, den ich hab, der reicht mir.«

»Und ich will keinen Dreck vor der Haustür«, sagte Georg Wenin, dem die staubigen und Diesel spuckenden Baufahrzeuge während der Stauseearbeiten noch in lebendiger Erinnerung waren.

Der Mayernhof würde auf jeden Fall ein Stück Wald für einen neuen Weg hergeben müssen, wogegen die sich natürlich sträubten. Und auch der Bauer vom Egghof legte hartnäckig sein Veto ein, bei ihm ging es um eine ganze Wiese.

Sepp guckte in die Runde, etwa zwei Dutzend Männer hatten sich im Gemeindehaus versammelt und schauten verdrießlich von einem zum anderen. Es war Zeit, ein wenig Pioniergeist zu verbreiten. Irgendwer musste diese Bauern doch mal aufrütteln. Er räusperte sich, holte tief Luft und sagte in einem bestimmten und auch ein wenig feierlichen Tonfall: »Ich weiß, es zu glauben fällt manchem noch schwer, aber auf uns wartet eine glanzvolle Zukunft, ein neues Zeitalter der Landwirtschaft. Die Menschen da draußen brauchen unsere Produkte. Und wenn wir uns nur ein wenig dem Fortschritt hingeben, dann können wir ihnen so viel davon liefern wie nie zuvor, dazu in einer noch nicht gekannten Qualität.« Sepp machte eine kurze dramaturgische Pause und schloss mit einem nachdrücklichen Appell: »Männer, auf geht's, wir sind doch Bauern und keine Bäume!«

»Ja gut, wir sind dann für heute auch fertig, denke ich«, sagte der Versammlungsleiter, »es geht ja auch schon auf Mittag zu. Ich würde sagen, wir vertagen das Ganze dann aufs nächste Mal.«

»Halt!«, rief Sepp. »Aber wir sind doch noch zu gar keinem Ergebnis gekommen. Wir müssen uns zusammenschließen, für die Sache kämpfen. Wenn wir immer nur reden und reden, dann leben wir hier in zehn Jahren immer noch wie im Mittelalter.«

Es entstand eine unangenehme Pause. Keiner machte Anstalten, ihm beizuspringen.

»Dann bau doch deine Straße selbst, wenn du es so eilig hast«, zischte schließlich bloß der Stallwies Karl aus der Ecke.

»Die Versammlung ist aufgelöst«, sagte der Versammlungsleiter.

Wütend schnappte Sepp sich seinen Hut und war weg. Zum Glück war er heute noch mit Marta Berger verabredet. Doch erstmal musste er sich abregen. Machte sicher keinen guten Eindruck, derart echauffiert bei einer Verabredung aufzutauchen. Er wähnte sich bei Marta auf dem richtigen Weg, er durfte jetzt bloß keinen Fehler machen. Drei Mal waren sie zusammen tanzen gewesen, heute wollten sie allein zur Kaserfeldalm hinauf. Die Sache wurde allmählich ernst.

Marta wartete schon am Beginn des Sunnleitenstiegs. »Hoi, Josef«, rief sie ihm fröhlich entgegen, und sein ganzer Ärger war wie weggeblasen. Er brauchte nur in ihre Augen zu blicken. Wie ein Reh sah sie aus. Doch während Rehe staunend und scheu in die Welt guckten, lag in Marta Bergers Augen immer ein vergnügter Funken. Sie entschieden sich, den Waldweg zur Alm zu nehmen. Neuerdings trieben sich immer mehr Touristen im Tal herum, aber den Pfad durch den Wald kannten die wenigsten. Er war steinig und von Baumwurzeln durchzogen, und zu Sepps Bedauern an den meisten Stellen so schmal, dass sie hintereinandergehen mussten.

»Weißt du«, rief er Marta zu, die vor ihm ging, »vielleicht fahr ich dich irgendwann mal mit dem Auto hier hoch.«

Von vorn kam nur ein Kichern als Antwort.

»Das kann man sich heute noch nicht so richtig vorstellen, aber die Straßen werden kommen, und vielleicht werden sie sogar bis zu den Almen reichen, aber auf jeden Fall zu den Höfen. Und dann baue ich endlich einen neuen Stall.« Er war nicht sicher, ob das mit dem Stall sie interessierte, aber da sie gerade nichts Gegenteiliges sagte, fuhr er fort. »Weißt du, das wird kein gewöhnlicher Stall, jedenfalls nicht fürs Tiefenthal. Es wird das Neuste vom Neusten: Kurzstände mit Halsrahmenanbindung, Spaltenboden mit Flüssigentmistung, mobiles Fütterungssystem, und das Beste: eine vakuumbetriebene Rohrmelkanlage.«

Ob Marta sich darunter wohl etwas vorstellen konnte? Sie schwieg.

»Man kann in so einem Stall sehr viele Kühe mit sehr viel weniger Arbeitsaufwand versorgen«, redete er weiter mit ihrem Rücken. Dass sie ihm anscheinend so aufmerksam zuhörte, ermunterte ihn. »Ich weiß nicht, ob es dir etwas sagt«, fuhr er fort, »aber heutzutage lautet die Devise *Spezialisierung*.« Er sprach das Wort langsam und mit Betonung auf jeder Silbe aus. »Man muss die Ziegen wegtun, die Schweine, das ganze andere Vieh. Man muss auf eine Sache setzen und die dann *richtig* machen. Ein paar vielversprechende Kühe hab ich schon im Stall, jetzt muss ich die Sache nur noch weiter optimieren.«

Endlich waren sie oben, und er konnte wieder in ihr hübsches Gesicht blicken. Sie sah vergnügter aus denn je, und auch Sepps Laune stieg. Endlich mal eine, mit der er über diese Dinge sprechen konnte, eine, die ihn verstand.

Er bestellte Speckknödel mit Kraut, und weil Marta es sich wünschte, auch noch einen Kaiserschmarrn und Kaffee hinterher. Weiter unten lagen ein paar graue Kühe in der Sonne und kauten. Das kurze Gras war mit unzähligen kleinen roten, blauen und gelben Blumen übersät. »Komisch«, sagte Marta Berger, »es sind die gleichen Blumen wie unten, aber hier oben auf der Alm sind sie immer viel kleiner. Warum ist das so?« Sepp zuckte mit den Schultern, damit kannte er sich nun nicht aus. Als Marta ihren halben Kaiserschmarrn aufgegessen hatte, lehnte sie sich zufrieden zurück, schloss die Augen und hielt ihre Nase zum Himmel. Sie trug eine weiße Bluse, die in der kräftigen Sonne zu strahlen schien. Alles strahlte gerade irgendwie, dachte Sepp, und dann, von einer Sicherheit getragen, die ihm später merkwürdig und unerklärlich vorkommen sollte, hatte er das Bedürfnis, noch mehr preiszugeben. Sehr viel mehr.

»Weißt du, ich habe schon alles durchdacht«, sagte er. »Die Tiefenthaler werden noch staunen, was ich für Pläne mit dem Innerleit habe. Wenn man es richtig anstellt, dann bin ich sicher, dass wir es da oben so gut haben wie andere in der Stadt!«

»Wir?«, fragte Marta Berger und blinzelte gegen die Sonne.

Und Sepp, der diese unerschütterliche Sicherheit in sich spürte, der genug hatte von der ewigen Warterei, antwortete: »Mit wir, Marta, meine ich dich und mich. Ich stelle mir so oft vor, wie wir zusammenleben, wir beide auf dem Innerleit …« Er wollte gerade dazu ansetzen, noch weiter zu gehen und zu sagen: »Willst du mit mir auf den Innerleit ziehen? Willst du …«

Aber da merkte er, dass sich etwas in ihren Augen veränderte, vielleicht war es auch schon die ganze Zeit darin gewesen, und er nur zu dumm, es richtig einzuschätzen. Jedenfalls sah er auf einmal eine andere Art von Vergnügen in Martas Augen, Spott nämlich, und dann prustete sie los. Hielt sich noch schnell die Hand vor den Mund, aber es war zu spät: Der Staubzucker auf dem Kaiserschmarrn vor ihr zerstob in alle Richtungen – und Sepps Zukunftspläne mit ihm.

»Ich?! Bäuerin da oben? Dich rappelts wohl?«, rief sie. »Immer nach Kuh stinken? So wie du?«

Das hatte gesessen. Sepp lief dann tagelang wie ein angeschossenes Tier herum, aber irgendwann schlug der Schmerz in Trotz um. Eine Welle Selbstbewusstsein erfasste ihn, und er ließ sich gerne von ihr tragen. Ja, zum Henker! Er würde Milchbauer werden, neben Kühen hocken und dort zwischen der ganzen Scheiße die weiße Kostbarkeit herausholen, die die Leute so gerne tranken. Abgekocht und abgefüllt, so hatten sie ihre Milch gern, aber mit dem Dreck und dem Gestank, zwischen dem sie hervorkam, wollten sie nichts zu tun haben. Ihm machte das nichts aus, sich die Hände schmutzig zu machen oder mit den Füßen knöchelhoch in Dung zu stehen. Er würde Gold da oben schürfen, und alles, was er dafür brauchte, war diese verdammte Zufahrtsstraße. Und wenn sie nicht kam, würde er sie eben selber bauen. Im Nachhinein konnte er dem Stallwies Karl sogar dankbar sein, für seinen dämlichen Kommentar, der ihn jetzt überhaupt erst auf die Idee brachte.

Am 15. Juni 1973 ging Sepp entschlossenen Schrittes in den Stall, warf sich Pickel und Schaufel über die Schulter und fing an, einen befahrbaren Weg hinab ins Tal zu graben. Machte einfach das, worüber alle anderen immer nur redeten. Verbreiterte den Weg, wo er bis dahin nur ein Trampelpfad war, füllte die Löcher mit Steinen auf, schlug Wurzeln heraus, trat die Buckel fest, befestigte die Ränder, schleppte Holzbohlen heran, mit denen er die schlimmsten Stellen begradigte, so gut es eben ging. So arbeitete er sich Stück für Stück voran. Und die Tiefenthaler guckten ihm aus ihren Fenstern zu. Sie blieben auf den Wiesen stehen und fragten sich, was Rosas Heißsporn sich da jetzt bloß wieder ausgedacht hatte.

Rosa allein war für manchen Tiefenthaler schon eine Herausforderung. Hatte diesen steilen Bergrücken da oben besser im Griff als manch gestandener Bauer sein viel flacheres Grundstück. In den ersten Jahren ihrer einsamen Frauenwirtschaft da oben war sie noch zu bedauern gewesen, aber dann schoss ihr Getreide regelmäßig derart in die Höhe, dass die weiter unten nicht selten stehen blieben, sich am Bart kratzten und fragten, wie das möglich war. Und erst ihr Garten, in dem sie manchmal wie von Sinnen schuftete. Wie verwildert sah der aus, aber man musste genau hinschauen. Es war doch eine Ordnung erkennbar. Eben nur eine andere als die gewohnte, und gut war sie offensichtlich auch, so dick wie das Gemüse wurde, das die Rosa aus der Erde zog. Sie hat einfach eine Hand dafür, dachten die meisten, und gönnten ihr den Ertrag. Wer so hart arbeitete, hatte Respekt verdient. Es waren nur wenige, die das nicht schlafen ließ. Den Zappen Hannes etwa, der Rosas Hof auf der gegenüberliegenden Bergseite direkt vor der Nase hatte. Einmal war der extra aus dem Bett gestiegen und hatte seinen Kornacker im Nachtgewand mit der Handsichel nachgeschnitten, dass er so gerade und sauber aussah wie bei Rosa. Erst dann hatte er in Ruhe schlafen können.

Ja, den Hof hatte Rosa einwandfrei im Griff, nicht aber ihren wilden Jungen mit seinen verrückten Ideen. Immer war er auf der Suche nach mehr, immer schien ihm irgendwas zu fehlen in diesem Tal. Es war nicht zu verstehen. Es blieb nicht aus, dass sie sich da oben ordentlich beharkten. Zwei Sturköpfe unter einem Dach, das war wie zwei *Gigger* auf demselben Hof; ein ständiges Gekrähe und Gehacke darum, wer denn nun das Sagen hatte. Noch war das Rosas Hof, aber das Sagen schien ihr zu entgleiten.

Es hatte Wochen gedauert, aber schließlich war der Weg an den meisten Stellen ins Dorf so breit und so stabil, dass Sepp den Haflinger samt Wagen hinuntertreiben konnte, mehr schlecht als recht, aber möglich war es. Vier Kannen Milch lieferte er jetzt täglich unten ab, mehr war es erstmal nicht, und trotzdem war es unerhört. Im Tiefenthal hatte man die Milch immer nur für sich gehabt, für den *Kas* und fürs *Muas*. Man verkaufte keine Milch. Als Selbstversorger verkaufte man überhaupt nichts. Man verdiente hier kein Geld, nahm höchstens mal für ein bisschen Butter etwas ein, kaufte davon Salz, Kaffee und Zucker, die paar Sachen, die man nicht selbst herstellen konnte. »Bleib du bloß oben mit deiner Milch«, herrschten ihn die Tiefenthaler an. Manchmal legten sie ihm Feldsteine oder Baumstämme in den Weg, manchmal flog ihm aus einem Fenster ein fauler Apfel entgegen.

Aber Sepp war durch Rosas Schule gegangen. Für irgendwas mussten die ewigen Kämpfe ja gut gewesen sein. Er ließ das Gezeter und das Geschimpfe an sich abperlen wie Regen. Und es regnete häufig. Oftmals ging es erst weiter, wenn er den Einspänner aus dem Schlamm gezogen hatte, er fror dann erbärmlich auf seinem Kutschbock, aber er schaffte es immer pünktlich mit der Milch unten zu sein, wo der Milcher wartete, um sie nach Bozen zu liefern. Es brachte Sepp bald so viel ein, dass er die Holzräder gegen Gummiräder tauschen konnte, da ging es schon etwas besser mit dem Fahren. Noch etwas später hatte er genug für einen *Holder* zusammen, einen motorbetriebenen Einachser mit Ladefläche, der den ganzen Weg lang eine stinkende blaugraue Dieselwolke in die Landschaft blies. Und immer öfter saß Veronika Karnutsch neben ihm auf dem schmalen Sitz. Sepps Versprechungen klangen inzwischen offensichtlich etwas glaubwürdiger, und er hatte sogar noch draufgelegt: Ein neues Wohnhaus würde er bauen, mit elektrischem Herd und Klosett mit Wasserspülung.

Sepp war in Fahrt, und er hatte Rückenwind. Nicht diesen trockenen Föhn, der hier ständig aus Österreich über sie herfiel und von dem man tagelang Kopfweh und schlechte Laune bekam. Nein, dieser Wind, den Sepp jetzt spürte, der war frisch, machte munter und blies aus Brüssel. Jahrhundertelang war der Innerleit bloß ein kleiner Hof auf einem Felsrücken gewesen, aber jetzt waren sie auf dem Weg, sich etwas Bedeutendem anzuschließen, würden Teil einer großen Idee werden, einer gemeinsamen Europäischen Agrarpolitik. Endlich blies dieser Wind selbst bis ins Tiefenthal, und er versprach Zuschüsse und staatlich garantierte Preise für Milch und Fleisch. Nach nur einem Jahr Milchstellen saß er dann auch endlich im Trockenen, der Einspänner war nun passé, er rumpelte die Strecke jetzt in einem *Steyer-Puch Haflinger* mit Allradantrieb und geschlossener Kabine rauf und runter. »Ja sind wir denn im Krieg?«, rief die alte Maria Frei entsetzt, als sie Sepp das erste Mal damit erblickte. Ganz verkehrt war der Gedanke nicht. Ursprünglich war dieses grüne Ungetüm als Militärfahrzeug gebaut worden. An Lärm und Gestank übertraf es den Holder noch um ein Vielfaches. 22 PS, 110 Dezibel – in Sepps Ohren klang das wie Musik.

Rosas richtigen Haflinger brauchte es jetzt endgültig nicht mehr. Im April 75 brachte Sepp ihn zum Händler nach Burgstall und strich ein lächerliches Geld dafür ein. Der Viehverkäufer war sichtlich genervt gewesen von den aussortierten alten Rössern, die man ihm gerade aus allen Ecken des Landes brachte. Er überlegte schon, Geld für seine Dienste zu nehmen. Natürlich war es ein Kampf mit Rosa gewesen, das Pferd aus dem Stall zu nehmen. Sie hing daran, mehr als an allem anderen. Aber der Gaul stand jetzt nur noch rum und fraß, und zwar Futter, das sie nicht mehr anbauten, sie hätten es zukaufen müssen. Es machte keinen Sinn. Man musste doch wirtschaftlich denken. Etwas beklommen hatte er sich aber doch gefühlt, als er zum Viehhändler aufgebrochen war. Er hatte sich gar nicht umzudrehen brauchen, um zu wissen, dass sie da oben stand und ihm nachsah, die Hand auf die Gartenpforte gestützt. Sie musste sich neuerdings immer an irgendwas festhalten, an der Fassade, am Geländer, an einem der Weidezäune; ein Mensch in Schieflage. Er guckte lieber gar nicht hin.

Noch Wochen nach dem Abschied vom Haflinger sah Sepp Rosa ständig in alle Richtungen spähen. »Die wird doch wohl nicht Ausschau halten, ob das Pferd zurückkommt?«, murmelte er kopfschüttelnd. Doch der Haflinger war längst beim Schlachter, dieses Kapitel war erledigt. Eigentlich hatte Sepp damit gerechnet, dass es noch eine Weile weitergehen würde mit den Vorwürfen wegen dem Pferd, aber stattdessen passierte etwas ganz anderes: Sie überschrieb ihm den Hof. Er hatte fast schon nicht mehr damit gerechnet. Sie hat es verstanden, dachte er einen kurzen glücklichen Moment lang. Sie hat verstanden, dass ich das alles mache, um den Hof zu erhalten, um ihn zukunftsfähig zu machen. Doch dann sagte sie bloß: »Das ist sowieso nicht mehr mein Hof.«

Es war nicht mehr Rosas Hof, und es war dann bald auch nicht mehr ihre Landschaft. Es war die Landschaft von keinem mehr hier. Im Frühjahr des Jahres 1976 begann sich ein Liebherr-Raupenbagger vom Tal herauf durch den Berg zu fräsen, um die lang diskutierte Zufahrtsstraße zu bauen, eine richtige, aus Asphalt. Damit sie nicht allzu steil wurde, wichen die Straßenplaner an vielen Stellen von den alten Wegen ab, stattdessen wurden lang gezogene Schleifen in den Bergrücken gegraben. Die Straßenmaschinen rissen den Acker vom Egghof auf, zerschnitten den Mühlhof-Grund in zwei Teile und durchkreuzten mehrfach die alten Stiege. Auch ein beachtliches Stück Wald mit riesigen uralten Lärchen und Kiefern musste weichen. Über Wochen hörte man jetzt das blecherne Scheppern der Maschinen, das Surren des Hydraulikarms und das steinige Rauschen, wenn wieder eine Ladung Erde abging. Teils hatte diese Erde Generationen einer Familie ernährt, jetzt war sie bloß noch etwas, das beiseitegeräumt werden musste.

Als der Bagger sich bis zum Innerleit vorgearbeitet hatte, riss er an der Stelle, wo der Weg ins Tal begann oder endete, das Wetterkreuz vom alten Breitenberger um. Es war das einzige Mal, dass Sepp Rosa in diesen Wochen draußen sah. Sie ging zum Wetterkreuz und hob es aus dem Gras. Mit ihrer Arbeitsschürze putzte sie die Erde ab und stieß es – unter enormen Mühen – etwas abseits der neu angelegten Straße wieder in die Erde. Nur die Holztafel mit der Inschrift nahm sie mit. *Das ist mein Fels, das ist mein Stein*. Sepp hatte keine Ahnung, was sie damit vorhatte. Sie verschwand wieder in der Stube und kam lange nicht mehr heraus. Dieser Anblick hatte ihn mehr getroffen als jeder Streit mit seiner Mutter. Er hatte mit ihrem Widerstand gerechnet. Selbst dass sie sich wie der alte Josef am Mühlhof vor den Bagger legte, war denkbar gewesen. Aber gegen die Stahlschaufeln eines Liebherr-Baggers konnten nicht einmal die stursten Tiefenthaler etwas ausrichten, wahrscheinlich wusste Rosa das.

Dort, wo der Bagger fertig war, hinterließ er eine lange schwarze Wunde in der Landschaft. Als man den Teer draufgoss, walzte und trocknen ließ, war die Wunde zwar verschlossen, aber heilen würde sie nie. Das begriff dann auch Sepp. Stand oben, die Hände in den Taschen, und schaute dem Treiben zu, das er so lange herbeigesehnt hatte und das jetzt auf einmal ganz andere Gefühle in ihm auslöste. Aber man musste halt Opfer bringen für den Fortschritt. Wenn etwas Neues entstehen sollte, dann musste eben auch mal was Altes weichen. Am Hof vom Stocker führte die neue Straße direkt am Haus vorbei. Er war einer von jenen, die sie gewollt hatten, es war ihm schon fast eine Ehre. Aber wie sollte er auch wissen, dass ein paar Jahre später Vierzigtonner und Reisebusse mit 50 Plätzen in nur Armlänge Abstand an seiner Stube vorbeifahren würden und dann jedes Mal das Haus wackelte und die Scheiben in der Fassung klirrten.

Rosa strafte die neue Straße durch Nichtbeachtung. Noch Jahre später nahm sie, wenn sie ins Tal musste, den alten Weg. An Stellen, wo sie die asphaltierte Straße queren musste, tat sie es mit schnellen, wütenden Schritten. Immer öfter brausten Autos an ihr vorbei, oft saßen Touristen drin, auch sie hatten die neuen Straßen für sich entdeckt. Wer zur St.-Magdalena-Kapelle hochwandern wollte, konnte das jetzt sehr viel schneller, weil er bis zum Waldrand bequem mit dem Auto hochfahren konnte. Die Menschen in den Autos zeigten aufgeregt mit dem Finger auf die alte Bauersfrau am Straßenrand. Mit der gleichen Geste, wie sie auf Kühe zeigten, Ziegen oder Rehböcke, die man auch immer seltener sah – und nun so ein Glück, ein lebendes Fossil in geblümter Leinenschürze am Wegesrand, *ein echtes Original.* Auf den übrigen Wegen, wo keiner sie sah, tat Rosa das, was die Tiefenthaler immer getan hatten: Sie bückte sich nach herabgefallenen Ästen und warf sie zurück in den Wald, sie schob mit den Füßen Steine und Zapfen beiseite. Ganz beiläufige Bewegungen waren das, eingeübt, weil man im Tiefenthal die Wege frei hielt für die, die nach einem kamen. Man musste die Wege sauber halten, und man musste sie gehen, damit sie Wege blieben. Daran hielt Rosa sich, auch dann noch, als längst kaum noch ein anderer darauf ging. Man nahm jetzt neue Wege. Wege, die einfacher und verlockender erschienen, aber man musste auch diese erst gehen, bis sie sich offenbarten. Bis sie zeigten, wie steinig sie wirklich waren und wohin genau sie führten.

Ein Jahr nachdem die Zufahrtsstraße fertiggestellt worden war, stand am Innerleit der neue Stall im Rohbau. Und nicht nur dort. Rudolf Laimer, der Sepp drei Jahre vorher noch zugerufen hatte, dass er bloß da oben bleiben solle mit seiner Milch, hatte jetzt den gleichen Stall. Bald darauf war auch der vom Stocker fast fertig, und irgendwann surrten fast auf jedem Hof im Tiefenthal morgens und abends die elektrischen Melkmaschinen, tuckerten die Bauern die guten Straßen zum Milcher hinunter. Der Milchpreis war noch immer garantiert. Der schon. Alles andere leider nicht. Die Inflation stieg, die Zinsen und die Preise für alles andere stiegen auch. Nur Veronikas Laune rauschte endgültig in die Tiefe. Und irgendwann musste Sepp ihr sagen, was sie längst wusste: Das mit dem Haus, das musste noch warten. Der Zeitpunkt war denkbar ungünstig. Sie erwarteten ihr erstes Kind.

Rückkehr

Es war der rechte Arm, der fehlte. Genau genommen nur der halbe, der Stumpf endete knapp unter dem Ellenbogen. Es hätte schlimmer sein können. Am Thalerhof war der Bauer blind aus dem Krieg zurückgekehrt, und dem ältesten Mayernhof-Sohn war nur ein Bein geblieben. Viele kamen gar nicht zurück, blieben verschollen, nicht einmal eine Nachricht über Kriegsgefangenschaft gab es, so wie bei Karl Breitenberger. Rosa dachte oft an ihren Bruder und hoffte, dass er noch auftauchen würde. Aber als es drei Jahre nach Kriegsende immer noch kein Lebenszeichen von ihm gab, dachte sie: Lieber noch so ein Brief wie beim Toni als ständig diese Ungewissheit.

Wie bei allem gingen die Tiefenthaler bei den Heimkehrern zunächst einmal pragmatisch vor. Man gab ihnen ordentlich zu essen, und für alles andere suchte man nach geschickten Lösungen. Es war ja nicht so, dass man mit Versehrten keine Erfahrung hatte. Im Winter 1935 hatte Anton Gruber einen Arm verloren, als sein

Pferd unterhalb des Schusterhüttels auf eisigem Grund ins Rutschen kam und er unter der umgekippten Holzfuhre begraben wurde. Bis die anderen heraufkamen und ihn befreiten, war der zerschmetterte Arm nicht mehr zu retten gewesen. Dem Thaler Franz hatte ein junger beflissener Knecht vor einigen Jahren im Eifer bei der Mahd die Achillesferse mit der Sense durchtrennt. Einer der Jungen von Wilhelm und Hanna Gamper war von Geburt an taub, und Marie, die jüngste Tochter vom Zschögghof, hatte im Alter von drei mit dem Wachsen aufgehört. Als sie sechs war, gaben ihre Eltern jede Hoffnung auf, dass das Mädchen ihnen jemals höher reichen würde als bis zur Hüfte. Das Leben mit den Gefahren im Tal hatte manchen Tiefenthaler gezeichnet. Man überstand Krankheiten, überlebte Unfälle und fand seinen Weg, damit umzugehen. Für Marie baute Karl Zschögg ein Wägelchen, mit dem die anderen Kinder sie in die Schule zogen, weil ihre kleinen Beinchen so schnell ermüdeten. Bei den Prozessionen trug man den Baldachin und die gestickten Fahnen auf überlangen Stangen, und für Franz Thaler eigens einen Schemel, dass er sich ausruhen konnte, während der Pfarrer an den Segensstationen und Wegkapellen die Gebete sprach. Und Anton Gruber machte seit dem Unfall mit dem Pferdefuhrwagen kein Holz mehr, sondern Honig. Das ging auch mit einem Arm, und er fand daran sogar weit mehr Gefallen. Den nutzlosen Ärmel trug er stets hochgebunden, damit er nicht irgendwo hängen blieb und es den nächsten Unfall gäbe.

Rosa dachte nicht viel nach, als sie die Ärmel an Mathias' Joppen und Hemden mit ein paar Stichen am Schulterkragen festnähte, höchstens, dass es praktisch sein sollte. Aber als sie tags darauf in die Stube trat, sah sie Mathias mit der Schere in der Hand jeden einzelnen Faden wieder durchtrennen. Ärmel um Ärmel fiel herunter, und fortan blieben sie so. Rosa sagte dazu nichts, und zu allem anderem auch nicht. Dass er sich ihr nie mehr zeigte zum Beispiel. Legte sich im Dunkeln zu ihr und verschwand, bevor der erste Lichtstrahl durchs Fenster fiel. Viel geredet hatten sie auch früher nicht. Das war nicht das Schlimme, das Schlimme war, dass sie nicht mehr miteinander arbeiten konnten. Wer wo zu ziehen und wer wo zu halten hatte, verstanden die Tiefenthaler oft besser als Worte. Arbeiten konnte man mit jedem, aber nicht mit jedem gleich gut. Es gab Menschen, mit denen die Arbeit ein mühseliges Stocken war, aber mit anderen war sie wie ein Gleiten, bei dem ein Griff mühelos in den anderen überging. Mit Arbeit hatte es bei ihnen angefangen. Der Vater hatte Rosa und die Jungen zum *Schnoaten* geschickt. An einem Februartag des Jahres 1941 war das, das Tiefenthal hatte schon seit Wochen unter einer Schneedecke gelegen, und wenn zum Ende des Winters in den Ställen die Einstreu für das Vieh zur Neige ging, holte man sich die jungen Äste der Nadelbäume aus dem Wald.

Meistens war zu diesem Anlass das gesamte Tal auf den Beinen. Man wartete auf freundliches Wetter und zog dann mit Schlitten und Leiterwagen los. Die Männer hatten eine *Runggl* im Gürtel stecken, das waren Messer mit gebogenen Klingen. Sie trugen Schuhe mit Nägeln an den Sohlen, kletterten die Bäume hoch, schlugen mit den Messern die Äste vom Stamm und ließen sie in die Tiefe sausen. Durch die Baumwipfel funkelte und blitzte die Sonne, als würden Sterne durch den Wald fliegen. In der Winterluft lag der Harzgeruch vom geschlagenen Tannengrün, und überall hörte man die Jauchzer der kühnsten Kletterer und derer, die sie von unten anfeuerten. Man hörte Warnrufe und Pfiffe, bevor ein Ast hinabrauschte, damit jeder Unvorsichtige, der darunter stand, noch schnell zur Seite springen konnte, bald gefolgt von einem Rauschen und dem dumpfen Aufschlag. Krähen flogen kreischend auf, aber ihr Protest ging unter in dem fortwährenden Hacken der Beile, dem Gejohle der rotbackigen Kinder, die sich mit Schneebällen und Zapfen bewarfen, und den strengen Stimmen der Mütter, die sie aus den Flugschneisen der Äste wegscheuchten und von den Plätzen, wo die Männer das Holz klein schlugen und die Späne und Splitter wie Glutfunken in die Höhe sprühten. Im Winter gab es nicht viele Gelegenheiten, an denen die Tiefenthaler zusammenkamen. Schneiteln war Arbeit, aber ein Fest war es auch.

Etwas abseits wuchtete Rosa allein die Äste auf den Leiterwagen, da hörte sie neben sich einen Axthieb, mit dem Mathias Unterholzner einen der besonders großen Äste auseinanderschlug. Dann hob er beide Stücke auf und reichte sie ihr wortlos. Sie murmelte ein *Vergelts Gott*, und er hob das Beil schon zum nächsten Schlag. Bald hatte sie den Wagen voll. Aber bevor sie die Deichsel greifen konnte, sprang schon Mathias herbei und zog den Wagen an. Sie waren noch nicht weit gegangen, als sich plötzlich über ihren Köpfen Geschrei erhob. Die Augen mit Händen abgeschirmt, schauten sie in die Höhe, wo die anderen mit den ausgestreckten Fingern hinzeigten. Als sie den Grund für die Aufregung entdeckt hatte, sog Rosa hörbar die Luft ein. Da saß Mathias' Bruder Louis in der Krone einer hochgewachsenen Tanne, die beängstigend hin und her schwankte. Dann ließ er auf einmal los und sprang auf den Wipfel des Nachbarbaumes hinüber. Nun schwang wiederum dieser heftig, wurde dann allmählich ruhiger und kam schließlich zum Stehen. In diesem Moment nahm Louis den Arm vom Stamm, streckte ihn über den Kopf und stieß einen Jauchzer aus, so laut, dass oben am Peilstein ein paar Böcke davonschossen. »Den rappelts!«, sagte Mathias kopfschüttelnd. Aber auch er schien sichtlich erleichtert, dass diese halsbrecherische Aktion ein gutes Ende genommen hatte. Die Umstehenden gingen bald auseinander und sammelten ihre Sachen zusammen. Es war kaum vier, doch der Himmel färbte sich bereits dunkelblau, die Berge ergrauten, und noch während Mathias für Rosa den Wagen durch den zertretenen Schnee Richtung Innerleit zog, erschien im Osten der erste Stern, als hätte jemand mit einer feinen Nadel durch dunkelblaues Tuch gestochen. Vor dem Stadl stand Mathias noch kurz da und knetete seinen Hut in den Händen, die nass und rot waren. Von seinem Mund stieg der Atem in feinen Nebelwolken auf, und dann kamen endlich auch ein paar Worte hinterher. Ob sie morgen nochmal Hilfe gebrauchen könne, fragte er und sah auf den Boden. Und sie sagte: »Auf einem Hof geht die Arbeit nie aus.« Und als sie sah, dass er nicht ganz sicher war, wie er es zu verstehen hatte, fügte sie hinzu: »Ich würd mich freuen, wenn du wiederkommst.«

Rosa versuchte Mathias zu nehmen, wie sie ihn zurückbekommen hatte. Es war Mathias, der nicht wusste, wie er mit einem Körper umgehen sollte, der ihm nutzlos vorkam. Ein Bauer ohne Hand. Der für die Arbeit nicht mehr taugte, nicht einmal für die einfachsten Dinge. Ein unnützer Esser. So fühlte er sich. Er versuchte Holz zu machen, aber er bekam nicht einmal das weiche Birkenholz durchgeschlagen. Er kippte versehentlich Milchkannen um und ließ Schüsseln fallen. Er bestand darauf, das Pferd auf dem Acker zu führen, aber er lenkte es so schlecht, dass die Saatrinnen ganz krumm wurden. Er wusste genau, dass Rosa es später korrigierte, während er beim Kreuzwirt am Ofen saß und die Wand anstarrte. Er sah nicht mehr hin und sah doch, wie sie Holz machte und Weidezäune herrichtete, wie sie vor ihm zu verbergen versuchte, wie schwer es war und wie es noch schwerer wurde, als ihr Bauch wuchs und sie selbst bald vieles nicht mehr konnte. Er sah nicht hin, wenn Louis, der nach Kriegsende wie die anderen Deserteure sein Waldversteck hatte verlassen können, ihr zur Hand ging. Wie er Kanthölzer versetzte, mit zwei Händen, wie er zupacken, greifen und heben konnte, wie er Rosa die Verstrebungen und das Querholz reichte und sie es von ihm entgegennahm. Ganz leicht und spielend ging das. Er sah das alles, aber gesagt hat er nichts.

Eine verhinderte Aussprache

Die Rosenheimer waren natürlich zu früh. Franziska kniete gerade auf dem Wohnzimmerboden von Wohnung II und rubbelte etwas Klebriges von den Holzdielen, von dem sie lieber nicht genauer wissen wollte, was es war. Es war kaum Mittag, die vorherigen Gäste waren mit einer Stunde Verspätung ausgezogen, hatten aber offensichtlich die dazugewonnene Zeit nicht dazu genutzt, die Wohnung wieder instand zu setzen.

Seit Franziska kein Forschungsprojekt mehr hatte, betrieb sie heimliche Feldstudien über die Gäste, das Putzen war dann weniger langweilig. Inzwischen kam sie auf beinahe empirische Ergebnisse: Eine vierköpfige Familie musste nicht zwangsläufig mehr Schmutz hinterlassen als eine dreiköpfige. Es gab Gäste, die sie zu der Gattung der »Unsichtbaren« zählte. Das waren die Menschen, die nicht eine Spur hinterließen, bei denen sie sich nicht sicher war, ob sie die Toilette überhaupt benutzt hatten. Und es gab das Gegenmodell: Gäste, die im Bad deutliche Spuren von nicht vertragener Rohmilch hinterließen, auch wenn Franziska sie inzwischen in geblümter Emaille servierte. Den Müll musste sie immer nochmal durchgehen. Die Deutschen trennten deutlich sorgfältiger, aber die Italiener hatten zuletzt aufgeholt. Nur eins war denen nicht abzugewöhnen: Sie entsorgten den Kompost hartnäckig in Plastiktüten. Bei den Deutschen wiederum musste sie die Kaffeefiltertüten zwischen den Obst- und Gemüseabfällen und Essensresten wieder herausfischen. Es schien in Deutschland Bestand von Bildungsarbeit zu sein, dass Filtertüten in den Kompost gehörten. Welch ein Irrtum. Sie hatte öfter überlegt, es in die Regeltafel aufzunehmen, die in jeder Wohnung hing, aber sie war es so leid, diese spießige Regeltante zu sein, und außerdem hatte sie das Gefühl, dass ohnehin jedem egal war, was dort stand. Die Gäste vergriffen sich trotz Verbots munter an dem Bewässerungssystem der Balkonpflanzen, sodass ihr die *Brennende Liab* entweder absoff oder vertrocknete. Sie drehten die Regler für die Fußbodenheizung bis zum Anschlag auf, ohne die Vorlaufzeit zu beachten. Dann wurde es ihnen bald so heiß, dass sie die Fenster lange öffneten und mal eben die Umgebung mitheizten, Betriebskosten waren ja inklusive. Andere wiederum lüfteten nie. Sie kochten, duschten und trockneten Wäsche, bis die Scheiben beschlugen und Hannes jammerte, weil sich durch die hohe Luftfeuchtigkeit das Fichtenholz verzog. Es gab Gäste, die den Kühlschrank voller Essensreste hinterließen, das war der Klassiker. Den Kühlschrank auszuräumen vergaß jeder zweite. Dazu kamen eine beachtliche Menge Leergut, Kratzer an den Wänden und mysteriöse Flecken auf den Sitzbezügen. Manchmal verschwand auch mal was, und sie wunderte sich, was die Leute mit schlichten weißen Tellern oder Handtüchern mittlerer Qualität anfangen konnten. An das Müllsortieren hatte sie sich gewöhnt, auch an das Toilettenputzen, an das Beseitigen von allem Matschigen und Undefinierbaren, das im Abflusssieb hängen blieb. Sie putzte gründlich und schnell, aber eine gewisse Zeit brauchte es trotzdem, eine Zweizimmerwohnung inklusive Bad und Küche und Bettenbeziehen so weit herzustellen, dass es für die nächsten Gäste so aussah, als wäre vor ihnen nie jemand drin gewesen.

Deshalb war Anreise ab 14 Uhr. Das war eine ganz normale, sehr übliche Anreisezeit. Manche Hotels, mit ihren Armeen an Putzpersonal, das durch die Flure pflügte, ließen ihre Gäste noch sehr viel später auf die Zimmer. Die Anreisezeit vom Innerleithof jedenfalls stand in den allgemeinen Informationen, sie stand in der Buchungsbestätigung, und Franziska schrieb sie außerdem extra noch mal in die Begrüßungs-E-Mail, zusammen mit der Wegbeschreibung, die sie an jeden Gast eine Woche vor Abreise verschickte. Sie fettete darin die Ankunftszeit sogar. Und trotzdem standen regelmäßig Gäste schon am Vormittag vor der Tür und riefen ihr in Varianten alle das Gleiche entgegen, wie die Rosenheimer jetzt: »Huhu! Wir sind schon etwas früher angekommen, da dachten wir, vielleicht ist die Wohnung ja schon fertig. Aber wenn nicht, machen wir auch gerne noch einen Spaziergang.«

Franziska ließ die Putzbürste fallen, stemmte sich mit einer Hand gegen die Wand und kam schwerfällig hoch. Sie atmete tief durch und ging die Gäste begrüßen.

»Na, der Bauch ist ja beachtlich! Oder sind da etwa zwei drin?«, rief Frau Rosenheimer etwas grell, und Franziska hoffte inständig, sie würde den Bauch nicht auch gleich noch anfassen wollen. Eigentlich mochte sie die Rosenheimer. Aktivrentner-Pärchen, Aufenthalt von Samstag bis Samstag, und von den letzten Aufenthalten wusste sie, dass sie mit der Wohnung hinterher nicht viel Arbeit haben würde. Die Rosenheimer gehörten definitiv zur Sorte der »Unsichtbaren«. Sie kamen bereits zum dritten Mal, inzwischen kannte sie ihr Programm: einmal zur Leiteralm, einmal Häusl am Stein, zweimal Einkehr im Helener Pichl, einmal Steinbergalm, ansonsten auch gern mal alle fünfe gerade sein lassen auf dem Balkon. Von diesem Plan waren sie noch nie abgewichen. Kein Interesse an den Kühen, der Hofgeschichte oder etwa das Verlangen nach einem gemeinsamen *Tiroler Abend*. Die schlechtesten Gäste waren das nicht.

»Es tut mir furchtbar leid, die Wohnung ist noch nicht ganz fertig, es ist ja noch ein bisschen früh …«, sagte Franziska und kannte die Entgegnung bereits.

»Ah, kein Problem, Sie Gute«, sagte Frau Rosenheimer. »Lassen Sie sich durch uns bloß nicht stören. Vielleicht können wir schon mal ein paar Sachen reinstellen?«

»Nur, der Boden ist noch nass, ich habe gerade gewischt …«

»Macht überhaupt nichts«, winkte Frau Rosenheimer mit entschiedener Geste ab. »Wir machen einfach große Schritte, oder Georg?«, rief sie ihrem Gatten zu, der bereits die ersten Gepäckstücke aus dem Kofferraum zerrte.

Zwei Minuten später stiefelten die beiden auch schon über den wischfeuchten Boden. Franziska seufzte, putzte noch die Spiegel im Schnelldurchlauf, polierte die Wasserhähne, und bis sie fertig war, hatte Frau Rosenheimer schon die Schränke eingeräumt und war bereit, den ersten Urlaubstag so richtig zu genießen. Auf ihren lächelnden Lippen lag das Glück der Genugtuung darüber, mit ein bisschen Geschick ein paar Stunden früher in diesen Genuss gekommen zu sein.

Franziska hingegen kam sich überlistet vor. Manchmal fragte sie sich, ob die Gäste sie nicht ernst nahmen, weil sie Bäuerin war. Sie machte das hier lang genug, um zu wissen, dass viele nicht nur mit Klischees über den Bauernhof im Gepäck angereist kamen, sondern auch über die Menschen, die hier lebten. Manchen war die Enttäuschung förmlich anzusehen, wenn Franziska sie in ihren Stall- oder Putzklamotten begrüßte. Wenn es nach dem *Goldenen Huhn* ginge, sollten die Gastgeberinnen am liebsten ständig in Dirndl, Absatzschuhen und mit flotter Flechtfrisur über den Hof tänzeln. Als Bäuerin hatte man entweder alt zu sein und eine Kittelschürze zu tragen oder attraktiv, mit einem Dekolleté wie aus dem Jungbäuerinnen-Kalender, dazu noch ein bisschen dumm. Manchmal taten Gäste ganz entzückt, wenn Franziska mal Grips bewies und etwas Schlaues sagte, als hätten sie das nun wirklich nicht von ihr erwartet.

»Das haben Sie aber schön geputzt«, trällerte Frau Rosenheimer vom Balkon, wo sie sich den Liegestuhl auf die Sonne ausrichtete. Franziska wusste, was das übersetzt hieß: »Du kannst dann jetzt auch bitte gehen.«

Sie sammelte die Putzsachen zusammen und ging hinunter in ihre eigene Küche. Erst erschrak sie ein bisschen, denn auf der Bank saß Hannes. So weit war es mit seiner Abwesenheit schon gekommen, dass sie zusammenzuckte, wenn er mittags in der gemeinsamen Küche auftauchte. In letzter Zeit war das so gut wie gar nicht mehr vorgekommen. Aber im Sommer fiel nun auch wirklich die meiste Arbeit an. Sie aß mittags oft mit den Kindern allein, und Hannes aß am Abend die kalten Reste. Meist dann, wenn sie gerade die Kinder ins Bett brachte, und bis er selbst im Bett war, war sie fast immer schon eingeschlafen.

Der erste Schreck wich einer kurzen Freude. »Oh, welch hoher Gast in meiner Küche«, rief sie und lachte ihn an. »Ich mach schnell was zu essen, isst du heute mit uns?« Sie fing an, in dem Chaos ringsherum zu hantieren. Eine Katastrophe, wie es in der Wohnung aussah. Die Sommerferien hatten gerade begonnen, die Kinder verbreiteten ihre Sachen überall, die Gäste reichten sich die Klinke in die Hand, der Garten brauchte Zuwendung, alles wuchs ihr gerade über den Kopf. Sie schaffte es gerade mal, die Gästewohnungen zu putzen, für ihre eigene blieb einfach keine Zeit. In manchen Ecken ihrer Wohnung war sogar noch Rohbau. Aus irgendeinem Grund hatten sie das Gästebad nie fertiggestellt,als das Haus errichtet wurde. Dabei hätten sie das so gut gebrauchen können. »Machen wir später«, hatte Hannes damals gesagt, und später sagte er: »Machen wir nächstes Jahr.« Inzwischen sagte keiner mehr etwas, da klaffte halt ein aufgerissenes Loch zwischen ihnen, und wenn ihr das allzu symbolisch vorkam, stellte sie irgendwas davor und versuchte es zu ignorieren.

»Wenn du ein bisschen mit anpackst und zum Beispiel den Tisch freiräumst, würde das gar nicht schaden«, sagte sie und versuchte es lustig klingen zu lassen und nicht wie einen Vorwurf. Er war da, das war doch schön, und da wollte sie nicht die Zicke geben, die mal wieder auf gleichberechtigte Rollenverteilung pochte. Sie hatte das mit der Gleichberechtigung noch nicht aufgegeben, pausierte nur damit. Man konnte ja nicht an allen Fronten gleichzeitig kämpfen. Sie wollte jetzt einfach mal ein

Mittagessen als Familie, die im besten Fall nicht komplett mies gelaunt war.

»Ich muss mit dir reden, Franzi«, sagte Hannes, und so wie er es sagte, wagte sie nicht, sich zu ihm umzudrehen. Sie griff mit beiden Händen an die Kante der Arbeitsplatte und starrte auf den fleckigen Fliesenspiegel über dem Herd, während es in ihrem Kopf rotierte. Reden. Hannes wollte nie reden. Zumindest die letzten Monate nicht. Sie immer. Er nie. Das hatte nichts Gutes zu bedeuten, so wie er es gerade gesagt hatte. Hatte er eine andere? Die Waldarbeiten, das ständige Fortsein, das späte Heimkommen? Alles nur Vorwände? Und gleichzeitig wusste sie: Hannes, niemals! Das würde er nicht tun – und falls doch, dann hätte sie es gemerkt. Aber dachten das nicht alle Frauen, bis sie eines Besseren belehrt wurden? Schließlich fuhr sie doch herum und fragte entsetzt: »Hannes, bist du krank? Ist es etwas Ernstes?«

»Nein, ich … Hör bitte zu, Franziska …«

»Huhu!«, ertönte es von draußen, gefolgt von einem energischen Klopfen an der Haustür.

Die Rosenheimer. Franziska machte schnelle Schritte zur Tür, bevor die Gäste noch reinkamen und mitbekamen, wie es hier aussah. Aber draußen trat Frau Rosenheimer zum Glück ein Stück zurück, und so konnte Franziska auf den ersten Blick von Kopf bis Fuß bewundern, was sie hier heimlich unter sich *die Verwandlung* nannten. Die Verwandlung vollzog sich in der Regel bereits kurze Zeit nach Ankunft und bestand hauptsächlich aus einer Ganzkörperverhüllung in Polypropylen, in Form von atmungsaktiver Funktionsoberbekleidung namhafter Outdoormarken. Cargo- und Trekkinghosen mit abnehmbaren Hosenbeinen gehörten ebenso dazu wie imprägnierte Softshelljacken, faltbare Walkingstöcke und selbsttönende Gletschersonnenbrillen. Sie war sich manchmal nicht sicher, ob Touristen bei der Einreise am Brenner darauf hingewiesen wurden, dass man in Südtirol Gaststätten, Supermärkte oder überhaupt die Landschaft ausschließlich in wind- und wasserabweisendem Obermaterial betreten durfte. Dass es streng verboten war, sich überhaupt in normaler Kleidung wie Jeans oder einem Pullover zu zeigen. Da musste es Beamte geben, die sich den Spaß machten, den Einreisenden sowas zu erzählen, und die sich dann bogen vor Lachen, sobald die Autos außer Sichtweite waren. Früher hatten ein Filzhut und eine Joppe aus Schafwolle gereicht. Man blieb trocken, selbst wenn es den ganzen Tag geregnet hatte. Heute hüllten sich die Leute lieber von Kopf bis Fuß in Plastik, während die Wolle der Schafe bloß noch ein Abfallprodukt war. Franziska kannte einige im Tal, die hingeworfen hatten, weil Schafzucht wirtschaftlich inzwischen ein Verlustgeschäft war, gegen die heute üblichen Stoffe aus Kunstfaser war Wolle nicht mehr konkurrenzfähig. Gleichzeitig fehlten die Schafe jetzt auf den Weiden und Almen, wo sie durch Verbiss verhinderten, dass sie zuwuchsen.

Die Deutschen wanderten immerhin. Unter Italienern schien es hingegen verbreitet, sich nach der *Verwandlung* ins Auto zu setzen und zum Restaurant oder zu einer per Zufahrtsstraße erschlossenen Alm zu fahren. Der Weg vom Parkplatz bis zum Tisch war in der Regel der einzige Weg, den sie zurücklegten, in Klamotten, die deutlich atmungsaktiver waren als sie selbst. Aus Sicht der Bergrettung wiederum war das allerdings die deutlich entspanntere Variante von Alpinismus, wenn die Leute einfach nur irgendwo hockten, Speck aßen und Wein tranken. Denn schweißabtransportierende Sweater, eine hohe Zahl an Reflektoren und Multifunktionsfächern machten leider noch keinen guten Bergsteiger. Die Leute ließen sich von Google Maps den Weg bis zur Hinteren Eggenspitze berechnen, fanden das machbar, übersahen aber, dass es nicht einfach nur 13 Kilometer, sondern außerdem 1600 Höhenmeter zu überwinden gab. Manchmal waren sie schon nach der Hälfte der Strecke so entkräftet, dass sie nicht vor oder zurück konnten und spätestens bei Anbruch der Dunkelheit die Rettung riefen. Zu Fuß rauf, mit dem Heli zurück war etwas, das inzwischen so regelmäßig vorkam, dass es sogar einen Namen hatte: *Hike & Heli*. Die Menschen liefen in kurzen Hosen und Sandalen hoch, es war doch schönes Wetter, und bibberten dann da oben bei acht

Grad trotz Softshelljacke oder rutschten in den letzten Fetzen Schnee herum und verstauchten sich die Gelenke.

Sie wollten dann jetzt mal los, teilte Frau Rosenheimer ungefragt mit. Und es wäre schön, wenn sie jeden Morgen einen Liter Milch und eine Packung Eier bekommen könnten, wie immer. Sie wollte es bloß noch mal sagen, weil Franziska vorhin wohl ganz vergessen hatte, sie danach zu fragen. »Man wird ja auch vergesslich in der Schwangerschaft, nicht wahr, Sie Liebe?«, sagte Frau Rosenheimer. »Aber nicht, dass es noch zu Missverständnissen kommt.«

»Ich stelle dann wie immer alles vor die Tür«, versicherte Franziska, wünschte viel Spaß auf der Leiteralm und eilte zurück in die Küche. Aber Hannes war schon aufgestanden und beugte sich in der Diele über seine Schuhe.

»Musst du schon wieder los? Worüber wolltest du denn mit mir reden?«

»Ist schon okay, wir reden später«, sagte Hannes, ohne sich von den Schuhen abzuwenden.

»Hannes, rede mit mir, ich will das jetzt wissen!«, rief Franziska.

Er richtete sich auf, nahm eine Hand zum Gesicht, legte Zeigefinger und Daumen um die Nasenwurzel und schloss die Augen, wie jemand der Kopfschmerzen hat, aber bei Hannes war es immer der Auftakt, bevor er etwas Wohlüberlegtes sagte. Sie liebte diese Geste an ihm.

Am Anfang, als sie frisch verliebt waren, machte er das öfter, dachte nach, mit der Hand im Gesicht und geschlossenen Augen, und haute dann irgendetwas raus, das sie beeindrucken sollte. Und meistens gelang ihm das auch. Einmal, das war noch vor den Kindern, waren sie im Sommer zum Hühnerspiel hochgestiegen, saßen auf einem Felsen und ließen die Beine über den Lärchenspitzen baumeln. Wobei, er hatte ziemlich lange warten müssen, bis Franziska sich zu ihm gesetzt hatte, weil sie hinter einem Felsen erst noch einige Gletscherhahnenfußgewächse untersuchen musste. Sie krabbelte auf allen vieren über den Boden, so tief gebeugt, dass sie die kleinen weißen Blüten fast mit der Nasenspitze berührte, und rief in einem fort: »Erstaunlich, wirklich erstaunlich! Wusstest du, dass der Gletscherhahnenfuß erst zwei Winter überstehen muss, bevor er Blüten ausbilden kann?«, rief sie Hannes von hinter dem Felsen zu. Hatte er nicht gewusst. Irgendwann saß sie endlich neben ihm. Es roch nach sonnenbeschienenen Kiefernnadeln und wildem Thymian, und unten lagen die Häuser wie eine Spielzeuglandschaft. Hannes saß da, die Hand an der Nase und schwieg. Dann sagte er: »Weißt du, ich kenne hier alles, dieses ganze Tal. Ich hätte nie gedacht, dass es mich mit irgendetwas noch mal überraschen würde. Aber mit dir hat es mich überrascht. Du bist besonders, Franziska Kofler. Es ist so wahnsinnig schön, Zeit mit dir zu verbringen. Ich bin so glücklich mit dir.«

Manchmal, wenn es in letzter Zeit so zäh war zwischen ihnen, dachte sie an diesen Moment zurück, an seine Worte, die sie so tief erwischt hatten. Sie wünschte sich, dass sie so einen Moment wieder haben könnten. Aber das hier, auf dem Flur, das würde kein solcher Moment werden. Diesmal, das wusste sie, das sah sie ihm an, würde er ihr kein Kompliment machen, wenn er die Hand herunternahm und die Augen öffnete.

Endlich blickte er sie an, ernst, fast verzweifelt. So hatte sie ihn noch nie gesehen. Dann griff er nach der Klinke und war weg.

Grummet

Sie hatte noch nicht damit gerechnet. In zwei, drei Wochen würde es vielleicht losgehen, hatte sie gedacht, und dass sie es dann schon schaffen würde. Jede Kuh schaffte das. Manchmal kam man morgens in den Stall, und neben der Färse stand ohne jedes Zutun das neue Kälbchen. Warum sollte sie etwas nicht können, was eine Kuh konnte? Und es war ja noch Zeit. So dachte sie, und dann setzte der Schmerz ein.

Unruhig lief sie in der Stube hin und her, es ging auf den Abend zu, und als die Schmerzen größer wurden, stieg in ihr das vage Gefühl auf, dass vielleicht etwas nicht stimmte. Aber sie hatte ja keine Ahnung davon, was stimmen sollte und was nicht, es war doch das erste Mal. Sie schob den Gedanken beiseite. Sie wollte stark und tapfer sein, es hatten so viele Frauen vor ihr auch schon geschafft. Manch eine hatte hier auf den Höfen mehr als ein Dutzend Kinder auf die Welt gebracht. Als Mathias fragte, ob er nach der Hebamme ins Tal gehen sollte, sagte sie: »Ich denke, es hat noch Zeit.« Katharina hatte ihr erzählt, dass es bei ihr mit dem ersten Kind zwei Tage gedauert habe. »Es wird sich sicher ausgehen bis morgen früh«, sagte Rosa zu Mathias. Aber dann waren die Schmerzen von einem Moment auf den nächsten unerträglich geworden. Schweißgebadet krallte sie sich an die Tischkante, und als Mathias gegen Mitternacht meinte: »Jetzt geh ich aber doch die Hebamme holen«, keuchte sie: »Bitte mach, so schnell du kannst …«

In Mondnächten war der Weg ins Tal gut zu erkennen, aber ausgerechnet diese Nacht war tiefschwarz. Kaum dass die Tür hinter Mathias zugefallen war, wurde Rosa bewusst, dass sie jetzt allein war, und eine pochende Angst machte sich in ihr breit. Eine Kuhgeburt in ihrer Kindheit fiel ihr plötzlich wieder ein. Sie war nicht gut gegangen. »Es liegt falsch herum und verkantet«, hatte der Vater gesagt, als das Kälbchen ewig nicht hatte auf die Welt kommen wollen. Dann hatte er Rosa aus dem Stall geschickt, deshalb wusste sie nicht, was noch geschah, aber das Brüllen der Kuh war bis ins Haus zu hören gewesen. Am nächsten Morgen ging sie nach der Kuh sehen. Sie lag schwer atmend mit halb geschlossenen Augen auf dem Stallboden, ihr Euter auf beängstigende Weise angeschwollen, hinter ihr eine Lache aus blutigem Schleim. Ein Kälbchen gab es nicht. Später sagte der Vater, dass es tot geboren war.

Es liegt verkehrt herum, ging es ihr ununterbrochen durch den Kopf. Dann veränderte sich der Schmerz plötzlich, als ihr Körper begann, das Kind gegen allen Widerstand herauszudrängen, sie konnte nichts dagegen tun. Und als sie spürte, dass es kam, und tastete, da bestätigte sich der Verdacht. Bei den Kühen kamen die Klauen zuerst, so war es richtig, aber bei den Menschen sollte es andersherum sein. So viel wusste sie. Nur war das, was sie da ertastete, ganz sicher nicht das Köpfchen. Ihr ganzer Körper bebte, war nun ein einziger stechender Schmerz. Irgendwann war sich Rosa sicher, dass sie jetzt sterben würde. Es kam ihr vergeblich vor, aber trotzdem schrie sie es: »Hilfe!«, rief sie, »Hilfe!«

Nach einer Ewigkeit ging endlich die Tür auf. »Gütiger Gott!«, hörte sie die Hebamme rufen. Rosa lag auf dem Küchenboden, wohin sie sich geschleppt hatte. Die Hebamme warf ein paar eilige Blicke auf sie, drückte dann zuerst mit aller Kraft von oben und zog dann unten, während Rosa ununterbrochen schrie. Es dauerte eine Weile, bis man auch den kleinen Jungen hörte, Rosa fühlte keine Kraft, ihn zu nehmen oder anzuschauen. Die Hebamme gab ihn ihr ohnehin nicht. »Jetzt musst du noch einmal aushalten, bis ich dich da unten versorgt habe«, meinte sie bloß, und Rosa bekam alsbald eine Ahnung, wie sich das anfühlte.

Vier Wochen später war sie noch immer nicht ganz geheilt und kaum in der Lage, Arbeit zu verrichten. Sie spürte keinerlei Verlangen, das Kind zu sich zu nehmen, weil ihr dann gleich einfiel, auf welche Weise es in ihr

Leben gekommen war. Umgekehrt schien das Kind von einem unersättlichen Verlangen nach seiner Mutter getrieben und brüllte, ohne Luft zu holen. Rosa wechselte ihm die Windeln, schwang es in der Wiege, sie machte »sch, sch«, bis sie schon ganz verzweifelt klang. Was sie auch versuchte, nichts von dem schien an das heranzureichen, was dem kleinen Sepp wirklich fehlte. Immer öfter verlor sie die Geduld mit ihm. Es war an der Zeit, das *Grummet* zu mähen, und sie war mit einem wunden Körper und einem ewig unzufriedenen Kind geschlagen. Sie nahm die Hitze wahr, die durch die Ritzen hereinkroch. Sie hörte das Schleifen und Wetzen der Sensen. Sie roch den würzigen Duft der Mahd. Wenn sie sich aufrichtete, konnte sie durch die Luke überm Bett Katharina und Franz vom Steighof in der Wiese stehen sehen, sie waren zum Helfen gekommen. Vermutlich hatte Katharina den Franz überredet. Er war unversehrt aus dem Krieg zurückgekommen, doch seinen Anschluss hatte er nicht gekriegt. Sie waren ein Teil von Italien geblieben. Zwischen vielen Optanten und Dableibern herrschte deswegen noch immer Streit, aber einen Nachbarhof, dem das Heu auf den Feldern zu verderben drohte, ließ man nicht allein. Auch Louis war gekommen und ging seinem Bruder zur Hand. Sie ließ sich zurück auf die Strohmatratze fallen. Es tat noch immer weh, Mathias so unbeholfen zu sehen. Einer ohne Arm und sie im Bett, mitten in der Mahd, dazu ein neuer hungriger Mund zu füttern, so war es um den Innerleit im August des Jahres 1946 zur Ankunft ihres Sohnes Josef bestellt.

Gegen Mittag lag das meiste Grummet gemäht auf der Wiese. Den ersten Schnitt, das Heu, hatten sie zwei Wochen vor Sepps Geburt gemacht. Das war der Wuchs, der sich jedes Jahr im Frühling rasch aus der braunen Grasnarbe erhob und bald bis zur Hüfte hoch stand, voll mit Wiesenschwingel, Besenried, Glatthafer, verschiedenen Kleearten und Rispengras und unzähligen leuchtenden Wildblumen. »Eigentlich schade, dass man es abschneidet«, hatte sie mal zum Vater gesagt. Aber der hatte es ihr erklärt. »Das Schneiden hilft dem Gras zu neuem Leben«, hatte er gesagt und auf den abgemähten Boden gezeigt, aus dem sich schon das nächste Grün nach oben drängte, dunkler und derber als das zuvor. »Der erste Schnitt ist schön, aber der zweite ist kräftig und robust.« Das Grummet bekam den Tieren, es nährte sie gut und machte sie weniger anfällig für Krankheiten. Ein Hut voll Grummet, sagte man, war so gehaltvoll wie zwei Arme voll vom normalen Heu. Gutes Grummet roch frisch und blumig, es staubte wenig und stach nicht, aber es war empfindlich gegen Nässe, es schimmelte dann schnell und war verdorben.

Am frühen Nachmittag spürte Rosa, dass das Wetter umschlug. Die Luft war jetzt drückend und feucht. Von taleinwärts rasten wütende dunkle Wolkenköpfe heran. Jetzt konnte sie nichts mehr im Bett halten. Sie stand auf, zog sich eilig das Arbeitskleid über, legte den schlafenden Jungen in die Mitte des Bettes und lief hinaus. Wenn sie jetzt nicht das Futter einbrachten, dann würden sie hier bald alle brüllen vor Hunger. Die feuchte Hitze draußen war wie ein Faustschlag, Rosa nahm sich am Stadl einen der Holzrechen und stieg hinter dem Haus die Nörderwiese hinauf, das war die steilste am Innerleit.

Als die schweren Wolken herantrieben, waren auf den Höfen alle aufgesprungen. Die Menschen liefen aufgeregt über die Felder und Wiesen, rafften eilig alles schon Gemähte zusammen und scheuchten das Vieh in den Stall. Auch Katharina und Franz eilten davon, ihr Grummet lag noch auf den Steighof-Wiesen. Die Schwüle machte nicht nur die Menschen verrückt. Aus dem Heu stiegen kleine braune Käfer mit hakeligen Beinen auf, flogen durcheinander, verfingen sich in den Haaren, krochen unter die Kleidung, kratzten und bissen. Rosa lief der Schweiß in die Augen. Sie merkte, dass ihr die Kraft fehlte. Während sie das Heu von der linken zusammenrechte, kam Louis ihr von der anderen Seite entgegen. Unterhalb zog Mathias den Leiterwagen auf dem terrassierten Weg, der die Wiese auf halber Höhe durchschnitt. »Rosa, das Poppele weint arg«, rief er ihr zu und kam mit dem Heuwagen heran, damit sie ihn beladen konnte. Ja, das hörte sie selbst, sein Geschrei drang bis herauf auf die oberste Wiese. Sie biss sich auf die Lippe und rechte stur weiter, als würde sie nichts hören. Mathias kam mit dem Wagen weiter auf sie zu. »Rosa, das Poppele!«, rief er nochmals. In dem Moment musste er über einen Stein gefahren sein, einen der großen mit den spitzen Kanten, die sich oft in den Grasbüscheln versteckten. Ein Rad des Wagens blieb hängen, und der abrupte Ruck riss Mathias die Deichsel aus der Hand. Der Karren rollte ein kurzes Stück weiter, bis zum Wegesrand, kippte dann um, verlor die Ladung, eine fast volle Fuhre, kam weiter ins Rutschen, überschlug sich, nochmal und wieder, polterte immer schneller den steilen Hang hinunter, prallte schließlich krachend gegen den Stadleingang und zersprang in ein Dutzend Stücke.

Ihr Leben lang würde Rosa sich an jedes Detail dieser Szene erinnern. Wie ihr der Schweiß in die Augen stach, sie verschwommen die einzelnen Teile des Heuwagens unten liegen sah. Es war der Einzige, den sie hatten. Wie ihre Arme von der schweren Arbeit schmerzten und auch ihr Unterleib. Wie das Kind im Haus noch immer schrie und vom Hochwart her die ersten Donner grollten. Wie dann ganz plötzlich auch in ihr was ins Rutschen kam und nicht mehr aufzuhalten war. Wie ein paar Sätze ihren Mund verließen und sie sich, kaum dass sie heraus waren, die Hand vor den Mund schlug. Aber da war es schon zu spät, da waren diese Sätze schon in der Welt, und dort würden sie für immer bleiben. »Dann geh halt du nach dem Poppele schauen!«, schrie sie. »Du unnützer Tscheggl! Vielleicht bist du drinnen zu etwas mehr zu gebrauchen als hier bei der Arbeit!«

Mathias blieb noch einen Augenblick stehen, wo er war. Er war zu weit entfernt, als dass sie sein Gesicht hätte sehen können, aber etwas an seiner Gestalt hatte sich verändert, eine Nuance nur, es ließ in Rosa kurz das Bild der umgemähten Gräser aufsteigen, aus denen das Leben so schnell entwich. Dann stieg er, ohne sich nur einmal umzudrehen, hinunter zum Hof, schritt geradewegs auf den drohenden gelbschwarzen Himmel zu. Auf der gegenüberliegenden Talseite krochen Nebelschwaden durch die Baumspitzen nach oben, und aus der Ferne grollte es immer lauter. Rosa rechte ein so großes Bündel wie möglich zusammen, stach eine Heugabel hinein und schob es über den Boden hinab zum Stadl. Dann stieg sie wieder hinauf und schob das nächste Bündel hinunter. Louis tat es ihr gleich. Sie schafften noch ein paar Reihen, dann fiel der Wind ins Tal ein, blies die Halme auseinander, bog die Bäume wie Spielzeug, und dann platzte der Regen aus dem Himmel. Louis lief los zum Mitterhof, und Rosa ins Haus. Und auch wenn es vom Stadl nur wenige Meter waren, war sie an der Tür schon nass bis auf die Haut.

Im Haus war es still und finster. Mathias saß auf der Bank, das Kind auf dem Arm. Er schaute nicht auf, als sie hereinkam. Rosa rann das Wasser übers Gesicht. Sie machte einen Schritt auf ihn zu, streckte die Hand aus, doch sie wusste nichts zu sagen. Regentropfen prasselten auf das Dach wie Kieselsteine. Plötzlich löste sich einer der Fensterläden, flog auf, schlug wieder zu. Das Kind wachte auf und brüllte. In dem Moment stand Mathias auf, reichte ihr den Jungen, und ging. In der Diele beugte er sich über seine Schuhe. »Mathias, wo willst du denn hin? Du kannst doch nicht hinaus bei dem Wetter«, rief sie verzweifelt. Er richtete sich auf, schaute noch immer an ihr vorbei. »Nach dem Waal sehen, dass der nicht überläuft«, sagte er schließlich, zog die Joppe über und ging.

Rosa lief mit dem Kind in der Stube umher, bückte sich zu den Fenstern, aber draußen war nur Dunkelheit. Alle paar Minuten flackerte der Hof in lila Licht auf, wenn ein Blitz niederging, aber um draußen etwas zu erkennen, reichte es nicht, Mathias war nicht zu sehen. Sie legte den Jungen in die Wiege, zog sich trockene Kleider an und machte Feuer, um Milch zu erwärmen. Vor ein paar Tagen hatte sie begonnen, ihn mit Ziegenmilch zu füttern. Für Mathias und sich machte sie die Graupensuppe vom Mittag heiß. Er musste ja jeden Augenblick wieder da sein. Aber als die Fettaugen in der Suppe schon wieder erstarrt waren, war er noch immer nicht zurück.

Sie legte sich aufs Bett, kämpfte gegen die Erschöpfung an, die stärker war als sie. Sie schlief ein. Als sie hochschreckte, war es früher Morgen. Sie brauchte gar nicht zu schauen, um zu wissen, dass außer dem Kind kein anderer im Haus war. Draußen herrschte völlige Stille, über dem Hochjoch riss ein grellgelbes Licht den Himmel auf. Da nahm sie das Kind auf den Arm und lief hinaus. Das Grummet lag verstreut über die ganze Wiese, dazwischen Stöcke und Zapfen aus dem Wald. Oberhalb hatte ein Blitz eine der alten Lärchen gespalten. Einer der Weidezäune war umgestürzt, ein paar der Streben hatte der Wind mitten auf die Wiese geschleudert. Und unterhalb der Stelle, vor der jedes Kind streng gewarnt wurde, weil dort der Wildbach gefährlich in die Tiefe stürzte, lag Mathias Unterholzner mit dem Kopf auf dem Felsen und rührte sich nicht.

Dass er nach dem Waal hatte sehen wollen, so erzählte man es später im Tiefenthal. Dass er hinauf sei, um nachzusehen, ob man was auskehren musste, damit der Waal frei blieb und das Wasser nicht überquoll. Dass er dabei wohl abgestürzt sei, unglücklich gefallen. Denn es war ja ein schlimmes Wetter, und das Gras ganz nass und der Himmel schwarz. Und er habe sich vermutlich nicht gut halten können, so wie er war, ohne den Arm. Mutig war es, da rauszugehen und den Waal zu überprüfen in so einer Nacht, aber das musste man schon machen bei Gewitter. Ein verstopfter Waal war eine ernste Sache, das wusste jeder hier, und jeder hatte es verstanden. So wie ein jeder wusste, dass der Innerleit-Waal ganz woanders verlief, jedenfalls nicht dort, wo man Mathias geborgen hatte. Dass man es aber trotzdem anders erzählte, dass man sagte, er sei beim Waal verunglückt, ja, auch das wusste jeder hier, und auch das ergab für jeden einen Sinn.

Im freien Fall

War er ihr also schon wieder durch die Finger geschlüpft. Franziska pfefferte das Küchentuch in die Ecke und ließ sich gegen die Wand fallen. Sie hatte es so satt. Von draußen hörte sie die Kinder spielen, mal wieder viel zu laut. Ihr selbst machte das nichts aus, es waren ja Kinder, aber wegen der Feriengäste musste sie sie ständig ermahnen leiser zu sein, es gab sonst schnell Beschwerden.

Und das hier wird wohl auch kein ruhiges, dachte sie, so heftig, wie ihr das Baby gerade von innen gegen unterschiedliche Organe trat. Resigniert schaute sie sich in dem Durcheinander der Wohnung um. Noch fünf Wochen bis zur Entbindung, und nichts war vorbereitet. Nicht einmal die Kliniktasche war gepackt. Morgen mach ich's aber, nahm sie sich jeden Tag vor, und dann wurde doch nichts draus. Seit Ferienbeginn wusste sie nicht mehr, wo ihr der Kopf stand. Die Gäste, die Kinder, der Garten, der Stall, das Heu, das Übliche eben, aber in der Sommersaison war nochmal extraviel von allem. In der Stadt nicht alles für die Fahrt ins Krankenhaus parat zu haben war eine Sache. Aber hier oben, von wo der nächste Kreißsaal nicht unter einer Stunde erreichbar war, riskierte man besser keine unnötigen Verzögerungen.

»Werden Sie das Kind hier oben zur Welt bringen wie die Frauen früher?«, fragten Gäste gelegentlich, mit glänzenden Augen. »Ja, sicher, in der Küche. Danach wische ich kurz feucht durch und backe einen Apfelstrudel. Das ist bei uns Bergbäuerinnen so üblich, wir sind da einfach näher an der Natur, nicht wahr? Wir halten noch was aus!« So hätte ihre Antwort am liebsten gelautet, aber sie beließ es beim inneren Augenrollen und antwortete höflich, dass es durchaus üblich sei, ins Krankenhaus zu fahren, seitdem es die Erschließungsstraßen gab. Wie bei den meisten Frauen. Sie hatte noch nie verstanden, warum man von ihr etwas anderes erwartete, nur weil sie hier oben lebten. Sie hätte hier nicht gerne allein ein Kind zur Welt gebracht, nicht eins, und erst recht nicht sechs oder acht oder zwölf.

Sepps Mutter Rosa war die letzte Frau gewesen, die auf dem Innerleit entbunden hatte – im alten Haus und tatsächlich in der Küche, so erzählte es Sepp. Er schaffte es, selbst diese Geschichte klingen zu lassen, als wäre er der Held, dafür hatte er bekanntlich Talent. Rosas Version hätte Franziska mehr interessiert, aber diese Version war irgendwo in der Dunkelheit der Vergangenheit verschwunden, wie so viele Geschichten der Frauen von früher. Wie gern sie Rosa kennengelernt hätte, diese Frau, die ihr oft so übergroß erschien und in deren Schatten sie sich ehrlicherweise oft fühlte. Sie hätte so viele Fragen an sie gehabt. Wie musste das gewesen sein, hier allein ein Kind zur Welt zu bringen? In einem Haus ohne Heizung, ohne fließend Wasser, ohne Telefon, zu dem man zur Not greifen konnte, um Hilfe zu holen. Wie hatte Rosa das nur geschafft?

Franziska konnte nicht verstehen, warum die Leute diese Dinge so verklärten. Es war ja nicht so, dass die Frauen früher eine Wahl gehabt hätten. Wer die guten alten Zeiten auf den Berghöfen beschönigte, ließ unter den Tisch fallen, was sie für Frauen oft bedeutet hatten: all die möglichen dramatischen Komplikationen; Mütter und Kinder, die eine Geburt nicht überlebt hatten; die vielen Halbwaisen, die auf andere Höfe verteilt wurden, weil es ohne eine Frau auf dem Hof einfach nicht möglich war, alle Kinder durchzubringen. Ihr hatte schon gereicht, unter welchen Umständen Max auf die Welt gekommen war, ihr Winterkind. Am Tag vor seiner Geburt hatte es spätabends zu schneien angefangen, und etwas später hatten die Wehen eingesetzt. Um ein Uhr nachts lagen bereits 30 Zentimeter Neuschnee, und um zwei wussten sie, dass sie auf den Schneepflug nicht warten konnten, denn der machte sich immer erst um fünf auf den Weg. Also hatte Hannes die Ketten auf den Traktor gezogen, den Schneeschild vorgespannt und den Weg bis hinunter zur Talstraße selbst geräumt. In diesen zwei Stunden war sie da oben tausend Tode gestorben. Irgendwann, nach einer gefühlten Ewigkeit, saßen sie endlich im Auto und fuhren im Schritttempo den Berg herunter, es schneite noch immer nasse, schwere Flocken so groß wie Gänsefedern. Immer mal wieder verloren die Reifen die Bodenhaftung und scherten zur Seite aus. Meistens waren es nur Sekundenbruchteile, aber es reichte, dass ihr jedes Mal das panische Gefühl des Kontrollverlusts in die Magengrube fuhr. Das Gefühl, abgelöst vom Rest der Welt zu sein, verloren, im freien Fall. Für Franziska war das das Schlimmste. »Nie wieder, Hannes, nie wieder!«, hatte sie ihn angeschrien. »Das war das Letzte! Das schwöre ich dir!«

Na ja, das hatte wohl nicht ganz funktioniert. Und einfacher würde es in der kommenden Zeit auch nicht gerade werden. Sie wollte sich so gerne freuen auf dieses Kind, aber aktuell machte es ihr einfach nur Angst. Plötzlich riss ein scharfer Geruch sie aus den Gedanken. Sie hatte die Nudeln ganz vergessen! Aus dem Topf qualmte es verbrannt.

»Maamaaa! Wann ist Essen fertig?«, riefen die Kinder von draußen. Sie schloss die Augen, atmete tief durch und versuchte ruhig zu bleiben. Am liebsten wäre sie einfach ins Auto gesprungen und weggefahren, nach Sterzing oder zumindest nach Bozen, einmal kurz weg von hier, so wie sie es im Winter manchmal machte, wenn der sich mal wieder ins Unendliche zog und sie Sehnsucht nach etwas Trubel und künstlichem Licht verspürte. Meistens war sie schon bei der Parkplatzsuche wieder kuriert, spätestens aber wenn das Überangebot in den Regalen der Geschäfte sie erschlug. Dann doch lieber wieder das wohlkuratierte Sortiment im einzigen Tiefenthaler Lebensmittelgeschäft. Zwei Sorten Spaghetti, das war genug.

Abhauen war leider keine Option. Sie versuchte die schwarze Kruste vom Topfboden zu kratzen, dann ließ sie den Topf stehen. Es gab nur eine Sache, die helfen würde. Sie riss sich die Schürze vom Leib und stürzte nach draußen, um Hannes zu suchen. Er hatte sein Geheimnis, oder was auch immer es war, lange genug für sich behalten. Viel zu oft hatte sie Nachsicht mit ihm gehabt, wenn er dichtgemacht hatte. Wollte nicht die nervige Ehefrau sein, die insistiert und meckert und andauernd nur Probleme wälzen will. Stattdessen hatte sie den Fehler immer bei sich gesucht. Erwartete sie zu viel? Musste man nicht einfach nur mit sich selbst im Reinen sein, damit es auch mit dem Partner klappte? Die vermeintlichen Patentrezepte für eine glückliche Beziehung waren auch bei ihr oben am Berg angekommen. *Glück ist eine Einstellung*. Sie hatte sich mit diesem Ratgeberquatsch durchgewurschtelt, aber richtig angefühlt hatte sich das trotzdem nie. *Weil es nicht stimmte.* Auf einmal wusste sie das. Sie hatte sich bloß zusammengerissen, etwas überdeckt, unterdrückt. Immer und immer wieder. Sie hatte sich eingeredet, dass *sie* etwas falsch machte, dass sie *falsch war*. Aber jetzt ging das eben nicht mehr, diese ganze Positivity – für den Arsch. Sie hatte gar kein Problem, es war ihr Mann, der offensichtlich eins hatte. Irgendwas nagte von außen an ihnen, an dem Band, das sie zusammenhielt, und wenn sie das weiter zuließen, würde es zerreißen.

»Mama! Max hat mich geschubst!«, jammerte Ella lauthals. Franziska schaute nicht mal hin. »Macht das unter euch aus«, rief sie bloß geistesabwesend. »Ich muss mit eurem Vater sprechen.« Als sie Hannes nirgendwo entdecken konnte, blieb sie stehen und lauschte. Auf einem Hof wie dem Innerleit war das die beste Methode, jemanden zu finden. Man hörte es, ob jemand im Stall war oder hinter welcher Ecke er Holz hackte. Franziska lauschte, vernahm schließlich das Klicken von Metall. Stadl also. Zielstrebig lief sie dorthin. Hannes lag bis zum Bauchnabel unter dem Transporter. »Hannes. Wir reden. Jetzt!«, sagte sie und baute sich vor ihm auf. Er krabbelte unter dem Fahrzeug hervor und blieb auf dem Boden sitzen. Es war so dunkel, wie konnte er hier nur was sehen?

»Er hat irgendwie Probleme mit der Hydraulik«, murmelte er schließlich. Das brachte sie noch mehr in Rage.

»Nein, hör zu, *wir* haben Probleme«, brüllte sie. »Und ich lass dich diesmal nicht eher in Ruhe, bis du mir sagst, was mit dir los ist!«

Er rutschte weiter nach hinten, sodass sein Gesicht komplett im Schatten lag, sie konnte kaum seine Züge erkennen. Aber dann, endlich, fing er an zu reden, als ob es ihm in der Dunkelheit erst möglich war. Es wurde eine Flut, als ob jemand eine Schleuse geöffnet hatte, und es dauerte, bis sie wieder zuging. Die Worte schossen aus ihm heraus, laut, schnell, aufgeregt. Manche Dinge sagte er mehrmals, aber eigentlich sagte er in Varianten immer das Gleiche: dass er den Hof aufgeben wolle. Dass er nicht mehr könne, nicht mehr wolle. Dass er längst kein Bauer mehr sei, keinen Bauernhof mehr führen würde, sondern einen Beherbergungsbetrieb mit Streichelzoo. Wie ein lebendiges Ausstellungsstück im Freilichtmuseum fühle er sich; wie ein von der EU bezahlter Landschaftsgärtner. Dass er es nicht mehr aushalte, den Schuldenberg vor sich herzuschieben. Dass er ja ohnehin keinen Hof besitze, sondern bloß auf einem wohne, der der Bank gehört. Und ob sie es denn nicht wüsste, dass sie Max auslachten in der Schule, weil er ein Bauernkind sei. »›Deine Eltern quälen Tiere‹, haben sie zu ihm gesagt und ›*Giftspritzer*‹. Max hat geweint deswegen. Hat er dir das nie gesagt, Franziska? Die Leute schimpfen über uns. Sie lachen über uns. Sie rümpfen die Nase über uns! Mir reicht es, ich will das nicht mehr!« Dass er es nicht mehr mit ansehen könne, wie unglücklich sie sei, sagte er weiter. Dass er selbst schon so lange nicht mehr glücklich sei. Dass es vorbei sei. »Ich hab schon einen Termin zum Verkauf ausgemacht. Irgendeine Arbeit wird sich dann schon finden«, sagte er. Tischler könne er ja machen oder Handwerker. Sie würden eine Wohnung nehmen, in Lana oder Meran, und sie könnte wieder ins Labor. Aber da oben, das sei vorbei. Ende, aus. »Ich gehe.«

Kein Schnee, keine rutschige Straße, diesmal stand sie mit beiden Beinen fest auf dem Boden und trotzdem war ihr, als würde ihr die Welt entgleiten. Sie tastete nach dem Türrahmen, aber selbst als sie sich gegen ihn stützte, war das Gefühl noch immer da. »Mamaaa! Wir haben so Hunger, wann gibt es endlich was zu essen?!«, klagten die Kinder von irgendwoher. Sie schaute zu Hannes, von dem in seiner dunklen Ecke keine Regung mehr kam. Dann wandte sie sich ab und rannte in Richtung Haus. Aber noch ehe sie dort ankam, fuhr ihr der Schmerz in den Leib, so unerwartet und heftig, dass sie fast in die Knie ging. Hannes war gleich bei ihr. »Franziska, was ist mit dir?«, rief er, aber sie war nicht in der Lage zu sprechen. »Müssen wir etwa los, ins Krankenhaus? Wo ist denn die Kliniktasche?« »Gibt noch keine«, stieß Franziska hervor und hielt sich am Gartenzaun fest. »Ruf meine Mutter an und dann los.« Als die Wehe nachließ, rief sie zu den Kindern: »Oma Elisabeth wird gleich da sein, sie macht euch dann was zu essen. Ella, du passt so lange auf die anderen auf.« Die drei kamen gleich angelaufen. »Kommt das Geschwisterchen jetzt, Mama?«, fragte Ella aufgeregt. »Aber ich hab Hunger!«, beschwerte sich Hannele. »Ihr könnt Fernsehen, bis Oma kommt«, sagte Hannes, und unter Jubel waren die drei schnell im Haus verschwunden. Dann schmiss er eilig ein paar Sachen ins Auto und half ihr in den Sitz.

Sie konnte ihn nicht ansehen, sie wollte auch gar nicht. Sitzen war eine Qual. Ihr Körper war ein einziger, anhaltender Schmerz, und wenn er doch mal kurz nachließ, dann spürte sie den anderen umso mehr, den im Herzen, den Hannes ihr zugefügt hatte. Jede Unebenheit, jede Kurve fühlte sich an, als würde sie innerlich aufgespießt, und als sie schon dachte, sie würden es nicht mehr schaffen, tauchte vor ihnen das rote Neonröhrenkreuz des Krankenhauses auf. *Hilfe naht.* Sie wunderte sich, dass ihr dieser alberne Satz in den Kopf kam, wie jemandem, der auf Rettung hofft, der geborgen werden muss, weil er verloren gegangen ist. *Hilfe naht*, dachte sie und wollte schreien. Sie war hier, in diesem Auto, schwer verletzt, und hoffte, dass jetzt jemand übernahm, der sich mit alldem auskannte.

Natürlich nahm niemand ihr die Geburt ab, und trotzdem wurde es ab der Krankenhaustür fast leicht. Die Wehen waren so stark, dass sie ohnehin nicht mehr denken konnte. Sie ließ einfach alles zu, folgte den Anweisungen. Atmen, nicht atmen, pressen, nicht pressen, wieder pressen. »Sie machen das ganz toll«, sagte irgendwer, der neben ihr stand. Wenigstens etwas, dachte sie, während Tränen ihr die Wangen herabliefen.

Der Junge, der dann bald da war, war etwas zu klein und schlaff, aber es war alles dran und funktionierte. »Ein schöner Bub«, sagte die Hebamme mit routinierter Anerkennung, und Franziska schaute mit routinierter Mutterpflicht zu dem Bündel, das ihr entgegengehalten wurde. Als sie keine Anstalten machte, es zu nehmen, drückte die Hebamme es Hannes in den Arm. »Aber nur kurz«, sagte sie. »Wir möchten ihn für die Lungenreifung lieber noch ein paar Tage in den Inkubator legen. Nur zur Sicherheit.« Hannes beugte sich über das kleine verknitterte Gesicht. Franziska sah im Gesicht ihres Mannes Stolz und Rührung, Überwältigung und Verzauberung über diesen neuen Menschen, den es auf einmal auf dieser Welt gab, dessen Eltern sie waren. Bei ihren anderen Kindern hatten sie darum gewetteifert, wer zuerst halten und schauen durfte. *Jetzt lass mich doch auch endlich mal. Du hast schon so lange! O Gott, sieh nur, es ist einfach wunderschön!*

Diesmal drehte Franziska sich weg, schloss die Augen und versank in Dunkelheit, während draußen über dem Rest der Welt ein hoher blanker Sommerhimmel stand.

Winterkorn

Der Herbst kam früh in diesem Jahr. Es war, als ob der Sturm ihn ins Tal geblasen hätte. Die Luft kühlte herunter und wurde nicht mehr warm. Der Himmel blieb grau wie eine anhaltende Dämmerung, und als die Totengräber die Erde über Mathias Unterholzner zuschaufelten, tauchten plötzlich schwarze Wolkenköpfe auf und blieben stehen, als wären sie geladen, bevor sie schließlich weiterzogen.

Rosa wartete vor dem Grab, bis die Männer die Schaufeln und Hacken auf den Wagen gelegt und damit hinter der weißen Kapelle verschwunden waren. Alle anderen waren schon gegangen. Der Innerleit war nicht der einzige Hof, an dem sich der schwere Sturm eine Woche zuvor ausgetobt hatte. Es gab Zäune aufzurichten und Dachschindeln zu ersetzen, Reste vom Grummet aufzulesen und umgestürzte Bäume zu zerlegen. Jeder im Tiefenthal war froh, etwas zu tun zu haben, das ihm leichter fiel, als diese junge Witwe anzusehen. Die ihre Schultern noch immer so krümmte, als ob sie sich vor einem Gewitter ducken musste. Auf dem Arm trug sie ihr Kind mit einem spröden Griff, wie ein Scheit Brennholz.

Dass der Bub ständig weinte, nahm sie schon kaum mehr wahr, es war, als ob sich etwas zwischen sie und den Rest der Welt geschoben hatte, so wie sich Dunst auf die Scheiben legt, wenn es aus dem Kochtopf dampft. Sie hörte sein Schreien, und sie reagierte, aber alles kam ihr weit entfernt und undeutlich vor. Auch die Kuh brüllte, denn ihr Euter war voll, dann war sie an der Reihe. Die Schweine riefen ärgerlich, denn sie hatten Hunger und wollten auch an der Reihe sein. Der Mistgang war voll, dann war der an der Reihe. So ging das Leben weiter, eins folgte aufs nächste, eine Pflicht auf die andere, und auch wenn sich jeder Handschlag zäh und unendlich schwer anfühlte, war Rosa froh um diese Aufgaben, weil sie den Tag antrieben wie ein Puls. Es war der Herzschlag des Hofes. Ohne ihn wäre sie vermutlich schon am Morgen in der Dunkelheit versunken, die sich in ihren Knochen zusammenrottete wie Krähen, wenn sie sich sicher fühlen. Man musste sie ständig von Neuem verscheuchen, man musste aufspringen und ihnen die Stirn bieten, wenn man nicht wollte, dass sie blieben.

Bald wurden die Bergspitzen weiß, in den Wäldern leuchteten die ersten Lärchen golden auf, am Morgen fiel das Licht in milchigen Strahlen in das Tal, und jeden Tag blieb es länger trüb. Bevor die Kälte sich von den

Kämmen auf die Höfe herabsenkte, trieben die Hirten das Vieh von den Almen herunter. Tagelang waren die Viehschellen durch das Tal zu hören. Das hohe, hektische Läuten der Ziegen, das gemächliche, blecherne der Kühe, die Felsen warfen es hin und her, und manchmal trat Rosa hinaus, um zuzuhören.

Früher, als sie Kinder waren, hatte das Läuten alle Jungen im Tal aufgescheucht. Sie liefen den Tieren hinterher, einen Stecken in der Hand. Die Kühe trugen Blumenkränze, sofern der Herde auf der Alm kein Unglück zugestoßen war. Zuvor war man tagelang damit beschäftigt gewesen, sie aus Fichten und Blumen zu winden, und es war lustig zu sehen, dass die bekränzten Kühe anders zu gehen schienen, erhaben, beinahe schritten, als ob sie Königinnen wären. Toni und Karl hatten Knickse gemacht und »Eure Majestät« gerufen. Oft waren sie jenseits der Wege im Wald verschwunden, um bald darauf ein verirrtes Kalb herauszutreiben, das seinen ersten Almsommer hinter sich hatte und sich verdutzt über all die Aufregung zwischen den Bäumen verirrt hatte. Anders die großen Kühe, die den Weg schon kannten und keine Anweisungen mehr brauchten. Schaukelnd wie Holzschiffe liefen sie die Wege zu ihren Höfen hinab, rupften die letzten Büschel Gras am Wegesrand und reihten sich im Stall ein, am Platz, den sie im Juni verlassen hatten. Und wenn es dann stumm wurde im Tal, war bald das Winterkorn an der Reihe.

Zum Gallustag Mitte Oktober hatte Rosa den Roggen und die Gerste in der Erde, zu Allerheiligen war das Getreide aufgekeimt und bildete bald üppige Nebentriebe, die sie jeden Tag erleichtert begutachtete. Mit zunehmender Kälte stellten die kleinen Pflanzen das Wachstum ein, zitterten in dem heulenden Wind, der jetzt wieder über die Kämme strich und vor dem sich alles Schwache beugen musste. In Rosa stieg die Furcht vor dem nahenden Winter auf, weil im Winter das Hofherz langsamer schlug.

Die Fröste kamen wie erwartet, das Grün auf dem Acker erstarrte, und kurz vor Martini fiel der erste Schnee, schon in der ersten Nacht so hoch, dass er die jungen Pflanzen völlig bedeckte. Rosa schritt mit dem Kind auf dem Arm durch die Stube, blickte aus dem Fenster auf die verschneiten Hänge und wunderte sich, wie wenig der Mensch für den Winter gemacht schien im Gegensatz zum Korn, das wochenlang in seinem kalten Schneegrab ausharrte. Das den Frost und die Kälte überhaupt erst brauchte, um hoch und kräftig zu wachsen, und das dem Sommerkorn, das nur die Sonne kannte, so überlegen war. Sie hätte so gerne mehr darüber gewusst, was in dieser Erde vor sich ging, und wünschte sich oft, der Vater hätte mehr von seinem Wissen mit ihr geteilt, als nur die wenigen Sätze kurz vor seinem Tod.

Es dunkelte jeden Tag früher, die Berge wurden noch vor dem Himmel schwarz. Manchmal erschienen sie ihr dann wie der Schatten eines großen Tieres, das sich hingelegt hatte, aber noch nicht schlief. Sie machte dann lieber schnell Licht, die Berge verschwanden und im Fenster erschien ihr eigenes Bild mit dem Inneren der Stube. Eine Frau allein mit einem Kind auf dem Arm. Wenn sie sich umdrehte, sah sie an der Wand das gleiche Bild. Es hatte dort schon immer gehangen, wie wohl in den meisten Bauernstuben. Maria mit dem Kind. Auch sie allein. Aber Maria lächelte mit der Sicherheit einer Mutter, die alles wusste und fühlte, was eine Mutter zu wissen und zu fühlen hatte. Und wenn Rosa dann im Fenster sich selbst erblickte, so ernst und ratlos, dann schämte sie sich. *Nur eine Mutter weiß allein, was Liebe ist und Glücklichsein.* So sagte man, aber Rosa wusste es nicht. Sie fragte sich, wie Maria es mit ihrem Kind hielt, wenn Holz zu hacken war oder der Schnee von den Wegen zu räumen. Wenn sie hinausmusste, um die Tiere oder den Acker zu versorgen. Was machte Maria dann mit dem Kind?, fragte sich Rosa. Ob sie es wohl auch fest in ein Tuch gewickelt vor den Ofen legte? Ob sie es dort weinen ließ, bis die Arbeit getan war? Und ob sie dann manchmal, anders als auf dem Bild, nicht glücklich war, weil es ihr auch nicht richtig vorkam?

Rosa versorgte den Jungen, wie sie die Jungtiere auf dem Hof versorgte. Sie bemühte sich, dass er es warm hatte und satt war, aber anders als den Kälbchen reichte es ihm nicht. Jedes Lebewesen schien seinen Nachwuchs besser im Griff zu haben als sie. Manchmal wollte sie ihn an ihr Herz drücken, seine kleine Wange an ihrer fühlen, aber dann legte sie ihn lieber schnell ab. Es war Februar, aus dem Unterholz hatte sie schon die ersten Zaunkönige trillern hören, das Frühjahr kam heran, die Welt würde sich bald wieder um andere Dinge drehen. Es war sicher besser, das Kind nicht zu verzärteln.

Als die milderen Tage auf sich warten ließen, schnitt Rosa draußen einige Haselzweige ab und stellte sie in der warmen Stube auf. Ein paar Tage später trieben glutrote Halme aus den harten Kapseln heraus, ragten hinaus wie ein Zeichen, und Rosa meinte zu spüren, dass sich auch in ihr etwas regte, eine kribbelnde Unruhe. Etwas Ähnliches meinte sie draußen in der Erde zu bemerken, ein Vibrieren, ein Anschwellen und sich Erheben. Die Sonne kletterte jeden Tag höher. Das Eis schmolz, und das Wasser geriet wieder in Bewegung. Der Schnee zog sich vom Acker zurück, gab jeden Tag etwas mehr Fläche frei, und bald konnte Rosa sehen, dass alle Getreidepflanzen noch standen. Und als ob sie alle das gleiche geheime Zeichen bekommen hätten, setzten sie jetzt ihr Wachstum fort.

Wie jeder Bauer im Tiefenthal lief Rosa nun los, krümmte sich über jedem Stück Land, das Zuwendung brauchte, stach um und düngte, vergrub die Hände in der Erde, sank mit den Füßen ein, oder kniete darin wie jemand im tiefen Gebet. »Oder wie ein Sünder auf der

Bußbank«, brummte Franz vom Steighof, wenn er von seinem eigenen Acker zu ihr hinaufsah. Ein paar Wochen später korrigierte er seine Worte und meinte nun, dass der liebe Gott Rosa wohl jede Sünde erlassen, wenn nicht sogar einen besonderen Segen erteilt hatte, denn bei ihr stand es im Garten und auf den Feldern so hoch und so üppig wie nie zuvor.

Die Pflanzen waren nicht das Einzige, das sich am Innerleit aufgerichtet hatte. Als die Aussaat aufging und schließlich strotzend aufragte, erlaubte Rosa es sich, den Rücken durchzustrecken, die Schultern aufzurichten, das Kinn zu strecken. Den Blick richtete sie noch immer oft auf die Erde, aber nicht mehr beschämt, sondern neugierig und forschend. Was war die Zutat, die ein Samenkorn zu einer mannshohen Pflanze wachsen ließ, fragte sie sich und schaute auf die Erde wie auf ein Rätsel, das sie lösen wollte. Sie stach Stücke heraus, betrachtete die Maserung, drückte sie in der Faust zusammen und zerrieb sie zwischen den Fingern. Je nachdem von welcher Stelle sie sie nahm, war die Erde unterschiedlich. Manche Stücke ließen sich formen wie Teig, manche fielen krümelig auseinander.

Mit dem Kind auf dem Arm streifte Rosa jetzt lange über ihren Grund, es schlief gut dabei, und sie konnte beobachten. Ihr ganzes Leben hatte sie hier verbracht, sie kannte jeden Stein, aber plötzlich hatte sie das Bedürfnis, alles so zu betrachten, als wäre sie zum ersten Mal auf diesem Hof. Sie schaute genau, wo was wuchs und wie gut es dort gedieh. Selbst den *Glumpethang* nahm sie in Augenschein. So nannte der Vater das Stück Steilhang östlich vom Stadl, von dem er immer die Finger gelassen hatte. Zu steinig, zu trocken. »Das taugt nichts«, hatte er abgewunken und den Hang der Natur überlassen. Er war überwuchert und verstrüppt. Aber als Rosa dort einmal mit dem Fuß einen der Steine umdrehte, staunte sie. Darunter hatte sich Wasser gesammelt, und obwohl die Sonne schon längst hinter dem Hochwart versunken war, konnte man ihre Wärme im Stein noch deutlich spüren. Für den Weißklee jedenfalls, der um die Steine herum wucherte, schien die Erde hier nicht unpassend zu sein. Ihrem Gefühl folgend und aus einer Lust am Ausprobieren heraus setzte sie in der Nähe der Steine ein paar Walderdbeeren, deren Pflanzen dem Weißklee ähnelten. Im Mai waren die Triebe größer als die der Beeren, die sie im Garten pflanzte, und im Juni steckte sie Seppl Erdbeeren vom Glumpethang in den Mund, fast so groß wie Wachteleier. Sie brachte auch dem Steighof welche, wo Katharina vor Kurzem das vierte Kind bekommen hatte. Die hatte gar nicht glauben wollen, dass Waldbeeren so groß und so süß werden konnten.

Im darauffolgenden Jahr legte Rosa den Garten neu an, erweiterte ihn um ein beachtliches Stück und richtete auf dem Glumpethang einen neuen Pflanzgarten ein. Wobei sie die Steine nicht entfernte, sondern einfach zwischen ihnen pflanzte, um ihre Wärme und Feuchtigkeit für die Pflanzen zu nutzen. Es ist mein Hof, sagte sie sich, mit einer Bestimmtheit, die sich ganz neu in ihr ausgebreitet hatte. Sie legte eine neue Fruchtfolge fest, teilte die Beete neu ein und orientierte sich dabei an der Beschaffenheit der Erde, die sie erkundet hatte. Sie setzte Pflanzen zusammen, die gut miteinander konnten. Wo Bärenklau, Brennnessel und Melde wuchsen, nahm sie als Zeichen, Wurzelgemüse und Knollenfrüchte danebenzusetzen.

Sie stellte fest, dass der Boden besser wurde, wenn sie die Leguminosen stehen ließ und nicht ausrupfte, obwohl man sagte, dass das Unkraut sei. Aber anders als angenommen, nahmen sie dem Gemüse keinen Platz weg, sondern schienen ihm gutzutun. Jedenfalls hatte sie am Ende noch nie so üppige Kürbisse, Zucchini und Gurken geerntet. Die sonnigsten Stellen räumte sie duftenden Rosensträuchern ein, die waren was fürs Auge und damit genauso wichtig wie die Dinge, die man essen konnte. Erbsen und Bohnen und Lupinen waren am Innerleit immer die Kümmerer gewesen, aber als sie Schmetterlingsblütler neben sie setzte, unterstützten sie sich gegenseitig und blühten auf. Es kam ihr so vor, als würden die Pflanzen miteinander Freundschaften schließen, und so sagte sie es ihnen auch: »Ihr seid Freunde, ihr tut euch gut.« Sie redete jetzt immer mit ihnen, es erschien ihr wie die normalste Sache auf Erden.

Wie ein Abbild der Tiefenthaler Ordentlichkeit mit ihren schnurgeraden Gemüsereihen und blitzblank gejäteten Trittstegen sah Rosas Garten in weiten Teilen nun nicht mehr aus. Im Juli, wenn alles auf dem Höhepunkt stand, glich er einer eigenwilligen, strotzenden Wildnis, die auch bei näherem Hinsehen keiner bestimmten Gliederung folgte, jedoch einer unbestimmten Harmonie, an der sich das Auge nicht sattsehen konnte. Es kreuchte und fleuchte darin, es brummte und summte und strotzte vor flimmernder Farbenpracht und würzigem Kräuterduft.

An einem Sonntag kam sogar Franz vom Steighof heraufgestapft, um eine Harke zurückzubringen, die er vor allem mit dem Hintersinn geliehen hatte, sich das ganze Treiben mal aus der Nähe anzusehen. »Du hast dein Unkraut stehen lassen, Rosa«, sagte er und zeigte auf die wuchernden weißen und blauen Lupinen in ihrem Bauerngarten, die das Erste waren, was er auf die Schnelle als ungehörig hatte ausmachen können. »Aber nur, weil's mir dient und die Erde am Berg festhält«, erwiderte Rosa, stemmte die Hände in die Hüften und sah ihren Nachbarn mit schiefem Kopf und frechem Grinsen an. Sie erwartete gar nicht erst, dass er ihr glaubte. »Na, wenn das so einfach wäre«, lachte Franz und tat ganz unbeeindruckt. Aber als er im Oktober nach den ersten Regengüssen seine Erde wieder den Hang hinaufführen musste und Rosa nicht, dachte er an ihre Worte.

Im nächsten Jahr ließ er seine Lupinen ebenfalls stehen. Er bereute es nicht.

Einmal blieb der Mooshof Bauer mit seinen Ziegen auf dem Weg zur Alm verdutzt an Rosas Acker stehen, weil er sicher war, dass es Emmer und Einkorn waren, die er da entdeckte. Er wollte seinen Augen nicht trauen. In solchen Lagen ließ man von diesem urwüchsigen dunklen Korn besser die Finger. Aber Rosa hatte Wundklee als Untersaat genommen, den Standort mit Bedacht gewählt, und beide Getreide wurden schon im September reif. Bald hätte sich im Tiefenthal niemand mehr gewundert, wenn sie da oben auch noch Obstbäume großbekommen hätte, was oberhalb von 1000 Metern kaum möglich war, aber Rosa, die die Erde zu lenken schien, wie es ihr passte, war auch das zuzutrauen.

Wenn sie nun ins Tal hinuntermusste, ging sie mit geradem Rücken. Sie war eine gute Bäuerin, alles andere spielte keine Rolle mehr. Und die Tiefenthaler waren froh, sie nach dem Kirchgang abfangen zu können, oder wenn sie das Pferd zum Schmied führte oder Korn zur Mühle brachte. »Deine Erdbeeren gehen wieder so gut in diesem Jahr«, sagte Ida Gamper, und Rosa schenkte ihr mehrere Ableger. »Ach, meine Gurken werden einfach nie so wie deine«, stöhnte Marianne vom Oberhof. Also schilderte Rosa ihr, aus welchen Kräutern sie eine Jauche aufsetzen und in welchem zeitlichem Abstand sie die Pflanzen damit übergießen sollte. Im nächsten Jahr hatte die Oberhof Marianne so viele Gurken, dass sie sie auf den Markt in Lana trug, weil sie so viel davon auf dem Oberhof gar nicht essen konnten.

Rosa schritt stolz über ihren Boden, zwischen Spalieren von Liebstöckel und Bohnen, Stockrosen und Tomaten, die alle strammstanden, wie zu ihren Diensten. Sie band hier etwas fest und zupfte dort, rupfte und goss, manchmal wie im Rausch, aus dem sie oft erst Seppls Weinen riss, und wenn es nicht mehr zu ignorieren war, wischte sie sich die Erde von den Händen, ging nach ihm schauen, und jedes Mal war ihr dann so, als ob sie aus einer Welt, in der sie Siege einfuhr, eine andere Welt betrat, in der sie immer nur verlor.

»Begabt darin, euch großzuziehen, aber nicht das eigene Kind«, klagte sie den Pflanzen, wenn sie mal wieder ganz ratlos war. Sie kochte ihm ein *Muas*, und er spuckte es auf den Tisch. Sie nahm ihn mit in den Garten, wo er die Setzlinge aus der Erde rupfte. Es fiel ihr dann nicht leicht, sich zu zügeln. Manchmal kam es ihr so vor, je besser es mit den Pflanzen ging, desto schlechter ging es mit dem Kind. Wenn sie dann vor den anderen Tiefenthaler Frauen stand, die ihre vielversprechenden, braven Kinder an der Hand hielten und Rosa Fragen zu ihrem Garten stellten, überlegte sie manchmal zurückzufragen. Wie sie das machten, mit den Kindern, ob sie einen Rat für sie hätten, damit der Bub nicht so gegen an war und besser folgte. Ob sie das überhaupt kannten von ihren Kindern, und was das richtige Maß war. Aber am Ende traute sie sich nie. Nicht einmal Katharina mochte sie fragen. Eine Mutter musste doch wissen, was mit ihrem Kind zu tun ist. Was war sie denn sonst für eine Mutter?

Manchmal schaute sie Sepp lange und forschend an, wie sie Erde und Blumen betrachtete. Manchmal stieg dann eine Ahnung in ihr auf, was er vielleicht brauchen konnte. Es war ihr selbst ein Rätsel, aber geben konnte sie es ihm nicht.

Treibholz

Der Junge konnte schon bald aus dem Inkubator ins normale Neugeborenenbettchen gelegt werden, es war eine Wanne auf Rädern, mit durchsichtigen Plastikwänden. Franziska fühlte sich, als hätte jemand genau solche Wände auch um sie herumgezogen. Hannes kam jeden Tag, aber sie ließ ihn nicht an sich heran, nichts von dem, was er ihr zu sagen versuchte, und auch nicht die Hand, die er ihr entgegenstreckte. Es war nicht einmal Absicht, sie war wie erstarrt, als hätte sie mit der Welt außerhalb dieser Wände nichts mehr zu tun. Sie lag herum wie Treibholz, wie ein zerfledderter Fremdkörper.

Ständig trug auf dieser Station irgendwer metallisch glänzende Heliumluftballons und Blumen herein und rosige Babys in Maxi-Cosis wieder heraus. Sie starrte vom Bett aus auf den Parkplatz, den sie inzwischen genauer kannte als ihr neugeborenes Kind. 103 Stellplätze, sie hatte sie gezählt, mehrmals. Ein Drittel war Mitarbeitern vorbehalten, um den Rest stritten sich alle anderen. Zum Schichtwechsel und zur Besuchszeit gab es jedes Mal Gerangel. Sie wusste genau, wann es losging, wo der Chefarzt parkte und welche Automarke die Stationsärztin fuhr. Aber wann ihr Sohn Hunger hatte, hätte sie nicht sagen können. Wenn die Pflegerinnen ihr Baby hereinrollten, damit sie wenigstens versuchte, es anzulegen, tat sie meistens, als ob sie schliefe. Sie wartete, bis die Tür sich wieder schloss, und wenn das Rollen des Babybettchens und die Schritte der Pflegerin sich draußen entfernten, weinte sie schon wieder. Und grübelte schon wieder.

Ich gehe.

Inzwischen empfand sie Hannes' Offenbarung als Verrat auf mehreren Ebenen. Seit wann waren sie kein *Wir* mehr? Keine Familie, kein Paar, das Entscheidungen gemeinsam traf, vor allem wenn es darum ging, wo sie alle lebten. All die Jahre hatte sie alles für ein *Wir* getan. Sie hatte den Job aufgegeben, ihre Freiheit, das Reisen, den Doktortitel. Statt an einem hygienisch einwandfreien Laborplatz zu sitzen, hatte sie Dreck von fremden Menschen weggewischt und Kuhscheiße vom Spaltenboden gekratzt. Sie hatte sich von Hannes abhängig gemacht. Es machte sie so wütend, dass sie in diese Falle getappt war. Sie war seine Angestellte geworden, und jetzt behandelte er sie eben wie eine. Alles konnte er bestimmen, sogar wo sie wohnten, sie hatte nichts zu melden. Und dann wollte er ihr seine Entscheidung auch noch so verkaufen, als tue er es auch für sie.

Du bist doch nicht glücklich hier.

Ja, sie hatte geschimpft und gejammert über ihr Leben da oben. Aber sie hatte Hannes wenigstens immer wissen lassen, woran er war. Es war ja nicht so, dass sie deswegen gleich alles hinschmeißen wollte. Gehört werden hätte schon gereicht. Über manches hatte sie vielleicht tatsächlich zu wenig gesprochen, das konnte sie sich schon vorwerfen. Ja, sie verfluchte eine Menge Dinge an dem Leben da oben auf der einsamen Felsspitze. Aber die Wahrheit war auch, dass ihr jedes Mal ein großer Funken Glück ins Herz sprang, wenn sie vor die Tür trat und dieses Spektakel aus Bergen und Wäldern vor sich sah. Manchmal, am frühen Morgen, wenn alles noch ganz still war und die Sonne gerade über die Kämme kletterte, blieb ihr fast die Luft weg, so schön war das. Oder der Nachthimmel mit seinen Millionen Sternen, so nah, als ob man sie mit der Hand greifen konnte. Im Winter war schon der abendliche Weg zum Stall ein Ereignis. Und dann diese Freude, Tiere um sich zu haben, an einem Ort zu leben, der immer nach Heu roch. Wo die Kühe sie manchmal mit ihren großen Köpfen in den Rücken stupsten, und wenn sie sich umdrehte, mampften sie bloß und taten, als ob nichts wäre. Das Glück, im Sommer die eigenen Beeren zu essen und Gemüse, direkt aus der Erde. Oder wenn sie am Wochenende spontan die Sachen packten, um auf die Falkomaialm zu steigen, zu den Drei Seen oder noch höher, auf den Hochwart. Wenn sie die geheimen Wege nahmen, die nur die Einheimischen kannten und auf denen man ganz allein ging. Und dann dieses Erlebnis, wenn man ganz oben, so weit über allem stand, wo von dieser Welt nichts mehr zu sehen war als Natur und unbegreifliche Schönheit.

Sie machte sich über die Touristen lustig, aber sie wusste auch genau, warum sie kamen, und sie war ein bisschen stolz darauf, diesen Ort ihr Zuhause zu nennen. Sie sah, wie schwer es den Gästen am Ende des Urlaubs fiel, in ihre Leben zurückzukehren, in die Städte und engen Wohnungen, in ihre Routinen. Sie war froh, dass sie bleiben konnte. Andersherum tat es ihr weh, dass sie nie wegfahren konnten, dass ihre Kinder noch nie das Meer gesehen hatten. Ella und Hannele schien es nicht viel auszumachen, aber von Max wusste sie, dass er die letzten Tage vor den großen Ferien kaum noch in die Schule mochte. Wenn die anderen Kinder von Nichtbauern mit geregeltem Urlaubsanspruch, herumtönten, wohin es dieses Jahr gehen würde. Oder wenn die Gästekinder aufzählten, wo sie schon überall gewesen waren: Malle, Griechenland, Khao Lak. Sie wusste, dass Max Bilder davon googelte. »Wann fahren wir denn mal in Urlaub, Mama?«, lag er ihr in den Ohren. Sie versuchte dann gute Miene zu machen. »Ach, Max, du weißt doch die Kühe … Oder sollen wir die etwa mitnehmen, in einem Extraabteil? Das wird dann echt teuer.« Er fand es nicht witzig. Aber meistens war mit Ferienbeginn schon alles wieder in Ordnung, die Kinder spielten dann so schön am Hof. Rannten durch Wald und Wiese, mussten sich nicht nach Autos umsehen. Kletterten auf Bäume, bauten Geheimverstecke und Hütten im Wald, konstruierten eine Wasserrutsche, auf der sie den Hang runtersausten, sprangen im Stadl stundenlang ins Heu. Am Abend trieben sie die Kälber in den Stall, jagten entlaufene Hasen und störrische Ferkel. Es machte sie glücklich, sie so zu sehen. Und der Spaß im Winter, wenn Hannes ihnen mit dem Schneeschild vorm Traktor eine Piste auf der Nörderwiese präparierte. Eine eigene Ski- und Bobabfahrt hinterm Haus, wer hatte denn sowas? Aber das rieb Max den Pauschaltouristen aus seiner Klasse dann nicht unter die Nase, dafür war er nicht selbstbewusst genug. Und er war nicht der Einzige.

Woher kam bloß dieser Knacks im Tiefenthaler Selbstbewusstsein? Dieses beklommene Zucken, wenn ein Zugereister ausholte und von der weiten Welt erzählte. Wenn einer was kannte oder konnte, das es hier nicht gab. Ein fernes Land, Sushi, eine Kunstausstellung. Und schon schoss den Tiefenthalern dieses schmerzhafte Ziehen in die Eingeweide, diese verinnerlichte Vorstellung, nicht genug zu sein, nicht genug gesehen zu haben oder nicht weit gereist zu sein, nicht genug zu wissen.

Sie lachen über uns …

Bei den Alten war das noch anders gewesen. Die waren mit dem, was sie hatten, zufrieden gewesen. Von den Großeltern kannte sie diese Haltung noch, und von anderen Urgesteinen hier im Tal. »Ah geh, hier ist es schön, mehr brauch ich nicht«, hatte Oma Kofler immer gesagt, wenn Franziska ihr zu Studienzeiten von anderen Ländern vorschwärmte und sagte: »Oma, ich nehme dich mal mit, wenigstens an den Gardasee. Das ist gar nicht weit.« Aber Oma wollte nie. Selbstgenügsamkeit war es, die die Alten immun gemacht hatte gegen das Höher, Schneller, Weiter, dem sich der Rest der Welt hingab. Aber schon in der nächsten Generation hatte es nicht mehr gewirkt. Die jagte fiebrig dem Fortschritt hinterher. Höchstleistungen, Ziele und Karrieren.

Sie selbst schien den umgekehrten Verlauf durchzumachen: erst die Ansteckung, die Rastlosigkeit, das ständige Streben nach Anerkennung. Und plötzlich meinte sie, es abgeschüttelt zu haben. War natürlich auch einfacher, wenn man die Welt gesehen hatte. Oder wenn man halbwegs erwachsen geworden war und glaubte unterscheiden zu können zwischen dem, was man wirklich brauchte, und dem, was einem aufgenötigt wurde. Sie hatte angefangen, Ja zu alldem zu sagen. Man musste ein paar Dinge loslassen, um da oben in den Bergen zufrieden zu sein. Wer kam denn schon ohne Kompromiss durchs Leben? Wer konnte sein Leben denn perfekt nennen? War das wirklich ein Ziel? Der Innerleit war ihr Zuhause geworden, ihre Heimat. Hatte sich in ihr

Herz geschlichen und sich dort eingegraben, und nun wollte Hannes ihn wieder herausreißen?

Es ist vorbei. Ende, aus.

Das Gedankenkarussell war in voller Fahrt, da ging die Tür auf und die Pflegerin schob das Kind herein. Nächster Versuch. Diesmal ließ sie das Plastikbettchen einfach neben Franziskas Bett stehen, direkt vor ihrer Nase. Konfrontationsansatz vermutete Franziska, es war ihr nicht entgangen, dass man hier langsam die Geduld mit ihr verlor. Eine frischgebackene Mutter, die ihr Kind nicht stillen geschweige denn anrühren wollte. Auf der Liste der mütterlichen Sünden war sie ganz vorne mit dabei. »Er ist wirklich sehr süß und lieb, nehmen Sie ihn einfach mal«, sagte die Pflegerin, bevor sie den Raum verließ. »Und denken Sie doch bitte auch langsam mal über einen Namen für ihn nach.«

Kaum dass die Tür hinter ihr zugegangen war, fing das Baby an sich zu winden, gab erst ein paar unzufriedene Quäker von sich, und dann schrie es richtig. Franziska nahm es hoch, aber es fühlte sich fremd an, wie ein Gegenstand, und als ob es ihre Gedanken lesen konnte, formte es den Mund zum Quadrat und brüllte. »Du hast es doch schon dreimal gemacht, wieso kannst du es jetzt nicht, verdammt nochmal!«, schimpfte sie mit sich selbst. Das Schreien des Babys wurde schriller, und sie fühlte eine Welle von Abwehr und Widerwillen aufsteigen, gefolgt von Scham und Traurigkeit, weil es doch etwas ganz anderes war, was da hätte aufsteigen sollen. Schnell legte sie das Baby zurück in sein Bettchen und klingelte hektisch nach der Schwester.

In den ersten Tagen hatten die Ärzte ihren Zustand noch mit den Hormonen begründet, sie aufmunternd angelächelt und mit »wird schon wieder« beschwichtigt. Aber nun lag sie schon mehr als eine Woche mit fettigen Haaren und leerem Blick herum. Nach der Visite kam einer der Ärzte schließlich nochmal rein, rückte einen Stuhl nah an ihr Bett, sah sie ernst an und sagte: »Ihr Zustand hat sich leider überhaupt nicht gebessert, wir müssen ernsthaft in Erwägung ziehen, dass Sie an einer behandlungsbedürftigen Wochenbettdepression leiden.« Franziska war es egal, wie sie es nannten. Für sie war es eine unsichtbare Wand, die sie vom Rest der Welt abtrennte, ihr eigener Inkubator, mit umgekehrten Funktionen. Der Kälte produzierte, statt Wärme, und in dem man nicht reifte, sondern jeden Tag ein kleines bisschen mehr in sich zusammensank.

»Ihrem Kind geht es gut, es könnte eigentlich nach Hause«, sagte der Arzt.

Da fuhr Franziska auf. »Ich kann nicht nach Hause. Bitte!«, rief sie. »Ich schaffe es nicht, ich weiß nicht, wie es gehen soll. Ich weiß überhaupt nicht … Ich weiß nur, dass ich das nicht schaffen werde!«

»Aber das hier ist eine Wöchnerinnenstation. Wir

können Ihnen hier nicht die Hilfe geben, die Sie brauchen.« Der Arzt sah sie lange an. Sie war sich nicht sicher, ob sie Mitleid oder Abneigung in seinem Blick las. Beides war ihr schon ganz egal. Dann sagte er schließlich: »Wir werden das Ganze noch mal im Team besprechen«, und ging.

Sie fiel zurück in ihr Kissen, sie konnte sich schon denken, was sie da im Team besprechen würden. Unter den glücklichen Menschen hier war sie definitiv falsch. Wenn sie vorhatten, sie zu den Unglücklichen zu stecken, war das bloß konsequent. Klapsmühle also, bravo Franziska!

Dass die Psychiatrische Abteilung des Krankenhauses so gut vorbereitet war auf Frauen wie sie, überraschte sie. Wie viele in ihrem Zustand musste es geben, dass es sich lohnte, dort spezielle Mutter-Kind-Einheiten vorzuhalten? Eine junge Ärztin nahm sie auf, jede Menge Papierkram, jede Menge Fragen, die zu Franziskas Erstaunen zu sehr vielen Kreuzen bei den Ja-Kästchen führten. Starke Erschöpfung: Ja, depressive Verstimmung: Ja, häufiges Weinen: Ja, Antriebslosigkeit: Ja, Schuldgefühle: Ja, innere Verwirrung oder Zerrissenheit: Ja, Schlafstörungen: Ja, Grübelzwang: Ja, Gefühl der Abgetrenntheit von der Welt: Ja, Verlust von Freude und Interesse: Ja.

Danach fühlte sie sich noch schlechter. Die Ärztin sah das. »Kommen Sie erstmal an«, sagte sie. »Erlauben Sie sich hier zu sein, und wenn ich Ihnen einen Tipp geben darf: Versuchen Sie so viel wie möglich anzunehmen, seien Sie offen, auch für Dinge, die sich vielleicht erstmal seltsam anfühlen.« Dann kam auch schon eine Schwester, die sich jetzt ihrer annahm. Sie wurde vorsichtig herumgereicht wie eine Tasse Porzellan von Villeroy & Boch, es war eine neue Erfahrung.

Sie bekam ein Zimmer für sich allein, das Privileg von Müttern, die mit ihrem Kind hier waren. Die Tür ließ sich nicht abschließen, das Fenster nur auf Kipp stellen, vor dem Fenster stand eine alte Ulme, deren Äste sonderbar verdreht in alle möglichen Richtungen wuchsen. Franziska räumte ihre Kleidung in den Schrank, packte die Badezimmersachen aus. Es strengte sie so an, dass sie sich aufs Bett fallen ließ. Kaum hatte ihr Kopf das Kissen berührt, gaben die Gedanken darin gleich wieder Vollgas. Grübelzwang also. Sie hatte jetzt immerhin einen Namen dafür. Und der war Programm. Wieso ging es nicht? Wieso war da einfach kein Platz in ihrem Herzen für diesen winzigen, klitzekleinen Menschen? Wieso konnte sie nicht einfach die Hand nach ihm ausstrecken? Es war das einfachste der Welt, das natürlichste der Welt. Sein Kind lieben, und es ihm zeigen. Jede Katze konnte das. Und wie schäbig war es, dass sie hier war, ganz allein in einem fremden Zimmer. Ein Kind in der Obhut von Schwestern und drei andere ganz weit weg, irgendwo allein auf dem Hof in den Bergen? Was für eine Mutter war sie bloß?

Der Baum vor dem Fenster war leer, kein Vogel saß darin. Draußen wurde es allmählich Abend, und vor dem dunkel werdenden Himmel erschien der Baum noch schweigsamer und bedrohlicher. Da fielen sie ihr plötzlich wieder ein, ihre Rotkehlchen. Rotkehlchen und die Dunkelheit. Sie hatte für die Uni an einer Beringung teilgenommen, im zweiten oder dritten Semester, irgendwo draußen im Wiener Wald. Sie hatten Japannetze in den Büschen ausgelegt, feinmaschige Geflechte, und liefen sie alle zehn Minuten ab. Die Vögel, die darin festsaßen, musste man vorsichtig herauslösen, in einen dunklen Beutel stecken und darin zur Beringungsstation tragen. Sie hatte es gehasst, es fühlte sich falsch an, diese kleinen Wesen zu fangen. Wenn sie ein Rotkehlchen aus dem Netz gelöst hatte, es in der Hand hielt, diesen zarten weichen Körper, der kaum Gewicht zu haben schien, konnte sie durch den Federflaum das panisch flatternde Herz spüren. Wenn sie die Beutel Richtung Station trugen, fingen manche Vögel im Beutel plötzlich an zu singen. Es war das schönste und hellste Lied. Später erklärte der Stationsleiter ihnen, dass es ein typisches Verhalten für Rotkehlchen war, dass sie in der tiefsten Dunkelheit oft unvermittelt zu singen begannen. Warum, konnte keiner erklären.

Sie lag in einem fremden Zimmer, in dem es vollständig dunkel war. Nur durch die Tür fiel ein gelber Streifen Licht aus dem Flur hinein, von dort waren Schritte und weit entfernte Stimmen zu hören. Aber darauf achtete sie nicht. Sie versuchte, in sich hineinzuhorchen. Sie versuchte es sehr lange, aber da stieg kein Lied auf, nicht ein Ton, nicht eine Spur von Hoffnung oder Zuversicht. Nur immer noch mehr und mehr von dieser bleiernen Traurigkeit.

Der Bär im Haus

Einem Bauern entgeht nichts. Sollte es jedenfalls nicht. Wenn du als Bauer etwas wirklich gut können musst, dann ist es beobachten. Maloche ist das eine, den richtigen Zeitpunkt zu kennen das andere. Du musst wissen, wann die Erde bereit ist für das Saatgut, ob die Kuh aufnehmen kann, wann die richtige Zeit ist fürs Düngen und wann fürs Mähen und Einbringen. Bauernregeln kannst du vergessen, diesen ganzen Quatsch. Das Einzige, worauf du dich verlassen kannst, musst du aus deinen eigenen Beobachtungen ableiten. Die Natur folgt keinen sturen Wiederholungen, die man in ein paar Schüttelreime pressen kann. Sowas taugt allenfalls zur Belustigung im Bauernkalender. *Ist es im Februar schön warm, frieren wir im März bis in den Darm*. He, he. In Wahrheit kannst du dich auf nichts anderes verlassen als auf deine eigenen Beobachtungen. Alles musst du daraus ableiten. Schon nach dem ersten Augenaufschlag musst du in die Natur hineinhorchen. Tropft es? Leise oder laut? Hat es geschneit? Geht der Wind?

Manchmal rüttelt er dich in der Nacht schon wach, und der volle Mond scheint dir auf die Nase. Dann weißt du, was für einen Tag das geben wird. Du musst es wissen, sobald du den ersten Schritt vor die Tür machst. Irgendwann kannst du mehr erkennen als andere. Du beobachtest ganz unauffällig. Natur und Tiere hegen keinen Verdacht. Und am allerwenigsten merken es die Menschen.

Sepp spähte durch die Häkelgardine nach draußen. Am Innerleit war er schon lange nicht mehr der Bauer, der das Sagen hatte, aber im Blick hatte er trotzdem noch alles. Und dieser Hof, da konnte ihm keiner was vormachen, der ging gerade den Bach runter, und mit ihm offensichtlich gleich die ganze Familie. Man brauchte sich nur diese Kinder anzusehen. Schmutzig und ungekämmt konnte man ja sein als Bauernkind, dagegen sprach nichts. Aber bei denen ging der Zustand allmählich in verwahrlost über. Grad waren sie da draußen mal wieder komplett sich selbst überlassen. Seit Wochen ging das nun so. Ab und an tauchte diese nervöse Pensionsbesitzerin auf, schaute kurz nach dem Rechten, schüttelte bloß über alles den Kopf und musste dann auch schon schnell wieder runter zu ihren Gästen.

Max jagte wieder die Katzen mit der Wasserpistole. Die armen Viecher sahen schon aus wie ausgewrungene Waschlappen. Allmählich musste man zweifeln, ob sie jemals wieder Vertrauen zu Menschen fassen würden.

Ella hatte ihren kleinen Bruder mehrmals zurechtgewiesen, aber jetzt reichte es ihr anscheinend. Sie trat eine ordentliche Schimpftirade los, während sich ein paar Meter weiter schon das nächste Einsatzgebiet anbahnte. Hannele, die Kleinste, stand knietief in der Wanne der Laufenten und rührte mit ihren Händchen fröhlich im Dreck. Ella stapfte hin, zog sie raus, wischte ihr notdürftig Hände und Füße ab und wies sie zurecht. Zusammengekniffene Augen, erhobener Zeigefinger, Sepp in seinem sicheren Versteck hinter der Häkelgardine schmunzelte anerkennend. Offensichtlich wuchsen die Kinder auf den Höfen noch immer in ihre jeweiligen Bestimmungen hinein. Ella war gerade mal zehn, aber die Rolle des ältesten Geschwisterkindes beherrschte sie schon perfekt. Gerade jetzt im Sommer, wenn man jeden Erwachsenen beim Heuen brauchte, ging es gar nicht anders. Da musste Ella ran und Verantwortung übernehmen für die Jüngeren.

Und sie war unermüdlich darin. Stundenlang hielt sie die Kleinen in Schach, tat noch bei der zehnten Runde Verstecken ahnungslos, auch wenn sie den blonden Schopf von Hannele oder Max schon längst irgendwo rausgucken sah. Sie schmierte sie dick mit Sonnencreme ein, sosehr sie sich wanden und nölten. Zu Mittag machte sie eine große Pfanne Schmarrn für alle – mit den Zutaten, die ihr die Mutter morgens bereitgestellt hatte. Sie schob sich dafür einen Hocker vor den Herd, rührte mit großer Hingabe, und die Hungrigen, die vom Heuen kamen, sparten nicht mit Lob.

Ein paar Stunden konnte man Ella die Verantwortung schon übertragen, damit kam sie zurecht, aber allmählich wurde es arg viel für das Mädchen. Hannele hatte sich schmollend verzogen auf die Steinmauer oberhalb des Gartens, um dort Tschurtschenkühe mit ausgerupftem Gras zu füttern. Zwar hatten die Kinder in ihren Spielzeugkisten Unmengen an Plastiktieren angesammelt, aber gar nicht so selten griffen sie zu den Sachen, die hier auf den Höfen schon immer als Kühe und Ziegen hergehalten hatten: Fichtenzapfen und Steine, Rindenstücke und kleine Stöcker.

Für den Augenblick herrschte Frieden da draußen, Sepp beugte sich wieder über seine Zeitung. Es ging ihn ja eigentlich sowieso nichts an. War nicht mehr sein Hof, waren erst recht nicht seine Kinder. Umgekehrt hielt es auch keiner für nötig, ihm irgendwas zu erklären. Auch wenn er es sich schon zusammenreimen konnte. Was im Krankenhaus los war, sagte Hannes nicht, aber es konnte nichts Gutes sein. »Mutter und Kind wohlauf«, erzählten sie allen. Aber warum kamen Mutter und Kind dann nicht zurück? Nachzufragen hatte keinen Sinn, er kannte seinen Sohn, Hannes würde ihm sowieso nichts verraten. Hatte er sich wohl bei ihm abgeguckt. Irgendwann schlagen dich die Kinder mit den eigenen Waffen. Oder es kommt noch schlimmer, und sie werden wie du.

Hannes jedenfalls lief herum wie ein Gespenst, blass und unrasiert. Ständig war er auf dem Sprung, und wenn er nach Stunden aus dem Krankenhaus zurückkam, war er meistens noch miesepetriger als zuvor. Für Hof und Kinder hatte er überhaupt keine Augen mehr. Ab und zu schob er ihnen gedankenverloren zwei Packungen Fischstäbchen in den Ofen. Manchmal schon zum Frühstück, wenn nichts anderes mehr da war. Den Einkauf vergaß er meist, oder er brachte eine wahllose Mischung an Fertiggerichten mit. Manchmal servierte Ella den Kleinen Spaghetti mit Marmelade und behauptete dann mit ernster Miene, dass das ein ganz spezielles Rezept wäre, und sie aßen alles brav auf. Doch die Wahrheit war: Sie hatte nichts anderes mehr gefunden. Aber das sah ja keiner, auch die Kletten in Hanneles Haaren nicht oder dass ihr aus jeder Socke vorne der blanke Zeh rausguckte.

Immerhin hatten diese drei da draußen einander, dachte Sepp und spähte wieder durchs Fenster. Hätte er auch gerne gehabt. So eine Solo-Show wie bei ihm, das war hier selten. Ein Dutzend Kinder je Familie wie zu seiner Zeit waren es heut im Tiefenthal nicht mehr, aber gern noch bis zu einer Handvoll. Einzelkind, das klang wie ein Unglück. Heute wie gestern. Und für ihn hatte sich das auch so angefühlt, wenn von unten her das Kreischen und Lachen der Steighof-Kinder heraufgeklungen war. Manchmal, wenn er gerade mal nicht helfen musste, erlaubte Rosa ihm hinunter zu gehen und mitzuspielen. Über Katharina war der Kindersegen gekommen wie eine Gleichung, vier Jungen, vier Mädchen, das ging gut auf. Sepp hatte versucht, da unten Anschluss zu bekommen, aber er blieb bloß immer eine Ziffer, etwas Ungerades, das keiner mitrechnete. Er hatte es dann irgendwann ganz bleiben lassen, setzte sich stattdessen auf einen Stein am Hang, von wo er unten ein Stück Steighof erkennen konnte, und lauschte den Geräuschen, die eine richtige Familie machte.

Nur an Willy hatte er sich immer anlehnen können. Willy, das hinkende Schaf, das sich auf der Alm einen Fuß gebrochen und dann nie mehr mit den anderen hatte mithalten können. Wenn Sepp sich einsam fühlte oder nach einem Streit mit Rosa mal wieder einen Kopf kürzer, dann tat es gut, sich zu Willy in den Stall zu legen und das Gesicht in dem rauen, warmen Fell zu vergraben. Ansonsten wurde er oft zurückgewiesen. »Lass das Sepp, nun hör schön auf, ich hab noch zu tun«, rief Rosa, wenn er sich an ihre Beine klammerte. Onkel Louis, der öfter zu Besuch kam, versuchte ihn zu trösten. »Tagsüber hört sich das vielleicht nach einem Riesenspaß an da unten«, sagte er mit verschwörerischer Miene. »Aber glaub mir, wenn die sich nachts die Strohmatratze mit einem Bettnässer teilen, dann würden die bestimmt gern mit dir tauschen.« Dann schüttelte Sepp sich und lachte, aber wenn er am nächsten Tag wach wurde, war er doch wieder allein und fror. Rosa war um diese Zeit längst im

Stall, das Feuer schürte sie immer erst ein, wenn sie zurück war. Im Winter kroch die Kälte unter die Decke, und oft war es noch dunkel wie in einem Sack. Manchmal sah er durch das schmale Fenster in der Kammer noch Sterne am Himmel. Irgendwann wurde der Himmel blau, die Berge erschienen und dann hörte er unten Rosa, die mit der ersten warmen Milch zurück war. Es war meist nur eine Stippvisite. Bald nach dem Frühstück verschwand sie wieder, um ihre Arbeit fortzusetzen. In der warmen Jahreszeit durfte er mit, sich irgendwo in der Nähe herumtreiben. Aber an den kalten Tagen, wenn der eisige Wind um das Haus pfiff, schloss sie ihn lieber drinnen ein. »Draußen holst du dir noch den Tod«, sagte sie immer, und er brüllte laut und lange hinter der Tür. Sollte sie wenigstens hören, dass er damit nicht einverstanden war.

In der Kälte draußen spielen, das hatte es früher nicht gegeben. Heute nannten sie es Wintervergnügen. Er hatte sich noch immer nicht daran gewöhnt, dass Eltern ihre Kinder *absichtlich* in die Kälte und den Schnee schleppten. Steckten sie in mehrere Lagen von diesem wattierten, wasserabweisenden Zeug, Reißverschluss bis zum Kinn, Kapuze bis über die Augen. Wie Miniaturastronauten sahen sie aus, wenn sie durch den Schnee den Berg hochstapften. Anschließend sausten sie stundenlang auf diesen Plastikschüsseln den Hang runter und machten die ganze Weide kaputt. Und Hannes unterstützte das auch noch, präparierte ihnen die Piste mit dem Trecker. Wenn sie dann noch nicht genug hatten, warf er die Kinder mit Schwung über die Hangkante, sodass sie unterhalb im Schnee stecken blieben und vor Lachen Luft schluckten. Wenn sie dann mühselig den Berg wieder hochgekrabbelt waren, riefen sie: »Nochmal! Nochmal!« und alles ging von vorn los.

Solange Schnee lag, waren sie wie wild. Bis in den März hinein musste man damit rechnen, dass an irgendeiner Ecke am Hof eine Schneeballschlacht ausbrach. Auch die Erwachsenen machten mit, allen voran seine Schwiegertochter. Einmal war ein Schneeball gegen sein Stubenfenster geflogen. »Komm raus, Sepp!«, hatte Franziska gerufen, und die Kinder hatten gejohlt. »Ja los! Opa, komm raus!« Da hatte er sich ertappt gefühlt, weil er am Fenster heimlich gespäht hatte. Aber rühren konnte er sich nicht, war bloß ein paar Schritte zurückgetreten und stocksteif stehen geblieben, mit diesem Flattern im Bauch, das er noch kannte aus alten Tagen, allein auf seinem Stein sitzend. Später hatte es ihn dann geärgert.

Sepp stand vom Tisch auf und ging in die Küche, um Wasser für einen Tee aufzusetzen. Mitte August, und ihm war plötzlich kalt geworden. Er musste die Erinnerungen verscheuchen. »Zu viele Pausen lassen die Gedanken sausen«, hatte Rosa immer gesagt. Sepp schüttelte den Kopf, jetzt sagte er schon ihre alten Sprüche auf.

Hier im Haus liefen ihm die Gedanken und die Erinnerungen sowieso überall nach, es gab kein Entkommen.

Eingesperrt im Haus war ihm als Kind oft entsetzlich langweilig gewesen. Er stromerte herum, schaute in jede Schublade, nagte die Wurstenden, die in der Küche von der Decke hingen, so an, dass es am wenigsten auffiel. An manchen Tagen zog er aus der alten Truhe den Knechtsjanker hervor, den er darin gefunden hatte, ausgefranst und speckig an den Ärmeln. Er ging ihm bis zu den Knöcheln. So verkleidet spielte er den Mann im Haus. Aber da er nicht wirklich eine Ahnung hatte, was genau man da tun sollte, marschierte er laut durch die Stube mit den längsten Schritten, die er machen konnte, und erteilte der Katze Befehle, mit mäßigem Erfolg. An anderen Tagen fiel ihm nichts ein, was gegen die Stille und Leere geholfen hätte. Dann saß er starr auf dem Boden, hörte das Platzen und Stöhnen der Scheite im Ofen, betrachtete den Christusdorn, der schon weit über das Fenster hinaus nach allen Seiten hin rankte. Aus dem Herrgottswinkel schaute ihn Jesus an, von der gegenüberliegenden Seite ein ausgestopfter Fuchs und von den Regalen die Sterbebilder von Menschen, die er nicht kannte. Dann kletterte er auf die Ofenbrücke und zog sich die Decke übern Kopf. Manchmal jagten ihm sogar die Astlöcher Angst ein, die aussahen wie Gesichter mit weit aufgerissenem Mund. Wenn Rosa zurückkam, fand sie ihn gelegentlich unterm Tisch. Und oft war er so wütend auf sie gewesen, dass er da noch eine Weile rumschmorte, um es ihr heimzuzahlen, oder sogar nach ihr trat.

Später hatte es eine Zeit gegeben, da hätte er den ganzen Krempel am liebsten aus dem Fenster gepfeffert, auch das Ungetüm von einem Holzherd, der unter Rosas Töpfen dampfte und rußte wie eine alte Lok. Es gab etliche Interessenten, die hier nur zu gerne einiges weggetragen hätten. In den Siebzigern fielen Trödler und Antiquitätenhändler aus Deutschland oder der Schweiz förmlich über die Höfe her, fragten nach Brotgrammeln, alten Mühlsteinen, Butterformen aus Holz oder nach knarzigen Milchschränken und Bauerntruhen. »Wir geben nichts her, und nun schleich dich«, war alles, was Rosa diesen aufdringlichen Fremden zu sagen hatte, und an Sepp gerichtet: »Wenn ich tot bin, mach damit, was du willst. Aber solange ich noch da bin, bleibt es auch.« Jetzt war sie nicht mehr, und er war froh über alles, was geblieben war. Furcht und Liebe, das ging zusammen, wohl nicht nur, was das Haus betraf.

Der Wasserkocher brauste auf, klickte und wurde still. Hannes hatte ihm das Ding zum Geburtstag geschenkt. »Aber ich hab doch den Holzherd«, hatte Sepp gesagt und den Karton verständnislos entgegengenommen. »Da wirst du aber noch lange was von haben, wenn du ihn gar nicht benutzt«, hatte Hannes gesagt, als der Wasserkocher nach drei Monaten noch immer unausgepackt auf der Arbeitsplatte stand. Inzwischen nahm

Sepp das elektrische Ding her, wenn es schnell gehen musste. Ansonsten machte er sich gerne die Mühe, mit Holz anzufeuern, nichts wärmte durchgefrorene Knochen besser.

Mit der Tasse in der Hand schlurfte Sepp zurück in die Stube und kam gerade noch rechtzeitig, um zu sehen, wie Hannele sich auf dem Terrassensims vorbeugte, um etwas von dem Liebstöckel abzurupfen, den sie offensichtlich an ihre Kühe verfüttern wollte. Ein spitzer Schrei, und schon war das Kind vornübergefallen. Mit ein paar Sätzen war er draußen bei dem Mädchen, hob es zwischen den Kohlköpfen heraus und strich ihm die Erdkrumen aus den Haaren. Hannele kniff die Augen zusammen und schrie so laut, dass ihm die Ohren klingelten. Mit gestreckten Armen trug er sie aus dem Gemüsebeet heraus. Kurz hielt sie inne, öffnete die Augen, starrte ihn an und schrie dann weiter, aber jetzt noch lauter als zuvor.

Das hatte er nun davon, dass er als Opa nicht viel taugte. Alles gut im Blick haben, ab und an einen mürrischen Kommentar ausspucken, aber sich ansonsten von allem fernhalten, das war seine Rolle hier am Hof. Dabei hätte er sich so gerne zumindest den Jungen mal gegriffen, um ihm zu zeigen, wie man eine Maienpfeife schnitzte. Acht Jahre alt und keine Ahnung, wie das ging. So konnte man doch nicht groß werden auf einem Bergbauernhof. Aber statt es dem Kind zu zeigen, hatte er nur herumgegrantelt: »Ach, die Jungen heute, wissen nicht mal, wie man das Schnitzmesser richtig rum hält.« Schimpfen und ansonsten auf der sicheren Scholle hocken funktionierte aber nur, solange für alles andere jemand da war. Hilflos hielt er Ausschau nach Ella, damit er ihr die weinende Schwester überlassen konnte. Aber Ella und Max waren schon vor einer Weile irgendwo hinter dem Stall verschwunden. Also gut, was macht man da jetzt?

»Willst du einen Loacker haben?«, fragte er schließlich, als das kleine Mädchen gerade tief Luft holte.

»Nein! Ich will keinen Loacker!«, brüllte Hannele ihm ins Gesicht.

Sepp seufzte. Eigentlich waren die Kinder verrückt nach diesen süßen Waffeln. Er guckte auf Hanneles kleines Gesicht, Augen goldbraun wie Lärchenharz, definitiv Breitenberger Erbe, genauso wie diese kurze schmale Nase. War Hannes auch mal so klein gewesen? Er konnte sich kaum daran erinnern. Das kam davon, wenn man mehr damit beschäftigt war, den Hof groß zu kriegen statt das eigene Kind. Da durfte er jetzt lieber nicht auch noch dran denken. Sepp kramte in seinem Kopf herum, ob ihm nicht wenigstens etwas Nützliches aus seiner Zeit als Vater einfiel. Ah ja, da war was. Hoffentlich kriegte er es noch zusammen.

In gespielter Angst riss er die Augen auf, streckte den Finger Richtung Wald und rief: »Da! Es kommt ein

Bär!« Das Mädchen hielt den Atem an, reckte den Hals und schaute mit großen Augen zum Waldrand.

»Wo kommt der her?«, sagte Sepp weiter, mit einem übertrieben erstaunten Gesicht. »Wo will er 'naus?«, sagte er weiter. Und schließlich: »Ins Bübleins Haus!«

In dem Moment hatte Hannele das Spiel begriffen, aber da hatte er seine Finger schon in ihrem Bäuchlein vergraben und kitzelte sie, dass sie sich kringelte und kicherte.

»Nochmal!«

Drei Mal kam der Bär insgesamt noch aus dem Wald heraus, bis Hannele sagte: »Aber nun will ich in dein Haus und einen Loacker haben!«

»Aha, soso«, sagte Sepp und zog die Augenbrauen hoch. »Bitte nach Ihnen.« Mit ausholender Geste wies er ihr den Weg Richtung Bauernhaus. Krumm und schief stand es da, wie aus der Zeit gefallen. Ein bisschen wie er selbst.

In der Küche nahm Hannele die Waffel entgegen, ließ sich noch eine zweite geben, dann hüpfte sie zielstrebig durch die Diele Richtung Stube. Sie blieb vor dem ausgestopften Fuchs auf der Anrichte stehen, streichelte ihm vorsichtig die Stirn und bot ihm kichernd ein Stück ihrer Süßigkeit an. »Der schaut aber echt aus.« Dann kletterte sie auf die Ofenbrücke, von wo sie den Blick auf die Dinge hatte, die Sepp lieber ganz nach hinten geschoben hatte. Aber die Kleine mit den Adleraugen hatte es gleich entdeckt: »Das da will ich haben!«, rief sie mit ihrem schokoladenverschmierten Mund und zeigte zielstrebig auf das geschnitzte Lamm.

»Ja, da hast du dir ganz was Feines ausgesucht«, seufzte Sepp und streckte sich, um die kleine geschnitzte Figur auf der Vitrine zu erreichen. Er nahm sie in die Hand, pustete und schaute den Staubkörnern nach, die im Sonnenlicht tanzten. Musste ihn diese Geschichte heute also auch noch einholen.

Kummerkuhle

Am liebsten wäre Franziska einfach im Bett liegen geblieben, so rund 1,5 Jahre einfach nur zu schlafen schien ihr durchaus notwendig. Aber das Programm von Station 1A hatte für die Patienten etwas anderes vorgesehen: Um 7.30 Uhr war Wecken an der Reihe, dann die Aktivierungsrunde. »Durch Bewegung in Bewegung kommen«, lautete das Motto. Wer konnte, sollte joggen, ansonsten war auch Walken oder einfach eine Runde Gehen in Ordnung. Franziska hasste den Moment, wenn sie sich aus dem Bett quälen musste, aber sie merkte, dass man schon gleich am frühen Morgen in dieser schweren Dunkelheit einsank, wenn man es nicht tat.

Die Aufwärmrunde mit der Kummerkuhle war trotzdem peinlich. Eine hoch motivierte Sporttherapeutin ließ sie alle im Kreis antreten und heizte ihnen erstmal ein: »Jetzt die Arme strecken, Jaa! Und jetzt ausschütteln. Auch du dahinten. Sehr schön!«, rief sie überschwänglich und laut. »Und jetzt werfen wir unsere Sorgen weg, einfach hier in diese Kuhle. Genau so! Du auch, einfach fortwerfen, jaa, weg damit!« Und eine nach der anderen trug ihre Sorgen und ihren Kummer in der hohlen Hand und kippte sie über einer Mulde im Rasen aus, das die Kummerkuhle sein sollte.

Was da wohl alles liegen mochte?, fragte sich Franziska. Schulden? Trennungen? Traurige Kindheiten? Misshandlungen, Beleidigungen, Trinksucht, abgekehrte Ehemänner und Ehefrauen, beendete Liebesgeschichten, Verluste allgemein, unerfüllte Sehnsüchte? Es schüttelte sie. Aber sie machte mit, was hatte sie auch zu verlieren? Für alles offenbleiben, dachte sie und warf an einem Vormittag ihren »Ich-empfinde-nichts-für-mein-Kind«-Kummer hinein. An einem anderen ihre »Ich-glaube-meine-Ehe-ist-am-Ende«-Sorge. Später dann noch den »Ich-verliere-mein-Zuhause«-Schmerz und den »Ich-krieg-einfach-nichts-auf-die-Reihe«-Vorwurf. Sie wurde Profi darin: einfach auskippen, loslaufen, so schnell sie konnte, und bloß nicht umdrehen.

Aber es holte sie trotzdem alles wieder ein. Und warf sie nieder. Sie hatte das Gefühl, ständig wieder von vorn anzufangen, kaum dass es ihr etwas besser ging. Am meisten zu helfen schien wirklich, sich an die Strukturen zu halten. Specksteinschleifen um 10 Uhr. Mittagessen um 12 Uhr, an zwei Nachmittagen Holzwerkstatt. Zweimal pro Woche Psychoedukation und einmal Psychotherapie. Dreimal am Tag Bonding mit dem Kind. Man brachte es ihr, damit sie es versorgen konnte. »Alles kann, nichts muss«, war die Ansage. Wenn es ihr zu viel wurde, durfte sie klingeln und den Jungen wieder abgeben. Es gab auch Akupunktur im Angebot, geführte Meditationsreisen und Progressive Muskelentspannung, wahlweise Ausdruckstanz, aber der war ihr nun wirklich nicht geheuer. Und dann drückte ihr die Psychologin noch einen »Spezialflyer« in die Hand. Franziska zuckte kurz zusammen, denn beim ersten Blick klang es ein bisschen so, als ob er aus der Feder des *Goldenen Huhns* stammte. *Die Lebensberatung der Südtiroler Bäuerinnen steht fest an Ihrer Seite*, war auf dem Deckblatt zu lesen. »Oh, danke«, sagte Franziska und versuchte ein freundliches Lächeln.

Für alles offenbleiben, sagte sie sich, und saß dann tatsächlich an einem Dienstagvormittag auf einem grünen Gymnastikball im Meditations- und Entspannungsraum und wartete auf jemanden, der in Tracht und Bauernzopf hereinkommen und mit ihr Knödelrezepte tauschen würde. An den Wänden hingen große bunte Mandalas und Regale voller Specksteinskulpturen. So einen Elefanten sollte sie vielleicht auch mal versuchen, dachte sie und musste sich anschließend über sich selbst wundern. Was für Themen sie auf einmal hatte. Dann ging die Tür auf, herein kam eine junge Frau in Jeans und Iron-Maiden-T-Shirt, dazu mit Undercut-Frisur und mehreren Ohrpiercings.

»Oh, hi«, sagte Franziska. »Ich warte hier bloß auf jemanden.«

»Auf die Bäuerliche Lebensberatung?«, fragte die junge Frau.

»Genau die«, sagte Franziska.

»Na dann bist du hier richtig. Hi, ich bin Antonia«, sagte sie in Franziskas verdutztes Gesicht. »Du hast hoffentlich nicht gedacht, ich komme in Tracht, und wir reden übers Kochen? Wenn sogar wir Bäuerinnen unsere Stereotype über Bäuerinnen fortschreiben, wird das ganz schön schwer, sie zu überwinden, oder?«, sagte sie und zwinkerte.

Franziska musste lachen. »Erwischt!«, sagte sie. »Ich wusste gar nicht, dass ihr … sowas macht.«

»Sowas?«, fragte Antonia und setzte sich im Schneidersitz auf eins der Yogakissen. »Uns um verheizte Bäuerinnen zu kümmern, meinst du? Glaub mir: In dem Bereich haben wir dermaßen viel zu tun, dass manche von uns schon selbst kurz vor dem Burn-out stehen.«

»Ich weiß ehrlich gesagt gar nicht so genau, was ich habe«, sagte Franziska. »Postpartale Depression, Erschöpfungsdepression. Die Experten basteln da noch an einer genauen Diagnose.«

»Man hat mir nicht viel von dir erzählt«, sagte Antonia. »Aber ich würde mal tippen: Hof mit einem Dutzend Vieh, kein leichter, eher einer weit oben, oder schlechter Boden. Schulden, mehrere Kinder, alle zu Hause, wenn die meiste Arbeit anfällt, weil dieses Land es nicht gebacken bekommt, eine Kinderbetreuung auf die Beine zu stellen, wenn die Frauen sie am dringendsten brauchen. Vermutlich vermietet ihr, oder dein Mann hat noch einen Zweitjob, damit ihr euch über Wasser halten könnt. Der ganze Stress mit Haushalt, Kindern, Küche bleibt an dir hängen, weil das schließlich schon immer so war.«

Franziska blieb ein bisschen der Mund offen stehen. Ja, so war das alles. Aber Stress nannte hier sowas trotzdem nie einer. Stress war doch den Großstadtmüttern vorbehalten. Die mit Kind und Karriere plus erfolgreichem Instagram-Kanal. Die »Ach, so ein Leben wie ihr hier, muss das schön sein« sagten, wenn sie eine Woche Urlaub auf dem Bauernhof machten.

»Was meinst du, wie viele von euch ich sehe? Keine Schule, keine Kita in den großen Ferien, aber Arbeit bis zum Hals, und ihr wollt immer alles alleine schaffen. In der Hand der Tourismuswillkür, 24/7 für die Gäste verfügbar, niemals Urlaub, nicht einmal ein Wochenende frei«, listete Antonia weiter auf.

Franziska hielt ihre Knie umschlungen. »Aber andere schaffen es doch auch«, sagte sie. »Manche sogar mit noch mehr Kindern oder noch mehr Hektar. Oder die Frauen früher, da war es doch noch viel härter. Die Großmutter meines Mannes hat Hof und Kind nach dem Krieg allein durchgebracht. Die hat das auch geschafft ...«

»Geschafft ja, am Ende schaffen wir das immer alles irgendwie, oder?«, sagte Antonia. »Fragt sich nur, wer oder was dabei auf der Strecke bleibt.«

Franziska überschlug kurz im Kopf, was bei ihr auf der Strecke geblieben war, und kam auf Anhieb auf so einiges: die Liebe, Authentizität, Autonomie, eine Karriere …

»Bei mir kommt hinzu, dass mein Mann den Hof loswerden will, unser Zuhause, und ich kein Wort mitreden kann«, platzte es aus ihr heraus. »Und ich hab ein Kind, das ist das vierte, es ist vier Wochen alt, winzig klein, aber wenn ich es anschaue, dann fühl ich einfach nichts. Das ist das Schlimmste von allem. Was für eine Mutter bin ich bloß?«

Antonia ließ Franziska dann erstmal weinen. Als es weniger wurde, sagte sie: »Es kann sein, dass es sich anfühlt, als könntest du es nicht lieben. Es ist nicht immer so, dass jede Frau das sofort kann, das ist vielleicht die größte Lüge und die schwerste Bürde, die man uns auferlegt, dass wir das können müssen. Frau in Kreißsaal rein, Mutter wieder raus, so stellt man sich das vor, aber so läuft es nicht in jedem Fall. Und es kann viele Gründe haben, warum das so ist«, sagte sie. »Vielleicht ist dein Herz gerade so vollgestopft mit Kummer, dass für die Liebe zu deinem Baby gerade einfach kein Raum ist.«

Franziska schluckte Tränen und Rotz hinunter.

»Weißt du, für so eine Liebe muss Platz im Herzen sein«, fuhr Antonia fort. »Wie viel kriegst du in den

Heuschober rein, wenn der schon voll ist? Irgendwann ist der dicht, und es geht halt nichts mehr, oder?«

»Wir müssen das aber nicht in landwirtschaftlichen Metaphern abhandeln«, sagte Franziska mit verrotzter Nase.

Jetzt lachten sie beide.

»Was auch immer der Grund ist: Wir versuchen erstmal ein bisschen aufzuräumen, okay?«, sagte Antonia. »Ich weiß, dass das geht.«

Unter Wasser

Der Tag, an dem das kleine Holzlamm in seinem Leben aufgetaucht war, war Sepp noch gut im Gedächtnis. Wie alt mochte er da gewesen sein? So alt wie Hannele jetzt vielleicht? Nein, ein paar Jahre älter wird er gewesen sein. Es war im Frühjahr. Rosa wollte die Wiesen unter dem Waldrand sauber machen. In jedem Winter wurden durch Regen und Schnee Steine, Tschurtschen und Stöcke herausgespült, und in jedem Frühjahr musste man die Wiesen davon befreien, bevor ein Acker oder eine Weide daraus wurde. Sepp sollte Rosa zur Hand gehen, aber er tat es nicht. Er sollte in ihrer Nähe bleiben, aber er hielt sich nicht daran. Lief lieber einer Hummel nach, stocherte in einem Mauseloch, schulterte einen Stecken und schoss damit auf erfundene Rehböcke, warf Steine in die Viehtränke. Und als er einen davon wieder heraufholen wollte, einen mit viel Erz, das in der Sonne funkelte, verlor er beim Vornüberbeugen das Gewicht und fiel kopfüber hinein. Das Wasser war frostig, es hatte noch eine zarte Eisschicht darauf gelegen. Sepp ruderte mit den Armen und versuchte an den Wänden Halt zu bekommen, aber der alte, tiefe Zuber war innen mit einer grünen schlammigen Sielhaut überwachsen. Er schaffte es nicht, sich wiederaufzurichten, und irgendwann versuchte er es nicht einmal mehr. In seinem Inneren verlangsamte sich etwas, und alles wurde auf einmal ganz schwer. Tausende winzige Luftblasen wirbelten um ihn herum und stiegen nach oben, während er selbst immer tiefer in etwas Trübes hinabsank. Dann wurde er plötzlich von hinten am Kragen gepackt und mit einem gewaltigen Satz aus dem Zuber gezogen. Es wurde wieder hell um ihn. Er schnappte nach Luft, und das Erste, was ihm durch den Kopf fuhr, war, wie viel Kraft seine Mutter doch besaß. Es würde nicht das Einzige bleiben, über das er sich an diesem Tag noch wundern würde. Sie nahm ihn hoch, schloss ihn in die Arme, lief mit ihm den Hang hinunter ins Haus, wickelte ihn dort in eine Decke und setzte sich mit ihm vor den Ofen. Durch die Decke hindurch spürte er ihre bebende Brust. Erst dachte er, sie würde frieren wie er, aber dann begriff er, dass sie weinte. Ein Schluchzen tief aus ihrer Brust, auf der sein Kopf lag, und er wurde ganz starr. Schimpfen wäre ihm lieber gewesen. Mit einer weinenden Rosa hatte er keine Erfahrung.

Es wurde langsam dunkel in der Stube, die Tage waren noch kurz. Sepp rechnete weiter mit Vorwürfen, aber als keine kamen, ließ er sich allmählich gegen Rosas Körper fallen, als ob die Dunkelheit es ihm gestatten würde. Die Decke hatte sich gelöst, er spürte das abgegriffene Leinen ihres Kleides an seiner Wange und atmete ihren Geruch ein: Rauch und Heu und noch etwas, das wie der Topfen roch, wenn er reif war. Zum zweiten Mal an diesem Tag sank Sepp in etwas ein, und hier hätte er ewig bleiben mögen.

Rosa strich ihm übers Haar und über die Wangen und sagte immer wieder: »Ach Bub, mein kleines Poppele. Ich pass jetzt besser auf dich auf, ich versprech's.« Dann half sie ihm in trockene Kleider, heizte den Ofen neu ein, briet eine große Pfanne Schmarrn, den es sonst nur an Feiertagen gab, und löffelte so viel Preiselbeermarmelade darauf wie sonst nie. Und gerade als alles dampfend und duftend auf dem Tisch stand, erschien Onkel Louis in der Tür, ein breites Lächeln im Gesicht, und sagte: »Das hab ich doch bis auf den Mitterhof gerochen, dass es am Innerleit heute Schmarrn zu essen gibt!«

»Ich bin heute fast in der Viehtränke ertrunken, Onkel!«, rief Sepp ihm entgegen, als wäre es eine Heldentat. Onkel Louis jedenfalls schien reichlich beeindruckt. »Das muss man erst mal schaffen hier oben auf dem Berg, wo mancher noch nicht einmal einen lebendigen Fisch zu Gesicht bekommen hat.« Er ließ sich auf der Bauernbank nieder, holte ein Stück Holz und das Schnitzmesser hervor und sagte: »Ein besonderer Tag erfordert besondere Aufmerksamkeit«, und machte sich an die Arbeit.

Nach einer Weile streckte er den Arm vor Sepp aus, öffnete die Faust, und darin lag ein Lamm, daumengroß, die Kerben fein gezogen. Es musste selbst Rosa beeindruckt haben, denn ihr war in dem Moment die Dose mit dem Gerstenkaffee aus der Hand gefallen.

Heute machte Sepp sich natürlich einen anderen Reim darauf. Damals war er einfach nur froh gewesen, dass nicht er es war, dem etwas heruntergefallen war. Denn sonst passierten die Missgeschicke eigentlich immer nur ihm. Rosa ließ ihn lange aufbleiben an diesem Tag und saß sogar noch an seinem Bett, was sie selten tat, und hielt seine Hand, bis er eingeschlafen war. Kurz davor kam ihm noch dieser eine Gedanke. Wie seltsam es war, dass man fast sterben musste, um so glücklich zu sein. Eine Zeit lang war es dann anders gewesen zwischen ihnen. Leichter, schöner sogar. Ein Sommer mit Ausflügen zur Alm, mit Musik und Tanz im Garten. Rosa hatte viel mehr gelacht. Aber all das war vergangen wie der Sommer. Im Jahr darauf wünschte er sich ein Fahrrad, und sie sagte, so ein Unsinn auf dem Berg. Er sagte, dann wolle er eben weg vom Berg. Da verschwand sie im Garten und schmiss die Tür hinter sich zu. Je strenger sie wurde, desto widerspenstiger wurde er. Sie befahl ihm, ihr im Garten zur Hand zu gehen. Und er setzte alle Zwiebeln verkehrt herum in die Erde. Er schwärmte von elektrischem Strom, und sie verbot ihm die weiterführende Schule. Ihm schwoll die Stirnader und ihr die Stimme.

Sepp sah sich in der Stube um, Furcht und Liebe, das war sein Zuhause. Da kam er her. Hannele spielte noch immer mit dem Lamm. Sie ließ es über das Holzgestell der Ofenbrücke galoppieren, als ob es ein Pferd wäre. Ja, einfach losrennen und weg von hier, das wäre es gewesen. Wie oft hatte er sich das gedacht und ausgemalt. War am Ende doch geblieben, wusste selbst nicht einmal warum. Rannte auf diesem Hof herum wie eins der Hühner. Die konnten immer fort von hier, es gab nirgends einen Zaun. Die ganze Welt stand ihnen offen, doch sie rannten bloß immer nur ums Haus herum, kriegten Schiss, sobald es dunkel wurde, und sprangen flugs von allein auf die Leiter. Nein, zu gehen war trotz allem nie infrage gekommen, aber etwas heraufholen, davon hatte er immer geträumt. Wenigstens ein bisschen von der Welt hier haben, irgendetwas finden, was dieses Loch im Herzen stopfte.

Draußen bewegte sich etwas. Sepp schaute zum Fenster raus und sah zwei Gestalten aufgeregt über den Hof kommen: Mann und Frau, von Kopf bis Fuß in Funktionskleidung, es mussten Gäste sein. Sepp stand auf. So wie die aussahen, musste da einer was unternehmen.

Symbiose

Es wurde besser. Es waren nicht allein die Gespräche mit *Iron-Maiden*-Antonia oder der Psychotherapeutin, auch nicht das Specksteinschleifen oder der Meditationskreis. Vermutlich war es alles zusammen und dazu die Zeit, die verging. Es wurde nicht einfach gut, es war ein Prozess. Ein bisschen so, wie wenn der Morgen anbrach, das erste Licht, man konnte schon Umrisse erkennen, Linien und Konturen. Man merkte es gar nicht, während es geschah, aber plötzlich stand alles im hellen Licht.

Mit dem Stillen würde es nichts mehr werden, schon wegen der Medikamente, die sie jetzt nahm. Aber der Junge nahm die Flasche gut an. Sie legte ihn sich auf die nackte Haut, und manchmal spürte sie, wie er weich wurde, als ob er sich in sie reinfallen ließ, und wenn er ihre Augen suchte, sah sie nicht mehr weg. Er trank und wischte dabei mit der Hand über ihre Brust. Einmal machte es währenddessen plötzlich *Schlurp*, er ließ den Sauger los und lächelte. Sechste Lebenswoche, eine Punktlandung, wie bei ihren anderen Kindern auch. Ein plötzliches kleines Wunder. Fünf Wochen lang machte man Grimassen in ein erstauntes Gesicht, das noch in einem anderen Universum unterwegs zu sein schien, und dann strahlte es einen plötzlich an, als wollte es sagen: »Hi du, voll schön, dich zu sehen. Ich mag dich übrigens auch.«

Sie suchte gleich nach den alten Tricks, wie man noch mehr von diesem Lachen herausholte. Bei Max war es Knuffen unter dem Kinn gewesen, Hannele kringelte sich, wenn man sie anpustete, und Ella liebte den Text von *Aramsamsam*. Franziska hatte vieles probiert, Fingerspiele oder Drehungen. Aber das Mädchen lachte ausschließlich bei diesem Lied. Beim Anblick des Jungen auf ihrer Brust fiel ihr spontan die *Pet-Shop-Boys*-Version des *Elvis*-Klassikers ein. Die musikalische Sozialisation von DJ Andy Berg hatte offensichtlich Spuren hinterlassen. Ganz leise fing sie an zu singen:

Maybe I didn't hold you
All those lonely, lonely times
And I guess I never told you
I'm so happy that you're mine
If I made you feel second best
I'm so sorry I was blind
You were always on my mind
You were always on my mind

Beim Refrain traute sie sich schon mehr, machte lustige Grimassen zum Text – und das Baby lachte, dass sein Kopf fast vornüberkippte. Sie war nicht so verblendet, sich Sprüche wie »Das Lächeln deines Kindes entschädigt für alles« zu eigen zu machen. Nein, es blieb Arbeit, auch wenn das Kind lächelte. Aber sie spürte die Verbindung. Später, als die Schwester kam, um das Baby wieder mitzunehmen, sagte Franziska: »Es geht heute auch gern noch ein bisschen länger.«

Sie warf am Morgen jetzt immer öfter den »Ich-vermisse-meine-Kinder-so-schrecklich«-Kummer in die Kuhle und die »Ich-hab-so-Heimweh«-Sorge. Und als die Therapeutin meinte: »Wir denken, dass Sie allmählich gut in den eigenen Wänden zurechtkommen würden«, sagte sie: »Ja, das denke ich auch.« Und sie glaubte es wirklich.

Man schnürte vor der Entlassung noch ein ordentliches Therapiepaket für sie. Einmal die Woche musste sie zur ambulanten Behandlung erscheinen, ein- bis zweimal die Woche würde jemand von der Mütterberatung bei ihr auf der Matte stehen, und sie sollte weiter mit dem Beratungsdienst für die bäuerliche Familie in Kontakt bleiben. Obendrauf kamen die erlernten Skills: Grübelstopps setzen, ausreichend Pausen einplanen, Dankbarkeitstagebuch führen, sich im Alltag nicht gleich wieder überfordern. Franziska war jetzt ein gut durchdachtes, durchgeplantes *postpartal erkranktes Ereignis*. Eine Standarderkrankung mit Standardtherapie. Sie würde da oben am Berg wieder über den Abgrund balancieren müssen, aber jetzt mit Netz und doppeltem Boden.

Hannes holte sie ab. Das Anschnallen des Maxi-Cosi, das Verstauen ihrer Sachen im Kofferraum, es kam ihr vor wie ein alter Tanz, bei dem sie beide ein bisschen aus der Übung waren. Der Anschnallgurt wollte nicht einrasten, mit den Taschen mussten sie Tetris spielen. Er hielt ihr die Tür auf, ihr war es peinlich. Und drinnen schwiegen sie dann. Als sie ins Tal hineinfuhren, lag auf den höchsten Spitzen schon Schnee und die Wege waren mit den ersten goldenen Blättern übersät. Man spürte bereits die kühleren Tage herannahen.

Kurz vor dem Innerleit fühlte sie ihr Herz fest schlagen und fragte dann mit heiserer Stimme: »Wie weit sind denn jetzt die Verkaufsgespräche?« Sie traute sich erst jetzt zu fragen. Hannes schaute auf die Straße. »Ich dachte, wir könnten vielleicht nochmal über alles reden, es hat ja keine Eile«, sagte er. »Oder?« Dann bot er ihr die Hand an, die große Breitenberger Bauernhand, mit der Handfläche nach oben. Früher waren sie oft so Auto gefahren, Hand in Hand. War ein bisschen schwierig hier, mit dem Schalten und den vielen Kurven. Sie legte ihre hinein, und er fuhr untertourig, solange es eben ging, damit er sie nicht wegnehmen musste. Dann waren sie da.

Max fremdelte, Ella hielt einen Strauß Blumen in der Faust, so fest, dass die kleinen Stängel schon ganz zerdrückt waren. Hannele hatte mehr Augen für den kleinen Bruder, man musste Angst haben, dass sie ihn nicht erdrückte, so stürmisch stürzte sie sich auf ihn. Er schaute mit großen Augen etwas hilflos aus seinem Autositzgefängnis heraus, aber er ertrug es. »Das ist Matteo«, stellte Franziska das neue Familienmitglied vor. Darauf hatten sie und Hannes sich irgendwann geeinigt. Ein Geschenk Gottes in der italienischen Version, ihr gefiel der Name auf mehreren Ebenen.

Am Abend, als alle Kinder schliefen, bereitete Franziska sich eine Struktur vor, wobei sich hier auf dem Hof anders als in der Klinik das meiste von selbst ergab: Baby, melken, langsam wieder die Vermietung hochfahren. In der Zeit, als sie im Krankenhaus war, hatte eine Agentur die Buchungsabwicklung, Vermietung, Reinigung und Gästebetreuung übernommen. Sie war Hannes empfohlen worden. Die Agentur verlangte irrsinnig viel Geld, aber das war erstmal zweitrangig. Um Hannes zu zeigen, dass sie ohne ihre kostenlose Arbeit quasi plus/minus null aus den Vermietungen herauskamen, war es gar nicht so schlecht. Antonia hatte Franziska geraten, den Agenturdienst noch eine Weile in Anspruch zu nehmen und stückweise wieder einzusteigen, ganz nach ihrem Befinden.

Am Tag nach ihrer Rückkehr wollte sie unbedingt sofort in den Stall, sie hatte die Tiere so sehr vermisst. Schwer zu sagen, ob es ihnen auch so ergangen war, aber sobald sie »Hallo, ihr Süßen!« rief, wurde das mit einem aufgeregten Getrappel beantwortet. Die Kühe beschnüffelten und beäugten sie neugierig. Während Matteos Vormittagsschläfchen ging sie nach dem Garten schauen. Es war, wie sie befürchtet hatte: Er war in ihrer Abwesenheit ganz verwildert. Die Trittwege zwischen den Beeten waren überwuchert, Brennnesseln, Klee und Lupinen hatten sich breitgemacht und waren hoch aufgeschossen. Die Zucchini und die Kürbisse sahen jämmerlich aus. Viel hatte sie an Gemüse gar nicht erwartet, es ging hier nie besonders gut. Trotzdem versuchte sie jedes Jahr etwas aus dem Garten herauszuholen. Sie stemmte die Hände in die Hüften und seufzte. Doch als sie sich einen Überblick verschafft hatte, stellte sie erstaunt fest, dass nicht alles schlecht war. Im Gegenteil. Bei den Zucchini waren nur die im unteren Abschnitt blass und mickrig, aber am Rand entdeckte sie welche, die noch nie besser ausgesehen hatten. Sie trugen dicke Früchte, und das Blattwerk war gesund und üppig. »Na, wieso seid ihr so schön, und die anderen sehen so unglücklich aus, hm?«, murmelte sie.

»Die da oben wachsen neben Förderern, die stützen solche Starkzehrer wie die Zucchini. Die bilden dann … Symbiosen nennt man das, glaube ich«, hörte sie eine Stimme hinter sich. Sie fuhr herum, da stand Sepp. Er guckte sie gar nicht an, sondern zeigte weiter in Richtung der Beete. »Siehst du, bei den Mickrigen, da stehen nur wenige Gräser oder Flachwurzler daneben, da verhungern deine Pflanzen«, sagte er weiter und zeigte umher. »Bei den Gesunden sehe ich Leguminosen, Beinwell, eine Haferwurz. Auch die Brennnessel tut denen gut.«

Alles Zeug, das sie früher rausgerupft hatte. »Ich dachte, es liegt an den Bedingungen, dass hier alles immer so schlecht wächst«, erwiderte sie. »Einfach zu hoch hier. Ungunstlage.«

»Meine Mutter hat immer gesagt, Ungunstlagen gibt es nicht, bloß Ungunstmenschen, die sich nicht auf den Umgang mit dem Boden verstehen.« Mehr sagte Sepp lieber nicht, er hatte immer einen Kloß in der Kehle, er wusste ja am besten, was *sein* Umgang mit dem Boden war.

Auch Franziska war es etwas unangenehm, sie sollte ja eigentlich selbst Bescheid wissen, als Biologin. Aber ja, natürlich, stickstoffbildende Pflanzen, die waren besser als jeder Kunstdünger. Da klingelte was, ihr Wissen war ziemlich eingerostet. Plötzlich spürte sie den brennenden Impuls, sofort nach ihrem alten Mikroskop zu suchen und ein paar Dinge auf den Objektträger zu legen. Fast war sie Sepp dankbar für seine Belehrungen. Es war nicht das erste Mal, seit sie zurück war, dass Sepp sie stutzig machte. »Schau mal, Mama. Eine Maienpfeife, hab ich mit Opa gemacht«, hatte Max ihr gestern unter die Nase gerieben. Und heute früh waren die drei Kinder kollektiv aus dem Haus gestürzt. »Wo wollt ihr denn hin?«, hatte sie gefragt. »Zu Opa!«, riefen sie bloß und waren weg. Da hatte der alte Mann also endlich seine

Enkelkinder entdeckt. Und als wandelndes Permakultur-Lexikon erwies er sich jetzt außerdem.

Am Abend kramte sie tatsächlich das Mikroskop heraus und legte ein paar der Wurzeln darunter, die Sepp »Förderer« genannt hatte. Sie fand Rhizobien, weiße Knöllchenbakterien. Binden Stickstoff aus der Luft und versorgen und ernähren die Pflanze damit. Die Pflanze schenkt ihnen im Gegenzug organische Stoffe zurück, die sie zum Leben brauchen. So einfach kann Symbiose sein, dachte sie und schob sich die Brille höher auf die Nase. Ihr war, als würde sie ganz neu auf ihren Garten blicken. Plötzlich hatte sie ein großes Freilandlabor direkt vor dem Haus.

Hannes steckte den Kopf ins Zimmer, wollte etwas sagen, hielt einen Augenblick inne und meinte dann: »Franzi, hey, du siehst … du siehst irgendwie aus wie … wie du.«

»Wow, Hannes, krasses Kompliment«, gab sie spöttisch zurück, aber sie wusste, dass es eins war.

»Eigentlich wollte ich nur wissen, ob du etwas brauchst.«

»Danke, alles bestens. Brauchst du denn etwas?«, fragte sie.

»Nur das da«, sagte er und deutete in ihre Richtung

Sie grinste und zwinkerte ihm zu. Und er verschwand wieder hinter der Tür. Symbiose, tolle Sache, dachte sie, geben, nehmen, und alle profitieren.

Sie hatte wieder Auftrieb. So viel, dass sie sogar meinte, sich an den Schreibtisch setzen und E-Mails bearbeiten zu können. Ihr graute etwas vor den Beschwerden, vor den Buchungslücken, den kurzfristigen Anfragen und Stornierungen, dem Geschwurbel des *Goldenen Huhns* bezüglich Zertifikaten und Fortbildungsmaßnahmen. Ein paar solcher Nachrichten waren tatsächlich darunter. *Hallo, in drei Tagen haben wir Urlaub. Ist bei Ihnen noch frei?*, las sie. Zwei Stunden später, vom selben Absender: *Warum antworten Sie nicht? Wenn das so ist, wollen wir gar nicht zu Ihnen kommen! Wir finden sicher was Besseres.* Sie merkte schon die Wut in sich aufsteigen, aber dann übte sie sich lieber in Gedankenstopps. Sie scrollte weiter zu einer Mail, deren Betreff schon vielversprechender klang: *DANKE!!!!*, stand da. Die Nachricht war von Ingrid und Udo Kuhn aus Detmold. Die beiden hatten vor einer Weile Apartment II gemietet, da musste sie schon in der Klinik gewesen sein. Franziska öffnete die Mail.

Liebe Franziska und Familie!

Aus vollem Herzen möchten wir uns bei Ihnen für den unvergesslichen Urlaub auf Ihrem Hof bedanken! Insbesondere bei Herrn Josef, mit dem wir eindrucksvolle Stunden verbracht haben, an die wir noch lange zurückdenken werden.

Als meine Frau beim Wandern über einen Stein stolperte und sich den Fuß verknackste, hielten wir es zunächst für ein Unglück. Aber am Ende hat es sich als wahrer Glücksfall erwiesen. Der Kräuterverband, den Herr Josef für meine Frau zubereitet hatte, wirkte wie ein Wunder.

So eine schnelle Heilung hätten wir nie für möglich gehalten. Und dann die darauffolgenden Stunden, die wir gemeinsam mit Herrn Josef in seiner alten Bauernstube verbringen durften. Das tiefe Wissen über die Natur, das einfache und bescheidene Leben, das er führt, seine Gastfreundschaft und Herzenswärme haben uns nachhaltig beeindruckt. Seien Sie versichert, wir werden auch den nächsten Urlaub bei Ihnen buchen!

Hochachtungsvoll

Ihre Kuhns

Franziska ließ sich gegen die Stuhllehne fallen. Was war nur auf einmal auf diesem Hof los, dem sie doch bloß mal kurz den Rücken gekehrt hatte? Aber dann merkte sie es selbst: Nicht mit dem Hof war etwas passiert. Sondern mit Sepp.

Wachsen und weichen

Manchmal träumte er von Milchseen und Butterbergen. Wie die Rohre seiner Milchabsauganlage und die der anderen Milchbauern aus dem ganzen Land direkt in einen weißen See führten, und mitten darin trieb er. Aus allen Richtungen tickten die Pulsatoren der Milchanlagen gleichzeitig und unaufhörlich, und der Pegel stieg immer höher. Er schwamm ans Ufer, versuchte herauszuklettern, aber er rutschte ab an den glitschigen Felsen, die den See umstanden. Überall ragten sie aus der Landschaft heraus. Berge, wie er sie kannte, so hoch, dass sie in die Wolken stachen, nur waren diese gelblich blass. Er verlor den Halt, fiel rückwärts zurück in den See …

Als er aufwachte, schlug ihm das Herz bis zum Hals. Leise verließ er das Bett, um Veronika nicht zu wecken. Er schlich nach unten in die Küche, trank ein Glas Wasser und schaute aus dem Fenster. Vom Tal her war jetzt immer ein diffuser Lichtschein zu sehen. Seit jeder elektrisches Licht hatte und sogar manche Straßen beleuchtet waren, war der Himmel niemals mehr so schwarz wie früher, nicht einmal hier oben. Auf der anderen Talseite sah er plötzlich etwas aufflackern. Kurz glaubte er, es wäre ein Irrlicht, aber dann zogen die hellen Punkte in gerader Bahn weiter. Nur die Scheinwerfer eines Autos. Rosa hatte recht, mit der Elektrizität und dem Fortschritt waren die Geister verschwunden. Er sah auf die Uhr, in einer halben Stunde war es Zeit zu melken. Mit einem Grummeln im Magen fragte er sich, was ihn dort heute wieder erwarten würde. Die Kühe waren seltsam geworden. Gestern Abend bei der letzten Runde war ihm Blume nicht geheuer gewesen, sie fraß kaum. Er hatte ihre Ohren gefühlt, sie waren kalt. Bei Kühen ein Zeichen für Fieber.

Er stieg in den Blaumann und ging zum Stall. Kaum dass die Neonröhre aufleuchtete, sah er es schon. Blume stand träge da, das Euter war rot und rund wie ein Ballon. Er versuchte, Milch mit der Hand auszustreichen, aber es flatschte bloß etwas bröckelig Gelbes in den Eimer. Er kippte es weg, spülte den Eimer aus und trat ihn ärgerlich in die Ecke. Euterentzündung. Schon wieder. Es passierte immer öfter, und meistens traf es die Besten. Ein paar Monate freute man sich über den Ertrag von so einer guten Kuh – und dann fraß die Tierarztrechnung den ganzen Gewinn beinahe wieder auf. »Produktionskrankheit eben«, hatte Alois Reichegger beim letzten Mal schulterzuckend gemeint. Er war der Veterinär im Tal. Ein Mann mit blankem Schädel und einem Leib wie ein Fass. Sein grüner, wadenlanger Kittel spannte über dem Bauch, und wenn er sich die weiße Schürze umband, bevor er sich einem Tier näherte, erinnerte er mehr an einen Schlachter. Er drückte Sepp Antibiotika und Entzündungshemmer in die Hand und eine Rechnung, die ihn beinahe aufjaulen ließ.

Produktionskrankheit. Solche Vokabeln gingen neuerdings nicht nur dem Veterinär wie selbstverständlich über die Lippen. Man sprach jetzt von *Verschleiß* und *Wartung*, wenn es um Kühe ging. Von Hochleistern, Wirtschaftlichkeit und Rentabilität. Sepp war ja im Prinzip für eine fortschrittliche Landwirtschaft, aber mussten sie jetzt alle so sprechen, als würde man bei Fiat in der Werkshalle stehen? Er steckte die Hände in die Taschen und blickte auf seine *Produktlinie*. 50 Milchkühe, überwiegend Grauvieh, mit so einem Bestand hatte er sich noch vor wenigen Jahren als liquider Großbauer gesehen. Aber seitdem sie hier alle im Akkord Berge und Seen produzierten, reichte es kaum, den Hof über Wasser zu halten. Und das Einzige, das sie tun konnten, um nicht unterzugehen, war noch mehr zu produzieren. Kosten senken, Ertrag hochtreiben, sonst ging sich das finanziell für einen Hof nicht mehr aus. Während die Überschüsse in den Kühlkammern und Lagerhallen immer weiterwuchsen. Er verstand das alles schon lange nicht mehr. Manchmal kam es ihm so vor, als ob die Agrarpolitiker längst die Kontrolle über die Dinge verloren hätten.

Um die Gesamtmilchmenge zu steigern, hatte er jetzt vier Schwarzbunte in der Herde. Das hatte ihn Überwindung gekostet. Aber der Output, den er brauchte, war allein mit heimischem Vieh nicht abzudecken. Jahrhundertelang war es für die Dreifachnutzung bestimmt gewesen: Arbeit, Fleisch und Milch. Es so zu züchten, dass es nur noch um Milch ging, das funktionierte eben nicht von heute auf morgen. Auch wenn die Genossenschaften und Zuchtvereine da dran waren. Züchtungsziel Nummer eins: *eine milchreiche praktische Wirtschaftskuh, die höchste Dauerleistungen hervorbringt.* Bisher kam keine andere Rasse da so nah dran wie die Holsteiner. Allerdings konnte deren Milchmenge nicht wettmachen, wie plump diese Kühe auf den Bergwiesen daherkamen. Dafür waren sie einfach nicht gemacht, stolperten durchs Gelände wie Betrunkene auf dem Heimweg. Auf der Alm sahen sie einfach nur deplatziert aus, nicht mal die Touristen wollten sie fotografieren, scheuchten sie aus dem Bild und hielten ausnahmslos auf die braunen oder grauen Tiroler Kühe mit Hörnern drauf. Auch die Bauern selbst brachten es meistens nicht zu mehr als einem misslungenen Adoptivverhältnis. Verantwortung und Pflege übernahmen sie wohl, aber Liebe wurde daraus nicht. Um die ging es sowieso schon lange nicht mehr. Es ging um Milchmengen und Literpreise, um Fettgehalt und Stalldurchschnitt. Wenn sich die Tiefenthaler Bauern trafen, pfefferten sie sich ihre Leistungsdaten um die Ohren, wie Kinder beim Autoquartett. Früher waren sie Freunde oder zumindest gute Nachbarn, jetzt waren sie alle Konkurrenten. An jeder Stalltür standen noch immer mit Kreide die Buchstaben CMB geschrieben, jedes Jahr im Januar, wenn die Sternsinger kamen, schrieb man die neue Jahreszahl dahinter. Aber längst wurde gewitzelt, dass das Akronym gar nicht mehr für die Namen der drei heiligen Könige stand, sondern für *Cas, Milch und Butter*. Sie waren jetzt Landwirte, keine Bauern mehr. »Landwirtschaft mit Betonung auf *Wirtschaft*«, tönte Andreas vom Steighof gerne, Katharinas Ältester. Es war inzwischen sein Hof, und das Herumtönen konnte er sich leisten. Wenn Sepp die Steighof-Zahlen hörte, erblasste er vor Neid.

Andreas war dann sogar der Erste, der damit begann, ein Problem zu lösen, das hier oben eigentlich unlösbar war: auf dem Berg mehr Platz schaffen. *Wachsen oder weichen* lautete die Losung aus Brüssel. Aber weichen wollte keiner, wachsen konnte keiner. Wohin solltest du dich ausdehnen, wenn dir bloß ein Stück Bergspitze gehörte? Andreas fand trotzdem einen Weg. Machte einen Sprengschein, und an einem Aprilnachmittag im Jahr 1983 eilte jeder, der es gehört hatte, ans Fenster oder vors Haus, weil der Berg zitterte, als würde eine Lawine heranrasen, was ja wohl kaum möglich sein konnte zu dieser Jahreszeit. Später ging dann die Nachricht von Haus zu Haus, dass für den Krach bloß der Andreas verantwortlich war. Er hatte einen Felsen auf seiner Wiese gesprengt, der dort herausgeragt hatte wie eine große Nase aus einem Gesicht. »Intensivierung nennt man das«, sagte er stolz zu jedem, der zum Staunen vorbeikam. Und als Georg Wenin verächtlich schnaubte, weil er meinte, es gehöre sich nicht, Berge in die Luft zu sprengen, lachte Andreas bloß und sagte großspurig: »›Ich will vor dir hergehen und das Bergland eben machen‹ – das steht schon in der Bibel, lest das ruhig mal nach!«

Ja, mit Bibelzitaten kennst du dich aus, dachte Sepp. Er war ziemlich sicher, dass Andreas in der Kirche statt »Herr, bitt für uns« »Profit für uns« in die gefalteten Hände zischelte. Aber am Ende schien er tatsächlich bloß vorangegangen zu sein, denn bald nach der Sprengung seiner Felsennase ging im Tal das große Aufräumen los. Als Erstes fielen die Mühlen. Beim Egghof kam ein Bagger angefahren, und in einer Stunde hatte er niedergerissen, was Jahrzehnte lang als Triumph und Fortschritt gegolten hatte. Dann verschwanden die Waale, man tauschte sie durch unterirdische Bewässerungsrohre aus. Man hackte die Böschungen um, riss die Terrassen der ehemaligen Getreideacker ein, kaum jemand hatte noch Korn. Man plättete noch den letzten Buckel in der Landschaft. Und hatte am Ende ein paar Hektar mehr gewonnen.

Sepp musste plötzlich daran denken, wie er an einem Sonntagnachmittag auf dem Heimweg vom Kreuzwirt an der Kehre beim Egghof stehen geblieben war. Dort, wo das Tal wie ein offenes Buch vor einem lag. Zum ersten Mal hatte ihn dort das Gefühl überkommen, dass das hier kein Heldenepos geworden war, sondern ein Drama. Schön waren sie noch, die Bergrücken, gewiss, aber sie waren anders. Das grüne Weideland lag da, ausgedehnt und glatt, als ob jemand einen dicken Teppich auf den Felsen ausgerollt hätte. Die Häuser waren überwiegend in gutem Zustand, vor den Fenstern blühte die brennende Liab, und vor fast jedem Hof stand ein Schild mit der Aufschrift *Zimmer frei.* Sie konnten sich halten, auf ihren Rettungsinseln zwischen den Weiden und Wäldern, aber die Rettung hatte ihren Preis. In dem Moment waren hinter ihm schnaufend ein paar Touristen den Berg hochgekrabbelt, stellten sich direkt neben ihn, als ob man befreundet wäre, ließen den Blick ebenfalls schweifen, voller Verzücken. »Ach herrlich, diese Weiden! Hier ist ja alles noch wie früher!«, rief eins dieser Exemplare in kurzen Hosen. »Einen feuchten Dreck weißt du von früher!«, hatte Sepp barsch entgegnet. Auf seinem Weg nach oben trat er noch ein paar Steine beiseite, was an seiner Stimmung auch nichts änderte. Was wussten diese Piefke denn schon von einem leuchtenden Mohnfeld am Berg? Oder von der blühenden Pracht der Schwarzplenten. Wie so ein Feld brummt und vibriert, mit all den Bienen darin und den glitzernden Salamandern auf den Terrassenmauern drum herum. Was wussten sie von tiefblauen Flachsblüten und ihrem Duft? *So* war das hier früher. Konnte man Heimweh haben nach einem Ort, an dem man lebte, fragte Sepp sich. Und durfte man es haben, wenn man es selbst war, der den Ort entfremdet hatte, zumindest daran mitgewirkt hatte? Er war hiergeblieben und trotzdem heimatlos, so fühlte es sich jetzt manchmal an.

Er hätte es an diesem Tag gerne jemandem gesagt. Fast hätte ihn der Alkohol in seinem Blut mutig genug gemacht, um sich Veronika in den Arm zu werfen. Die Stimmung zwischen ihnen war schon lange eisig, es war nur noch ein Nebeneinanderleben. Oder er wäre zumindest gerne zu Rosa gegangen, hätte sich zu ihr an den Tisch gesetzt, ihre Hände genommen, um ihr zu sagen: »Du hast recht, du hast mit allem immer recht gehabt.« Danach war ihm gewesen. Getan hat er dann aber doch etwas anderes, hat sich lieber in sich selbst verkrochen. Weil ihm das einfacher vorkam. Zu ändern war ja sowieso nichts mehr.

Das Muhen aus dem Stall riss ihn aus den Gedanken. Er musste Blume das Antibiotikum verabreichen. Ihre Milch würde er eine Weile lang nicht liefern können, das würde ihn in der Monatsbilanz zurückwerfen, und bis sie gesund war, war vermutlich schon wieder mit der Nächsten etwas. Dass eine Kuh mal krank wurde, das war an sich nichts Neues. Ein Fieber oder Durchfall hatten sie auch früher schon gehabt. Rosa hatte dann einen ihrer Kräuterbuschen in einer großen Pfanne angezündet und damit den Stall ausgeräuchert. Die Kräuter dafür züchtete sie im Garten, band sie nach einer bestimmten Ordnung zu Sträußen und trocknete sie auf einer Leine auf dem Dachboden. »Und das soll helfen?«, hatte Sepp sie spöttisch gefragt und sich übertrieben hustend den würzigen Qualm aus dem Gesicht gewedelt. »Wirst schon sehen, dass das hilft«, hatte sie einsilbig entgegnet. Und meistens war es so. Vermutlich wären die Kühe auch ohne den Zauber wieder gesund geworden, aber beweisen konnte Sepp es nicht.

Manchmal, wenn er eine kranke Kuh hatte und ratlos war, war er schon drauf und dran gewesen, Rosa zu bitten, mit ihrer qualmenden Pfanne durch den Stall zu stapfen. Nur zur Sicherheit, um jede Möglichkeit auszuschöpfen. Aber Rosa setzte keinen Fuß dort rein. »Dein Stall, deine Probleme«, das hatte sie ihm schon bei der Grundsteinlegung über die Köpfe der Bauarbeiter hinweg zugerufen, es hatte was von einem Fluch gehabt. Am Ende war es ihm sogar lieber so. Dann sah sie wenigstens nicht, wie groß die Probleme im Stall inzwischen schon waren. Die ständige Mastitis war eine Sache. Dazu kamen krumme Klauen. Oder unerklärliche Hautgeschwüre. Das Schlimmste aber war die Labmagenverlagerung.

Nach dem Kalben oder durch falsche Fütterung

konnte es passieren, dass der Labmagen der Kuh unter dem Pansen hindurchwanderte und auf der anderen Bauchseite wieder aufstieg. Zilla war seine erste Kuh, die das hatte. Er hatte sie schwer keuchend und mit aufgetriebenem Bauch gefunden. Reichegger kam, und als er mit ihr fertig war, hätte Sepp am liebsten da schon alles hingeschmissen. Sie hatten es zunächst mit Wälzen probiert. Dazu musste man die Beine der Kuh aneinanderfesseln und sie anschließend abwechselnd auf den Rücken und wieder auf die Seite wälzen. Zwischendurch boxte Reichegger ihr immer wieder gegen den Bauch, mit so viel Kraft, wie ein Mann seiner Statur aufbringen konnte, und das war nicht wenig. Dann horchte er ab, ob der Magen sich zurückverlagert hatte. Wenn nicht, schlug er weiter auf das Tier ein, die Schwingungen sollten helfen, dass der Magen sich in seine alte Position zurückbewegte. Sepp kam es vor, als würde der Tierarzt jemanden schlagen, der gefesselt am Boden lag. Am Ende hatte es gar nix gebracht. »Dann bleibt als Mittel der Wahl nur noch kalter Stahl«, sagte Reichegger, und Sepp wurde das Gefühl nicht los, dass es ihm fast schon Freude bereitete. »Das machen wir mal schnell so«, meinte Reichegger noch, und schon schnitt er die Kuh ohne Handschuhe und Betäubung an der Seite der Länge nach auf, etwa 50 Zentimeter lang. Dann weitete er den Schnitt noch etwas mit den Händen, stach eine lange, dicke Kanüle irgendwo tief in die Eingeweide. »Volltreffer«, lobte er sich selbst, als aus dem Röhrchen hörbar Luft austrat. Die Kuh war so fixiert, dass sie sich nicht rühren konnte. Als Reichegger losgelegt hatte, hatte sie gebrüllt und die Augen weit aufgerissen. Inzwischen gab sie nur noch ein anhaltendes gedämpftes Geräusch von sich, eher wie ein Wimmern. Sepp hatte noch nie solche Geräusche von einer Kuh gehört. Es klang, als ob sie aufgegeben hätte. Aber Reichegger war noch nicht fertig. »So dann wollen wir den Labmagen mal wieder an seine Position bringen«, sagte er und steckte seinen Arm durch den Schnitt so tief in die Kuh hinein, dass er fast bis zur Schulter darin verschwand. Dann hantierte er dort wie jemand, der etwas suchte, das tief unterm Sofa verschwunden war. Sepp war innerlich schon auf links gedreht. Gleich würden ihm die Knie nachgeben. Von der anderen Seite hatte er sich gegen Zillas Flanke gelegt, fühlte das riesige Herz pulsieren und so unauffällig wie möglich streichelte er sie.

»Du machst mir doch nicht schlapp, oder?«, sagte der Doktor zu Sepp, der fahl war wie der Kalksockel seines Hauses.

»Ach was«, winkte Sepp ab. »Das ist bloß die schlechte Luft hier.«

»Schmusen solltest du dir für deine Frau aufheben. Eine Kuh ist ein Nutztier, das ist doch kein Familienmitglied.«

Sepp ließ die Hände sinken.

Nach einer gefühlten Ewigkeit war Reichegger endlich fertig, Zilla lag keuchend mit einer unterarmlangen grobstichigen Naht auf ihrem Platz. Sepp wartete, bis der Kombi vom Hof fuhr, hob noch kameradschaftlich die Hand zum Gruß, und als Reichegger endgültig hinter der Kehre verschwunden war, lief er in den Stall und ging neben Zilla in die Knie. Etwas stieg drängend in ihm auf, er wusste, was es war, aber er kämpfte das nieder. Ging ja nicht, dass er plärrte, als Mann. Und als Bauer. Ein neuer Stall reichte nicht, was er brauchte, war eine neue Einstellung.

Nutztier. Ein Wort wie eine Genehmigung; ein Persilschein, die Erlaubnis zur Ausbeutung. Es sollte einem helfen, seine Gefühle in den Griff zu kriegen. Man verdrängte besser, dass man manchen Tieren hier früher ins Fell geheult hatte. Sonst konnte man sich nicht mehr im Spiegel angucken. Eine Zeit lang hatte er den Kühen Nummern statt Namen gegeben, wie es jetzt üblich war. Er hatte gehofft, dass es ihm dann leichter fallen würde, die quälenden Eingriffe, die regelmäßigen Blutkontrollen, bei denen man den Kühen eine Zange in die Nase schob und das Septum zusammendrückte, damit sie stillhielten. Oder dass man die Kälbchen nach der Geburt von der Mutter wegnehmen musste. Er ließ die Mutterkühe ihr Neugeborenes noch ablecken, vermutlich viel länger als vorgesehen. Dann führt er das noch nasse Kälbchen in einen eigenen Verschlag, weit weg von der Mutter. »Willkommen auf dieser Welt, Nummer 7563«, sagte er und ging, drehte sich nicht nochmal um und wusste trotzdem, dass es dastand, zitternd und suchend, auf seinen wackligen Beinchen. *Um die Kuh in ihre größtmögliche Milchleistung zu bringen, hat die Trennung von Mutterkuh und Kalb so bald als möglich zu erfolgen. Die Mutterkuh wird sogleich mit dem manuellen Melkgeschirr ausgemolken, bis zur völligen Entleerung des Euters.* Das war der neue Standard, und so machte er es, aber er gewöhnte sich nie daran. Früher hatte man die Kälbchen an ihre Mütter drangebunden, dass sie einander auf der Weide nicht verloren. Für die Kälber rührte er Milchpulver an. Man musste ihnen erst beibringen, aus diesen Eimern mit Gumminuckel zu trinken, oft kapierten sie es nicht. Man musste ihre Schnauze lenken, ihnen den Nuckel immer wieder in das Mäulchen drücken. Manchmal bekamen sie Durchfall, der ihnen die Beinchen herunterlief und in dem sie später lagen.

Das mit den Nummern hatte er schnell wieder aufgegeben. Und bei einem Kalb war er einmal schwach geworden. Die meisten Kühe ließen ihn gewähren. »Siehst du, es macht denen nichts«, sagte er sich dann. Aber Trine hatte ihn nicht an ihr Kalb herangelassen. Keinen Schritt durfte er sich dem kleinen Bullen nähern, denn sonst bäumte sich die Mutter vor ihm auf, senkte den Kopf, richtete ihm kampfbereit die Hörner entgegen. »Dann behalt's halt«, hatte er gebrummt. Aber lange war das nicht gegangen. Bullenkälber mussten schnell vom Hof, jeder Tag länger bedeutete wirtschaftlichen Verlust. Als er es schließlich fortbrachte, hatte Trine tagelang gebrüllt. In so einem hohen, klagenden Ton, der ins Mark ging. Drinnen saßen sie schweigend beim Essen, und von draußen diese Laute die ganze Zeit. Hannes hatte dann sogar geheult. Er kriegte selbst kaum die Suppe runter und dann noch Veronikas vorwurfsvolle Blicke vom anderen Tischende. Dann lieber gleich nach der Geburt weg damit. Er ließ sich dann nicht mehr erweichen. Die Natur war auch grausam, das durfte man nicht vergessen. Er hatte Hündinnen gesehen, die ihre neugeborenen Welpen fraßen. Im Stall fand er regelmäßig aufgegebene Schwalbennester, die eingegangenen Jungen noch darin. Es gab Sauen, die ihre Ferkel von den Zitzen stießen und in Kauf nahmen, dass sie verhungerten. Kalt ließ ihn das nicht, wenn er solche verstoßenen Geschöpfe hinterm Stall vergrub. Trennung von Mutter und Kind, er hatte so seine Erfahrungen damit.

Niemals eine Kuh ins Herz schließen, an den Ertrag denken, ausmelken, intensivieren. Er versuchte ja, sich am Riemen zu reißen. Nur half es nicht gerade, wenn Rosa ständig irgendwo wie ein Geist aus dem Nichts auftauchte und Sachen sagte wie: »Nicht mehr von den Tieren nehmen, als sie geben können.« »Das Gras beim Stein, bringt Fleisch ans Bein«, hörte er sie, als auch er die letzten Felsbrocken von seinen Wiesen fortbrachte, um Platz für noch mehr Grünland zu schaffen. »Nimmst du eine Sache raus, geht der Rest nicht mehr gut«, ließ sie fallen, und er fühlte sich ertappt. Weil sie kein Getreide mehr hatten, hatten sie folglich kein Stroh mehr als Einstreu für die Tiere. Die Kühe lagen jetzt auf Kautschukmatten aus Südamerika. »Was den Boden vernichtet, vernichtet den Bauern«, war Rosas Kommentar zum Gülletank. Mit Stroh wurde aus Kuhdung früher fester Mist. Jetzt war es braune Brühe, die er mit der *Vakutec Steilhangspritze* über den Hängen verteilte. Wenn der Wind schlecht stand, wehte ihm schon mal eine Ladung retour ins Gesicht.

Er ertrug das, wie alles andere auch. Und die anderen ertrugen ihn. Gingen ihm aus dem Weg, wussten nur zu gut, was ihn noch mürrischer machte, und sparten solche Themen aus. Hannes zeigte ihm seine Schulnoten nur noch, wenn sie gut waren. Veronika redete sowieso kaum noch mit ihm, es sei denn, es ging ums Haushaltsgeld. Natürlich sah er das alles, einem Bauern entgeht nichts. Er sah auch, wie Rosa welkte, wie ihre Kräfte schwanden. *Alles steht miteinander in Verbindung.* Er hörte ihre Sprüche auch dann noch, als sie schon lange nicht mehr da war.

Er stand noch immer im Stall, war gerade mit dem Melken fertig, da ging die Stalltür auf. Morgenlicht fiel herein. Veronika. Er betrachtete ihrer beider Schatten an der Stallwand. Er hatte gar nicht gewusst, dass er inzwischen einen so runden Rücken hatte. Veronika war selbst als Umriss an der Wand gerade und entschlossen. Eine Weile standen sie so da, zwei schweigende Schatten. Dann sagte Veronika etwas, das er schon lange wusste.

»Josef, ich geh.«

Aufruhr

Natürlich hatte sie sich gefragt, warum er noch da war, was ihn überhaupt noch hielt in diesem Tal. Louis hatte schon immer etwas Ruheloses an sich gehabt; ein Mensch wie Wildwasser, das vorwärtstreibt, die Berge hinunter, auf etwas Größeres zu. Einer, der immer sprudelte, ständig vom Weggehen sprach, stets eine andere Idee im Kopf hatte, wo es besser wäre als hier. »Ich werde nach Ridnaun gehen, Rosa!«, rief er, wenn er mal wieder zur Tür hereinplatzte, man musste immer damit rechnen. »Ich werd Bergmann und Silber im Schneeberg schürfen!« Aber er ging nie nach Ridnaun. Verdingte sich bei den Bauern im Tal und blieb. Ein anderes Mal wollte er Zimmermann in der Schweiz werden, das nächste Mal war Bayern das Ziel. Regelmäßig tauchte er am Innerleit auf, den Kopf voller Flausen, warf seinen Hut in die Ecke, verstrubbelte Sepp das Haar, griff in den Schultersack und legte Rosa kleine Päckchen vom Markt in Lana auf den Tisch. Mal war es etwas Zucker oder Salz, mal Saatgut für Blumen oder Kräuter. Ganz beiläufig schob er ihr die Sachen hin, schaute gar nicht, was sie dazu sagte. Als würde ihn das nicht interessieren. Im Sommer half er bei der Heumahd und beim Kornschnitt, im Herbst brachte er Holz aus dem Wald und zerlegte es gleich selbst. Er tut das für Mathias, sagte sie sich. Er fühlt sich dazu verpflichtet. Und er tut es für Sepp, er ist ja sein Onkel. Sie dankte ihm freundlich und knapp, aber nie überschwänglich. Gerade in dem Maß, von dem sie glaubte, dass es nichts verriet. Seit sich ihre Hände wie etwas Fremdes anfühlten, wenn er da war, plötzlich wusste sie dann nicht, wohin damit. Und jedes Mal dieser Aufruhr.

»Was wirst du denn in Bayern tun?«, wollte Sepp mit großen Augen wissen. »Ich werd Omnibusfahrer!«, sagte Louis, machte eine Geste, als würde er an einem großen Lenkrad drehen, zeigte mit dem Daumen über die Schulter auf den Platz hinter sich und rief: »Bitte alle einsteigen, wir fahren nach München!« Es folgten Hupgeräusche und Motorengeknatter, sie bogen sich vor Lachen. Er konnte auch ernst sein. Manchmal saßen sie beim Heuen unter einer der Eschen, um zu rasten. Oft war es heiß, dass die Luft flimmerte, als ob etwas an der Landschaft vor ihnen rütteln würde. Er schaute lange zu den Bergspitzen hinüber, die Augen zusammengekniffen. »Wolltest du nie mal so weit laufen, bis du siehst, was hinter den Bergen ist?«, hatte er Rosa gefragt. »Aber ich weiß, was dahinter ist«, hatte sie halb im Scherz geantwortet. »Da sind bloß noch mehr Berge.«

Und da war was dran. Sie hatte es selbst gesehen. Früher, als Kinder, hatten sie den Vater oft zur Alm begleitet, wenn er nach dem Jungvieh schauen ging oder Wastl, dem Almhirten, Gerät oder Essen hinauftrug. Sie waren immer gern mitgegangen, auf dem Weg fanden sie Katzengold, das in der Sonne glitzerte. Die Lärchen sahen anders aus dort oben, ganz kantig und verdreht, als wären es Lebewesen. Die Wiesen waren mit silbernen Felssteinen übersät, und überall flossen murmelnd kleine Bäche. Kurz vor dem Hühnerspiel war eine Lücke zwischen den Bäumen, durch die man auf die Ruine einer ehemaligen Burg hinabschauen konnte. »Seht ihr, Kinder?«, sagte Johan Breitenberger. »Das ist vom Adel und seinen Prunkhäusern geblieben. Aber wir Bauern, wir sind noch da.« Jedes Mal, wenn sie an dieser Stelle vorbeigingen, sagte er es zu ihnen. Auf der Alm hatte der Vater oft einiges mit dem Wastl zu besprechen, sodass ihnen oft noch Zeit blieb, bis ganz nach oben zum Hochjoch zu steigen. Das war die höchste Spitze auf dieser Talseite, und Toni behauptete, dass man dahinter die ganze Welt sehen konnte. Als Rosa das erste Mal keuchend dort oben ankam, stieg sie aufgeregt weiter bis auf den höchsten und schmalsten Grat beim Gipfelkreuz und drehte sich dort um die eigene Achse, aber alles, was sie sehen konnte, waren Reihen von Bergspitzen, sich überlappende Wellen aus Fels, soweit sie blicken konnte. Und sie war froh gewesen, dass der Rest der Welt aussah wie alles, das sie bereits kannte.

An einem anderen Tag war Louis fast schon aus der Tür heraus, drehte sich aber auf einmal um, als ob er noch etwas sagen wollte. Er holte tief Luft, sah sie an, als würde er in ihren Augen nach etwas suchen. Sie konnte es kaum aushalten, sagte dann schnell: »Pfiati, Louis. Ich muss nach dem Sepp sehen«, und schloss die Tür. In Wahrheit wollte sie nur nicht überführt werden, mit ihrer ganzen Verlegenheit. *Liebe, Feuer, Husten, Gicht, lassen sich verbergen nicht.* Sie hatte ja versucht, es zu verbergen. Und er auch. Aber dann war diese Holzfigur aufgetaucht, von genau der Machart, wie sie bereits eine besaß. Etwas war aufgeflogen. Es brannte lichterloh. Wie sollte man das verbergen?

Nur das Kind war blind für derart Dinge. Es war an diesem Tag in die Viehtränke gefallen, dem Tod von der Schippe gesprungen und fühlte sich wie ein Held. Es hatte viel mehr Marmelade und Liebe bekommen als sonst, und von alldem war es so aufgekratzt, dass es durch die Stube sprang wie ein Kalb am ersten Tag auf der Weide nach einem langen Winter im Stall. Es schlug dann irgendwann um, der Bub rieb sich die Augen, taumelte, stritt mit einem letzten Funken Energie lauthals ab, müde zu sein, ließ sich dann aber doch von ihr nach oben dirigieren, wo er ins Bett fiel wie ein Stein. Sie hielt noch eine Weile seine Hand und fragte sich, was das nur für ein Tag war, an dem so unerwartet viel Liebe aufgekeimt war. Als Sepp eingeschlafen war, gab es keinen

Grund, noch länger da oben sitzen zu bleiben. Louis sah ihr eine Weile in der Stube zu, wie sie mit dem Besen hantierte, und als es nichts mehr zu fegen gab, machte sie sich ans Geschirr. Aber da kam er herbeigesprungen, nahm es ihr aus der Hand, nahm ihre Hände in seine, hob sie zu seinem Gesicht und küsste sie, dass sie zu zerspringen meinte. Und als ob er das wusste, legte er die Arme um sie und hielt sie so zusammen.

Man musste jetzt öfter mit ihm rechnen. Er war da, als sie den neuen Acker bestellte, er kam an Ostern und hatte für Sepp Schokoladenbonbons dabei. Und im Mai, als sie Brot backen wollte, kam er schon im Morgengrauen, gerade als sie den Ofen anfeuerte, ein gemauertes Gewölbe außen am Haus. Um vier Uhr morgens schürte man den Brotofen ein, den besten Geschmack machte Lärchenholz. Wenn die Steine hell gebrannt waren, war die Temperatur richtig. Man schob Fladen für Fladen hinein, es dauerte oft den halben Tag. Im Tiefenthal wurde nur ein- oder zweimal im Jahr gebacken, so viel, dass man für den Rest des Jahres damit auskam. Der Teig hatte vorher lange in einem Holzzuber geruht. Rosa würzte ihn mit Anis, Brotklee, Fenchel und Kümmel. Nach dem Auskühlen verwahrte man die Fladen in Holzgestellen in der Brotkammer, wo sie trockneten und hart wurden. Aber so nannte das hier keiner. Ein Brot ist nicht hart, sagten die Leute. Kein Brot zu haben, das ist hart. Sepp biss sich bis zu den Ohren in die ersten fertigen Fladen hinein. Alles daran, außer das bisschen Salz im Brot, hatte Rosa mit eigenen Händen gemacht. Die Arbeit für das nächste Brot würde nicht weniger werden, trotzdem meinte sie in diesem Frühjahr, noch nie so viel Kraft in sich gespürt zu haben. Und so viel Zuversicht. Im Ofen prasselte das Lärchenholz. In der Luft lag der Geruch der ersten gebackenen Brote, Holzrauch und feuchter Frühjahrserde. An den Weiden waren die Kätzchen pelzig herausgetreten, und hier und da stachen vereinzelt tiefblaue Traubenhyazinthen aus dem Gras. Die Stare waren schon da, schwatzten und flöteten in den Eschen, und ab und zu schrie eine Amsel, wenn die Katzen um die Bäume schlichen.

Es würde leichter werden, dachte Rosa. Sepp war jetzt größer, sie konnte ihn mitnehmen, wenn sie Arbeit auf dem Hof hatte. Bald würde er zur Schule gehen und ihr auch mehr zur Hand gehen können. Die ersten Jahre mit ihm lagen ihr wie ein Stein auf dem Herzen. Diese Schuldgefühle, ihn ständig allein lassen zu müssen, schon in der Früh, wenn sie für die Stallarbeit aus dem Haus schlich. Sie hoffte immer, dass er nicht zeitig erwachte, allein in der Kälte. Sie schürte vor der Stallarbeit nicht ein, um ihn nicht zu wecken. Wenn sie dann müde von draußen hereinkam, vom Pflügen oder Mähen, verletzte es sie, dass er so ein böses Gesicht machte oder manchmal sogar nach ihr trat. An Frosttagen sperrte sie ihn zur Vorsicht ein. Sie wollte nicht das Gleiche durchmachen müssen wie Katharina. Mit Ohrenschmerzen und Fieber hatte es bei ihrem Jüngsten angefangen, dann hielt er sich den Kopf und schrie die ganze Nacht. Franz wollte zuwarten, aber am nächsten Abend, als er dann doch den Arzt geholt hatte, sagte der nur: »Jetzt holt's ihr lieber den Pfarrer.« »Ich hatte ihn doch nur auf dem Weg zum Stall dabei, Rosa!«, beteuerte Katharina ein ums andere Mal und konnte gar nicht aufhören zu weinen. Sie gab dem kalten Wind die Schuld. Und Rosa hatte keinen Grund, ihr nicht zu glauben. Sie stand stets selbst voller Angst und Sorge auf dem Feld, malte sich Dinge aus, die passieren konnten, sah Sepp im Geiste auf einen Stuhl klettern und stürzen, sich an etwas verschlucken, von einer der Kühe auf die Hörner genommen. Und hätte sie sich nicht in dem einen Augenblick umgeschaut, dann wäre das Schlimmste wohl auch passiert. Kopfüber in die Viehtränke, sie würde sich das niemals verzeihen. Sie wünschte, sie könnte es ihrem Sohn irgendwie begreiflich machen, wie man als Mutter fühlte, dass man selbst oft ratlos war, nicht immer das Richtige wusste oder tat, oder es auch gar nicht möglich war, wenn man so allein mit allem war. Aber er würde größer werden, es würde einfacher werden, sie würde ihn lehren, was sie wusste. Er würde anfangen, es zu verstehen. Sie freute sich darauf, ihm Dinge zu zeigen. Was der Boden genau jetzt im Mai brauchte zum Beispiel, was die Zeichen waren, dass die Nachfröste endgültig vorbei waren, was dann zurückzuschneiden und zu setzen war. Manchmal, wenn sie so umherging und mal wieder bloß Augen für die Erde hatte, kam Louis zu ihr, legte ihr einen Finger unter das Kinn und führte es nach oben. »Es kann sich lohnen, den Blick auch mal von der Erde zu nehmen, Rosa«, sagte er. »In den Himmel zu schauen und den Schwalben nachzusehen.«

Der Himmel stand hoch und blau, schon fast ein Sommerhimmel, sie saßen nun viel draußen auf der Terrasse überm Hang. Zu Pfingsten brachte Louis eine Teufelsgeige mit. Rosa hatte schon ewig keine mehr gesehen oder gehört, aber dass das Instrument seinen Namen verdiente, das wusste sie noch. Ein Stock behangen mit allem, was Krach macht, Schellen, Glöckchen, einem Waschbrett und einer Fahrradhupe, und bearbeitet wurde er mit einem alten Kochlöffel. Mit Geschick gespielt kam eine Melodie dabei heraus, und wenn noch ein zweiter ein Akkordeon spielte, klang es schon fast wie eine Kapelle. Es war jetzt manchmal laut und fröhlich auf dem Innerleit. Es stand diesem alten Hof ganz gut. Sie wusste oft gar nicht, von wo Louis all die Sachen anschleppte. Einmal hatte er eine elektrische Taschenlampe dabei, und sie konnte gerade noch rechtzeitig verhindern, dass Sepp sie in den Wassereimer warf, um sie zu löschen. Dann brachte Louis einen Fotoapparat mit, einen klobigen Kasten mit braunem Ledereinband, sie hatte ihn erst fragen müssen, was das war.

»Und was willst du damit fotografieren?«, wollte sie erstaunt wissen.

»Na dich.«

»Aber doch nicht bei der Arbeit, Louis«, rief sie erschrocken. Ein Foto machte man doch normalerweise nur zur Hochzeit. Viele Frischvermählte gingen dafür zu Fuß nach Lana, und es blieb meist das einzige Bild von ihnen.

»Bitte bleib so, wie du bist.«

So wie sie war, im Arbeitskleid und auf dem Kopf den alten Hut vom Vater Breitenberger. Aber sie vergaß es dann irgendwann. Louis knipste sowieso alles, was ihm vor die Linse kam. Sepp im Garten, mit Willy, dem lahmen Schaf, den Hof von vorn, den Acker von der Seite, Rosa mit dem Haflinger an den Zügeln, ein scheues Lächeln auf den Lippen.

Anfang September sagte Rosa: »Die Zeit rennt so. Jetzt muss schon bald wieder der Acker fürs Wintergetreide bereitet werden.« Sie hatte erst nicht verstanden, was Louis meinte, als er sagte: »Dies Jahr vielleicht nicht.« Erst später ergab es einen Sinn. Sie blieben lange draußen, die Luft war noch lau, der Mond, fast voll, schien hell wie eine Laterne, um sie herum die Landschaft in blassblau. Im Gras war noch das letzte müde Summen der Insekten zu hören, als Louis plötzlich sagte: »Rosa, geh mit mir fort von hier.« Worte, als würde man Steine ins Wasser werfen. Sie wühlten sie auf, zogen

Kreise, brachten alles zum Schwanken. Rosa verschanzte sich im Garten, wo sie den Boden unter den Füßen spürte. Weggehen von hier? Konnte sie das? Wollte sie das? Warum war sie eigentlich noch hier? Aus Trotz? Aus Verantwortung? Sie versuchte, sich an das erste Frühjahr nach dem Tod des Vaters zu erinnern. Am Anfang war sie seinetwegen geblieben, noch hoffend, dass wenigstens Karl wiederkommen und den Hof weiterführen würde. Sie hatte Verantwortung übernommen, das war schon immer ihre Rolle, in die sie hineingewachsen war. Es war die Pflicht, die sich ergab, wenn man seine Eltern ihr Leben lang für diesen Hof hatte schuften sehen, da drehte man sich nicht einfach um und ging. Oder man tat es, doch den Kummer darüber wurde man nicht mehr los. Aber etwas hatte sich verschoben mit den Jahren, etwas hatte sich verändert. Rosa konnte noch nicht ganz sicher greifen, was es war.

»Wo sollen wir denn leben, wenn wir weggehen«, hatte sie Louis gefragt.

»Wir finden eine Wohnung, du müsstest nicht mehr so schwer arbeiten wie hier.«

»Aber ich bin es gewohnt, es macht mir nichts aus«, sagte sie.

»Man gewöhnt sich schnell an weniger.«

»Und der Hof?«

»Du verpachtest ihn erstmal, er ist nicht weg, er bleibt deiner.«

»Und das Vieh?«

»Das verkauf ich auf dem Markt. Etwas Geld wäre gut am Anfang, bis ich eine Anstellung finde.«

Rosa musste an das Schwein denken, das Drehers Adjutant vor Jahren abgeführt hatte. Der Pichler Hans fiel ihr auch ein. Sie hatte ihn gesehen, wie er seinen Tieren nachsah, nachdem er den Hof verkauft hatte. Sie wusste seitdem, dass aus einem Bauern in diesem Moment der letzte Rest Halt verschwinden konnte. Louis sah, dass sie zweifelte. »Wir können uns Zeit lassen«, sagte er. »Ich warte schon so lange auf dich, ich warte auch noch länger.« Dann war es Zeit für die Stallarbeit, und Rosa war froh darum. Und dass er eine Weile nicht mehr davon sprach, darüber auch. Es würde wieder auf den Tisch kommen, da war sie sicher. Aber als er das nächste Mal kam, äußerte er einen ganz anderen Wunsch. »In zwei Wochen ist Kuppelwieser Sommerfest, ich würd mich so freuen, wenn du mit mir hingehst.« Natürlich wusste sie, was das zu bedeuten hatte. Wer wusste das nicht? Wer zusammen zum Kuppelwieser Sommerfest kam, der war zusammen und wollte es allen zeigen. Und die an diesem Fest ein Paar wurden, blieben es für immer. So sagte man. Sie sagte ja, und er warf seinen Hut in den Himmel.

Einen Tag vor dem Fest fragte er noch einmal nach: »Du wirst auch ganz sicher kommen morgen?« Sie sagte wieder ja und hegte keinen Zweifel. Am nächsten Tag um eins brachte sie Sepp zum Steighof, Katharina wollte dieses Jahr nicht aufs Fest und hatte angeboten, ihn zu hüten. Um zwei zog Rosa die Tiefenthaler Tracht an, es war die ihrer Mutter, weiße Leinenbluse mit Volant, rotgrünes Leibl, fließender blauer Rock, sie hatte sie ein paar Tage zuvor anprobiert, um zu sehen, ob etwas anzupassen war, aber sie war zu Moidls Statur herangewachsen. Dann flocht sie sich die Haare und legte sie als Kranz einmal um den Kopf herum.

Um drei wollte sie zur Tür hinaus, aber da riss auf einmal etwas von hinten an ihr und hielt sie fest. Es war bloß das Kleid, dass sich am Türscharnier verfangen hatte, aber bis sie es begriff, war ein Gedanke schneller: Ich soll nicht gehen, der Hof hält mich fest! Auch als sie den Stoff herausgelöst hatte, war das Gefühl nicht gewichen. Rosa sank auf der Türschwelle zu Boden, alles, was sie denken konnte, war: Ich soll nicht gehen, und ich will es nicht. Später trat sie ans Fenster und sah in die Richtung, wo das Fest ohne sie begann. Jetzt steht er da, dachte Rosa. Jetzt wartet er. Jetzt fängt die Kapelle an zu spielen. Jetzt lässt er die Schultern fallen. Jetzt dreht er sich um, jetzt geht er, oder er tanzt mit einer anderen.

Jetzt werd ich ihn nie wiedersehen.

Als es sechs Uhr schlug, zog sie das schöne Kleid aus. Bevor sie es in der Truhe verstaute, legte sie noch einmal die Hand auf den Stoff, ließ sie auf den Spitzen ruhen, strich es dann glatt und schloss den Deckel. Unten zog sie das Stallgewand an. Beim Melken legte sie ihre

Stirn gegen den warmen Bauch der Kuh und weinte. Es würde vorübergehen. Wie der Winter auch jedes Mal vorüberging.

Am Abend lief sie noch eine Weile unruhig draußen umher. Beim Wetterkreuz, dort, wo der Weg begann oder endete, je nachdem, aus welcher Richtung man kam, blieb sie stehen. Sie las auf der Tafel, was sie schon Hunderte Male gelesen hatte. Und endlich bekam sie den einen Gedanken zu fassen, konnte ihn ganz sicher greifen und heranholen. Sie hatte auf diesem Hof einst aus Pflicht weitergemacht, aber geblieben war sie aus freiem Willen. Und aus freiem Willen wollte sie bleiben.

Das ist mein Fels, das ist mein Stein; fest verwurzelt hier mein Fuß. Was mir mein Vater gab, ist mein.

Wünsch dir was

»Oder willst du bleiben? Willst du hier mit mir bleiben, Franziska? Wollen wir hierbleiben, wir alle zusammen?« Fragen wie ein Heilmittel. Hannes hatte sie gestellt. Zunächst etwas zögerlich, als ob er erst Mut fassen musste. Sie saßen in der Küche, auf der großen Bauernbank. Ella und Max waren mit Sepp beim Almabtrieb. Im Tal bimmelte es schon den ganzen Tag von allen Seiten. Nur Hannele war dageblieben, sie war noch zu klein für solche Strecken. Baby Matteo lag auf dem Küchenboden auf einer Decke unter einem Spieltrapez und hatte eine ernsthafte Auseinandersetzung mit dem Holzhampelmann, der vor seinem Gesicht baumelte.

Franziska war erst kurz zusammengezuckt, seit ihrer Ankunft schlichen sie um diese Fragen herum, keiner hatte sich getraut, einen Anfang zu machen. Sie war überrascht, wie fest ihre Antwort war. »Ja, ich will hierbleiben mit dir. Ich will, dass wir hier leben, wir alle zusammen«, sagte sie. »Und ich will gefragt werden, wenn du über sowas nachdenkst, das uns alle betrifft.«

»Ich weiß«, sagte er. »Es tut mir so unendlich leid!« Er starrte auf den Boden. »Weißt du, mich frustriert das hier manchmal alles so sehr. Ich würde gern viele Dinge anders machen. Aber ich fühle mich ständig so … so geknebelt von allem Möglichen.«

»Mir geht es doch genauso!«, sagte Franziska. »Aber gerade deswegen müssen wir miteinander reden. Schauen, was man tun kann, was man ändern kann. Mir fällt auch so viel ein. Wir sollten einfach mal rumspinnen für den Anfang«, fügte sie hinzu.

Er guckte sie fragend an.

»Kennst du *Wünsch dir was*? Und ich meine jetzt nicht die olle Sendung aus den 70ern, sondern das Spiel. Man tut so, als ob alles möglich ist. Man stellt sich vor, was man in seinem Leben ändern würde, wenn man wüsste, dass man damit nicht scheitern kann.« Antonia hatte es in der Klinik mit ihr gespielt. Man musste spontan alle Wünsche, die man für sich und sein Leben hat, nennen. Aber so, als ob es keine Schranken oder Grenzen gab, die einem das Leben auferlegte. Das war der schwierigste Teil. »Versuche es mal«, hatte Antonia gesagt, »dann nähern wir uns dem, was dir im Leben wirklich fehlt, und das kann dir ein Wegweiser sein, wohin du steuern solltest. Und glaub mir, bei den wenigsten kommt am Ende eine Südseereise oder ein dickes Auto heraus.«

»Komm, versuch es«, forderte Franziska Hannes heraus.

»Als ob alles möglich wäre? Puh, das ist schwer«, meinte er und dachte nach.

»Schwer ist, mit einem Sack Flöhe eine Horde Kälber von der Alm hinunterzudirigieren.« Sepp war zurück, hinter ihm platzten Max und Ella herein, mit roten aufgeregten Gesichtern, noch ganz verschwitzt und außer Atem. Hannele kam auch angelaufen. Augenblicklich war die Küche wieder der Bienenstock, der sie meistens war. »Und was macht ihr so?«, wollte Sepp wissen.

Hannes verteilte Sirup und Wasser an alle und machte sich daran, eine Marende vorzubereiten. Auch das war neu in diesem Haus, plötzlich packte er immer öfter im Haushalt mit an, und wenn nachts das Baby weinte, ging er und ließ sie schlafen. »Wir wünschen uns was«, sagte Franziska und erklärte die Regeln nochmal. »Komm, Sepp, mach auch mit«, lud sie ihn ein und rückte auf der Bank zur Seite. Auf einer Bauernbank war Platz für alle. Dafür war sie gebaut.

»Ich will ein Smartphone!«, rief Max.

»Das glaube ich sofort«, sagte Franziska. »Aber es geht um den Hof«, präzisierte sie. »Wir wünschen uns Sachen für das Leben auf dem Hof.«

»Dann will ich 'ne Ziege!«, rief Max.

»Und ich ein Lämmchen«, rief Hannele.

»Ziege und Lämmchen, ich notiere«, sagte Franziska.

»Ich will ein Pferd«, rief Hannes. »Einen Haflinger oder einen Noriker. Früher gehörte immer ein Pferd auf den Hof. Warum heute nicht mehr? Die Pferde fehlen. Ich könnte es für die Waldarbeit brauchen, für den Boden wäre das viel schonender als mit den schweren Fahrzeugen.«

Franziska sah, wie Sepp auf der Bank etwas zusammensank. War offensichtlich ein unangenehmes Thema für ihn. »Ich will weniger putzen«, rief sie, auch, um ihm aus der Patsche zu helfen. »Ach apropos«,sagte Hannes. »Da ist ein Brief vom *Goldenen Huhn* gekommen, hast du den noch gar nicht gesehen?« Neugierig riss Franziska den Umschlag auf, dann hielt sie ihn in die Runde. »Fünf Küken«, sagte sie. »Wir kriegen die fünf Küken!«

»Komisch«, fügte sie nach einer kurzen Pause hinzu. »Jetzt sind wir dem so lange hinterhergerannt, aber irgendwie bedeutet es mir gar nichts mehr.« Sie warf den Brief in die Ecke. »Eigentlich bin ich die ewigen Vorschriften und Regelungen vom *Huhn* so satt. Also wenn ich wirklich einen Wunsch frei hätte, dann den, dass wir uns bei der Vermietung der Ferienwohnungen selbst die Vorschriften machen können, und nicht das *Huhn*.«

»Ja, aber du weißt, wie schwer das ist, die Wohnungen ohne den Verband im Rücken zu vermarkten«, wandte Hannes ein.

»Halt!«, rief Franziska mahnend. »Keine Beschränkungen, bitte! Das sind die Regeln. Alles ist möglich.«

»Wenn alles möglich ist, dann hätte ich gern einen anderen Stall«, sagte Hannes und schaute lieber nicht zu

Sepp rüber. »Oder unseren wenigstens umgebaut, einen hellen Laufstall, mit freiem Zugang zum Außenbereich. Und einem Kälbergarten.«

Franziska sah ihn erstaunt an. Sie hatte gar nicht gewusst, dass er sich damit beschäftigte. Ein neuer Stall war wie ein neues Glaubensbekenntnis. Im Tiefenthal glaubte man seit den Siebzigern an den Anbindestall. So wie Sepp ihn auf dem Innerleit gebaut hatte. Dass nun Stimmen laut wurden, die nach Ställen verlangten, in denen die Kühe umherliefen, wie sie wollten, kam manchen vor wie Blasphemie. Sepp natürlich auch, zumindest hatte er immer so getan und seinen Stall verteidigt. *Laufstall* war für ihn ein Reizwort, aber jetzt ging er gar nicht darauf ein. »Was bitte ist denn ein *Kälbergarten*?«, wollte er stattdessen wissen. Hannes klärte ihn kurz über die muttergebundene Kälberhaltung auf, bei der man die Kälbchen erst bei der Mutter belässt und später nur stundenweise trennt, wobei die Kleinen zusammenbleiben, in einer Art Kälber-Gemeinschaft. Reflexartig wollte Sepp das als neumodischen Kram abtun. Dann fiel ihm aber ein, dass es so neu gar nicht war, was Hannes ihm da erzählte, im Grunde war es das, was er von früher kannte, aus Rosas Zeiten. Es war an diesem Tag nicht das Letzte, das ihm bekannt vorkommen sollte …

»Und ich will wieder mit Stroh einstreuen«, sagte Hannes. »Wenn wir einen Acker hätten, mit Roggen oder Weizen, meinetwegen mit Urgetreide. Das würde dann auch Ertrag abwerfen. Wusstet ihr, dass die Menschen heute ganz scharf auf Emmer und Einkorn sind? Angeblich vertragen sie es besser als das überzüchtete weiße Mehl aus Weizen.«

»Wenn du Stroh hast, dann gibt das auch viel besseren Mist statt immer nur Gülle«, warf Sepp ein. »Früher hatten wir hier guten Mist, da habe ich einen Fehler gemacht, nicht auf die Mutter zu hören. Die Alten hatten oft recht mit dem, was sie gemacht haben. Dauert nur manchmal, bis man das kapiert«, schob er dann noch murmelnd hinterher. »Getreideanbau war hier früher eine Schinderei«, fuhr er fort, »aber mit den Mitteln heute müsste es leichter zu bewältigen sein.« Es war still um ihn herum geworden, alle hörten ihm gespannt zu. Sepp knetete sich die Hände, er war es nicht gewohnt, so viel von früher zu sprechen – oder überhaupt.

»Schade, dass kaum noch eine Mühle vor Ort ist«, sagte Hannes.

»Na, dass ihr jungen Leute euch plötzlich wieder für die alten Dinge interessiert«, rief Sepp erstaunt.

»Glaubst du, der Brotofen funktioniert noch?«, wollte Franziska wissen. »Ich seh den immer und frage mich, wie so ein Brot daraus wohl schmeckt.«

»Ein besseres gibt es nicht! Das ist doch kein Brot mehr, was man heute im Supermarkt bekommt«, echauffierte sich Sepp jetzt. »Den Ofen kann man sicher wieder herrichten. Wichtig ist, dass du die richtigen Gewürze in den Teig tust. Die kannst du alle hier im Garten anbauen, mit ein bisschen Mist wachsen die ganz hervorragend. Alles steht miteinander in Verbindung«, fügte er noch bedeutungsvoll hinzu, als hätte er es eben erst erfunden.

Sie kamen in Fahrt. Eine eigene Käseherstellung wurde genannt. Alte Gemüsesorten, Tierrassen von früher, eine eigene Direktvermarktung, die Zucht von Brillenschafen und Alpenschweinen, die mit extraviel Fett, die man irgendwann verbannt hatte, weil plötzlich alles *light* sein sollte. »Dabei hat es nie besseres Fleisch und Speck gegeben!«, schwärmte Sepp.

»Und du gibst Gästen Kurse in Permakultur und Heilkräuterkunde!«, hatte Franziska gerufen und Sepp verschwörerisch mit dem Ellenbogen in die Seite gestupst. »Keine Grenzen beim Denken, Sepp. Alles ist möglich!«

»Na, wenn man denen auf diese Weise noch etwas mitgeben kann«, brummte Sepp.

Es war alles noch kein Plan, es war nur ein Anfang, es war *Wünsch dir was*. Das Aufspüren von Sehnsüchten, von dem, was fehlte oder etwas, das verloren gegangen war und wonach sich zu suchen lohnte. Es war Bewegung, ein Puls, der wieder schlug. Und er machte sich nicht nur auf dem Innerleit bemerkbar, auch auf den anderen Höfen suchten sie neue Wege und stellten erstaunt fest, dass diese manchmal zurückführten. Und trotzdem richtig waren. Nicht bei allem musste es immer nur vorangehen, wozu man sie eine Zeit lang angetrieben hatte. Weil das Leben auch Zyklen folgte. Vieles verging, manches kam wieder, oder es kam in anderer Form zurück. Es war noch kein Plan, es war ein Anfang, zwischen Johannisbeersaft und klebrigen Kinderhänden, an einem Bauerntisch, um den herum es immer lauter wurde. Mit den Geräuschen einer vielköpfigen Familie.

»Ich weiß noch was«, rief Franziska überschwänglich und haute mit der Faust auf den Tisch, damit alle zuhörten. »Ich wünsch mir Urlaub! Und zwar sofort.«

Und Sepp sagte: »Dann fahrt doch. Ich kann hier übernehmen.«

Es war verrückt, aber sie hatten es in Gedanken gleich durchgespielt: Gerade brachen die letzten Ferientage an, die Agentur, die noch immer in die Vermietung involviert war, konnte das auch noch ein paar Tage länger machen. Mit dem Grummet waren sie vor einer Woche fertig geworden. Blieben eigentlich nur die Kühe. »Die paar werde ich wohl noch schaffen«, sagte Sepp und verkniff sich die alte Leier, dass es auf dem Innerleit ja mal sehr viel mehr Kühe gegeben habe. Es war möglich. Sie konnten fahren. Ein plötzliches, schmales Zeitfenster stand offen.

»Aber wo sollen wir denn bloß hin?«, sagte Franziska, noch immer ziemlich perplex.

»Ans Meer! Ans Meer!«, riefen die Kinder wie im Chor.

Sie fanden dann tatsächlich noch etwas auf der Ferienwohnungsresterampe, nichts Besonderes, aber sie waren glücklich. Fünf Tage Adria. Sie fuhren in den frühen Morgenstunden los, die Straßen waren noch leer und die Kinder schliefen. Am Vormittag waren sie da, viel früher als gedacht. *Anreise ab 14 Uhr*, so hatte es in der Buchungsbestätigung gestanden. Die Kinder auf den Rücksitzen quengelten, bald würde es Streit geben, das Baby brauchte ein Fläschchen, und sie alle dringend eine Toilette. Hannes sah zu Franziska rüber: »Wir können ja mal ganz freundlich fragen«, sagte er kleinlaut. Sie fasste sich an die Stirn. Was für schlimme Touris sie doch waren. »Okay, fragen können wir ja mal.« Dann fuhren sie zur Adresse der Ferienwohnung.

Als sie fünf Tage später zurück ins Tiefenthal kamen, breitete sich vom Taleingang her das erste Licht des Tages aus. Max und Ella schliefen mit dem Kopf auf einem aufblasbaren Plastikkrokodil. Franziska spürte noch Sand in den Schuhen und etwas Sonnenbrand auf den Schultern, es fühlte sich großartig an. Sie hatte sich schon ewig nicht mehr so erholt und glücklich gefühlt, den anderen schien es genauso zu gehen. Das Auto wand sich die Straße nach oben. Franziska schaute dem Hof entgegen. Sie fand, dass der Innerleit von hier unten betrachtet auf eine Art beinahe trotzig aussah. Es gefiel ihr gut.

Vieles war noch offen, was die Zukunft dieses Hofes anging. Der Weg lag in der Dämmerung, aber bald würde es aufklaren.

Zyklen

Die alten Wege hielten die Erinnerung zusammen wie Nähte, auch deswegen ging Rosa sie noch immer. Vom früheren Wirtschaftsweg aus sah sie Toni und Karl auf der Weide hinter den Kälbern herrennen. Wenn sie über den schmalen Wiesenpfad dem Hof entgegenging, sah sie den Vater winken und Moidl die Wäsche auf die Leine hängen. Unten an das dunkle Holz der Mühle gelehnt stand der alte Egger Willi in der Sonne, rauchte seine Pfeife und nickte ihr freundlich zu. Sie sah Klara und Tres barfuß im Bachlauf von einem Stein zum anderen hüpfen, sie sah sich und Katharina im Gras zwischen all den Blumen liegen und spürte die Hufschläge der Haflinger auf der Sunnleitkoppel in der Erde. An der Biegung vor der Haselgrube hatte Mathias sie das erste Mal geküsst und dort, wo der Weg in den Wald eintauchte, hatte sich Louis ein letztes Mal nach ihr umgedreht. Oberhalb der Kirchbachwiese hatte sich stets der Prozessionszug den Weg hinaufgewunden, die Fahnen der Madonna wehten glänzend in der Sonne. Sie sah den kleinen Jungen, den sie geboren hatte, mit ausgestreckten Armen durch die Weizenreihen rennen, es war golden mit einzelnen roten Mohntupfen darin. Die Erinnerungen standen Spalier entlang der Wege, auf ihren langen Spaziergängen fühlte sie sich beinah vollständig, als wäre nie etwas in diesem Leben verloren gegangen. Auf dem Almweg bei den hohen Fichten hatte Sepp einen Käfer aufgehoben und ihn bestaunt, gerührt und zärtlich. Ein Junge in kurzen Hosen. Sie wollte die Hand nach ihm ausstrecken, sie in seinem nussbraunen Haar versenken, sie auf seine weiche Wange legen. Sie wollte ihm die Hände entgegenstrecken, diese Hände, die immer gewusst hatten, was mit der Erde zu tun war, und die so ungeschickt waren mit den Menschen. Sie hatten so oft gezögert, vor allem bei dem Jungen. Warum noch einmal? Es wollte ihr nicht einfallen. Aber sie konnte es ja jetzt tun, es war noch nicht zu spät, es war gar nicht schwer, also streckte sie ihm eine Hand entgegen, die andere gehorchte nicht, aber eine reichte ja. Er kam ihr mit seiner Hand schon entgegen. Was für ein Glück sie hatte. Was für ein unermessliches Glück sie doch hatte, ihn zu haben. Sie wollte es aussprechen, aber sie musste die Worte erst suchen, sie mühevoll einfangen, sie schwebten umher, wie Pappelflaum im Frühjahr durch die Luft schwebte. Aber dann fand sie ein paar. »Es ist gut, Bub«, sagte sie. »Ich bin da, mein Junge.«

Es war ein Schlaganfall, es war zu früh, es machte keinen Sinn, aber so war es ja meistens. Gut war es ihr schon lange nicht mehr gegangen. Seit Jahren hatte man zusehen können, wie ihre Kraft immer weniger wurde. Rasten sah man sie trotzdem selten, meist steckte sie schon in der Früh im Arbeitskittel und hantierte im Garten wie eh und je. Nur etwas steifer, etwas langsamer, sie brauchte ein paar Anläufe, um sich aufzurichten, wenn sie zu lange auf dem Boden gekniet hatte. Er hatte ihr Knieschoner gefertigt, mit Polstern aus Schafwolle, damit die Gelenke nicht ganz so sehr litten. Und abends sank sie gern in den großen Polstersessel, der jetzt in der Stube stand. Aber auf ihre langen Spaziergänge verzichtete sie nicht, schritt die alten Wege ab, betrachtete den Boden, schaute in die Ferne. Sepp hatte den Eindruck, dass sie noch ganz andere Dinge sah als nur die Landschaft. Er behielt sie im Auge, manchmal ging er ihr sogar heimlich ein Stück nach, wenn sie im Wald verschwand oder hinter der Kehre. Denn irgendwann hatte sich die Angst in sein Inneres geschlichen, dass sie stürzen könnte oder eins der Autos sie übersah, die Leute rasten die Berge hoch wie die Verrückten. Ständig kam ihm etwas Neues in den Sinn, das passieren könnte. Und dann, genau in dem Moment, als wirklich etwas geschah, auf dem Almweg war es, bei den hohen Fichten, genau in diesem Moment hatte er sich nach ihr umgedreht.

Der Krankenwagen brauchte ewig herauf, die Straßen

waren längst zu eng für alle, die einen Anspruch darauf stellten. Autos und Radfahrer, Landmaschinen und Wanderer. In der Hauptsaison ging es von Meran bis Lana oft nur stockend voran, auf den Bergstraßen sah es nicht viel besser aus. Selbst für das Martinshorn machten die Leute nur murrend Platz. Sepp fuhr den Sanitätern mit dem eigenen Auto hinterher, das Lenkrad seines alten Ford Kombi so fest umklammert, als würde er in die Tiefe stürzen, wenn er es losließe. Als er endlich das Krankenhaus erreichte, musste er noch eine Ewigkeit einen Parkplatz suchen, es war gerade Schichtwechsel. Bis er sich durchgefragt hatte und endlich auf der richtigen Station gelandet war, hatte man schon Rosas Kopf durchleuchtet. Er verstand wenig von dem, was der Arzt ihm später über die Ergebnisse zu sagen versuchte. Rechte Hemisphäre, massiv betroffen, Ausfall der linken Körperhälfte. Die neurologischen Defekte vermutlich selbst nach einer sofortigen Lyse nicht reversibel. Aber Sepp brauchte diese Fachbegriffe gar nicht, es reichte, Rosa anzusehen, dann wusste man alles. Sie lag eingesunken in den weißen Laken. Es fiel ihm hier erst auf, wie dunkel ihre Haut war, das Gesicht voller feiner Linien, wie bei Bruchsteinen. Sie war nicht bei Bewusstsein, die linke Körperhälfte war schlaff, als hätte sie mit der anderen nichts mehr zu tun. Der halbe Mensch schon fort, dachte Sepp. Und der Rest wird auch nicht mehr lange bleiben.

Sie behielten sie ein paar Tage auf der Neurologie, schlossen sie an Infusionen und Überwachungsgeräte an, dann nahm ihn wieder ein Arzt beiseite. Dr. Gurschler stand auf seinem Schild. Gesichtszüge wie in Lärchenholz gemeißelt. Ein Bauernspross im Arztkittel. Sepp erkannte das sofort. Das Stallgewand wurde man los, wenn man den Hof verlassen hatte, aber nicht den Namen und den Dialekt, Sepp kombinierte, seine Vermutung war Schnalstal. »Es ist nicht so, dass es keine Therapieoptionen mehr für Ihre Mutter gibt«, sagte der Arzt. »Wir können das heutzutage bis ins Unendliche fortführen. Aber gesund wird sie davon nicht werden. Vermutlich würde ihr sogar vieles, was wir intensivmedizinisch für sie tun können, eher schaden als nützen.« Es gebe ja keine Patientenverfügung, sagte er weiter. Aber man könne trotzdem in ihrem Sinne handeln. »Wenn Sie ganz sicher sind, was sie gewollt hätte«, sagte Dr. Gurschler und schaute ihn fest an. Sepp wusste, dass er nicht nur als Arzt mit ihm sprach, sondern auch als einer, der die Menschen hier gut kannte. »Wissen Sie, was es wäre?«, fragte der Arzt. »Und ich meine nicht, was Sie sich für sie wünschen, sondern was sie gewollt hätte?« Natürlich wusste Sepp es, und dann holte er Rosa heim.

Es waren dann bloß noch Tage. Sie aß nicht mehr, und er zwang sie nicht. Meistens schlief sie oder dämmerte, manchmal schlug sie plötzlich die Augen auf und schien etwas zu sehen. Manchmal bewegte sie die Lippen und formte lautlose Wörter. Einmal streckte sie die Hand aus und tastete damit in der Leere, als würde sie nach etwas suchen. Erst dachte Sepp, dass sie etwas Bestimmtes brauchte. Er saß den ganzen Tag bei ihr, und für die Nacht hatte er sich ein Klappbett neben ihr Bett geschoben. »Willst du etwas trinken, Mama?«, fragte er. Aber da verstand er es schon, was sie suchte, und legte seine Hand in ihre. Als sie sich so umklammert hielten, zwei alte Hände, knorrig und warm, spürte er, wie etwas in ihr weich wurde. Sie versuchte etwas zu sagen, sie war kaum zu verstehen, jedes Wort eine Anstrengung. »Es ist gut, Bub«, meinte er zu hören. »Es ist alles gut, mein Junge. Ich bin da.« Und er legte seinen Kopf an ihre Schulter, auf ihren Körper, in dem sie nicht mehr war.

Es machte dann alles keinen Sinn mehr für ihn am Innerleit. Auch schon vorher nicht, er hatte es bloß noch ausgehalten und sich da durchgeschleppt. Er verkaufte die meisten Kühe, 12 behielt er, damit er einen Grund hatte, es am Morgen aus dem Bett zu schaffen, einen kläglichen Rest, der ihm das Recht gab, sich noch Bauer nennen zu können. Aber Wachstum, nach Höherem streben, das war für ihn vorbei. Im Winter wechselte er sich mit den anderen Bauern am Skilift ab, damit das Geld reichte, um den Hof durchzubringen. Man konnte froh sein, wenn man eine Stelle als Liftwart bekam, jeden Winter standen mehr von ihnen beim Betreiber vor der Tür und fragten nach einem freien Posten. Es waren manche darunter, die Jahre vorher noch gegen den Bau der Seilbahn protestiert hatten. Aber die Betreiber hatten sich durchgesetzt, ließen eine Schneise durch Wiesen und Felder rasieren und alle paar Meter Stützen hineinrammen. An manchen Höfen führten die Förderseile geradewegs übers Dach, in der Saison hatten die Bewohner von früh bis spät das Dauersurren in den Ohren.

Sepp stand neben dem knatternden, sich ewig drehenden Dieselantrieb und trat wegen der Kälte von einem Fuß auf den anderen. Wegbewegen durfte man sich nicht, die wichtigste Aufgabe war absolute Aufmerksamkeit. Man musste genau schauen, was einem da entgegengeruckelt kam. Profis oder Anfänger und ob sie Hilfe brauchten. Man musste den Lift abbremsen und die Kinder rausheben, die es noch nicht allein schafften, oder umgekehrt, diejenigen raufheben, die noch nicht allein auf den Sitz hopsen konnten. Man musste ihr Gewicht rechtzeitig einschätzen, dann selbst schnell genug beiseitespringen, bevor einem die nachfolgende Gondel in die Kniekehle fuhr. Man musste den Lift sofort anhalten und jemandem aufhelfen, wenn er den Absprung verpatzt hatte. Einmal hob er so ein Kind auf, klopfte ihm den Schnee von der Schulter, und als es davonfuhr, hörte er es rufen: »Iiihhh, Mama, der Mann stinkt ganz doll nach Kuh!« Er nahm das nur noch hin. Wie die Touristen sich hier oben benahmen. Dass sie den Wald als Klo benutzten, überall Capri-Sonne-Päckchen und Cola-Dosen hinterließen. Selbst auf den Friedhöfen rumlungerten, auch damals, als er Rosa beerdigt hatte, machten einfach ihre Fotos, auch davon, wie er das Grab über ihr selbst zuschaufelte. Am liebsten hätte er einen Stein nach ihnen geworfen.

Und ausgerechnet diese Menschen, die Fremden, die sogenannten Gäste, sollten nun das Land bekommen. So lautete jedenfalls einer der Vorschläge für die Zukunft der Bergbauern. Man hatte ihnen genug Zeit gelassen, sich zu wirtschaftlicher Größe aufzuschwingen, fanden die Beamten in Brüssel. In den Ebenen standen längst Ställe, die Fabriken glichen, was Größe und Effizienz betraf, und sie krebsten da oben immer noch rum mit ihren paar Kühen. Da konnte der Steighof Andreas noch so viele Felsen wegsprengen, mit den Betriebsgrößen auf dem flachen Land würden sie niemals mithalten können. Also einstampfen, renaturieren und den Touristen überlassen. Das war der Plan, den man für sie ersonnen hatte. Eine Abwrackprämie würden sie kriegen, Umschulungsmaßnahmen für *richtige* Berufe oder gleich eine Pension, wenn sich Umschulen gar nicht mehr lohnte.

Es kam dann am Ende doch nicht so, weil sie laut wurden und das Land sich gerade noch rechtzeitig besann. Darauf, dass sie hier alle ihre Wurzeln hatten. Sie wurden ein schützenswertes Gut, der Rest einer aussterbenden Spezies, gepäppelt mit Ausgleichszahlungen und

Agrarumweltprogrammen. Mit so einem Zusatzeinkommen konnte man einen Hof schon erhalten, den Bauernstolz nicht unbedingt.

Veronika hatte sich nach der Trennung anständig verhalten, er konnte ihr nichts vorwerfen. Sie hatte ein gutes Jahr nach Rosas Tod abgewartet, bis sie die Scheidung einreichte und fortzog. Den Jungen wollte sie mitnehmen, wenigstens bis zur Volljährigkeit, aber da war nichts zu machen. Eigentlich war es inzwischen normal, dass alle jungen Leute erstmal wegwollten. Nur Hannes nicht. »Ich bleibe hier«, sagte er, gerade mal 14 und schon stur wie ein Bock. Sepp verhandelte gar nicht erst lange mit ihm, er wusste, wo das herkam. Und wie schlimm es werden konnte, wenn man gegenan war. Hannes durfte bei ihm bleiben, unter Auflagen. Alle zwei Wochen musste er das Wochenende mit seiner Mutter in der Stadt verbringen. Das hatte der Anwalt im Scheidungsvertrag so festgehalten. Für die Dauer der Landwirtschaftsschule, auf die Hannes unbedingt gehen wollte, war die zusätzliche Unterkunft in der Stadt ohnehin praktisch. Aber wann immer er konnte, war Hannes auf dem Innerleit, und Sepp fragte sich, woher der Junge nur all seine Zuversicht nahm, das Ganze hier noch mal zum Laufen zu bringen, er selbst machte es nur noch aus Trotz. Er sah Hannes schuften wie einen Heißsporn. Machte sich seinen Krach in die Ohren, den er Musik nannte, und mähte wie ein Besengter. Liebte es, an den alten Maschinen herumzuschrauben. Im Sommer half er manchmal wochenlang auf der Alm mit, freiwillig. Entmisten fand er eklig, aber er schrubbte es halt weg, gehörte dazu. Meistens lief er in seinem T-Shirt rum, *Farming is not a Job, it's a Way of Life,* stand da drauf.

Im Gegenzug zu all dem Eifer hielt Sepp sich zurück. Wenn Hannes mit seinen fixen Ideen vom Biolandbau oder pestizidfreier Landwirtschaft ankam, biss er bei Sepp auf Granit. »Du mit deinen grünen Heilsverkündern«, winkte er ab. Doch Jahre später, als er seinem Sohn den Innerleit überschrieb, tat es ihm leid, wenn er ihn über den Hof schleichen sah wie einen geschlagenen Hund, weil er kaum eine seiner progressiven Ideen umsetzen konnte. Zu viele Auflagen, zu strenge Kriterien, das meiste war da oben nicht realisierbar. Er sah auch, wie Hannes litt, wenn er die Kälber mit dem Brennstab enthornte oder ihnen die Ohrmarken einschießen musste, mit denen sie nicht selten irgendwo hängen blieben und sich das halbe Ohr abrissen. Oder wie verstört er einmal von einem Praxisausflug der Landwirtschaftsschule zurückgekommen war. Die hatte ihnen was Gutes tun wollen und sie für ein paar Tage zu einem Vorzeigebetrieb nach Bayern geschickt. Hier sollten sie sehen, was alles möglich war heutzutage: Melkkarussell und Computertechnik, tiefergelegte Melkstände, Bauern, die sich nicht mehr bücken mussten. Begehren löste sowas bei Hannes aber nicht aus, eher das Gegenteil. »800 Kühe in einem Stall, Papa«, hatte er angewidert erzählt. »Das ist doch krank!«

Was den Jungen ansonsten beschäftigte, wusste Sepp nicht. Er hätte gern gefragt, traute sich aber nicht. Hatte Angst vor den Antworten. Nur manchmal blieben sie sitzen, bis es in der Stube dunkel wurde, bis sie bloß noch ihre Umrisse sahen, dann beichtete Hannes manchmal eine schlechte Note. Oder dass es neulich gar kein Magen-Darm war, womit er den ganzen Tag im Bett gelegen hatte, sondern dass er mit Aron vom Steighof heimlich im Stadl zu viel gesoffen hatte. Sepp hatte gar nicht gewusst, dass es wieder eine Annäherung zur Steighof-Familie gab, er ging Andreas schon seit Jahren aus dem Weg. Mit einem, der ihm seine Niederlage als Bauer womöglich noch unter die Nase rieb, wollte er lieber nichts zu tun haben. Er hatte so schon an allem genug zu knabbern. Auch dass Michi Laimer ihm nach einer verhauenen Prüfung im Vorbeigehen »Bist halt nur ein dummer Bauer« zugezischt hat, erzählte Hannes seinem Vater. Und der war froh, dass sie im Dunkeln saßen, sonst hätte sein Sohn noch gesehen, wie er zuckte, weil ihn das so traf. Ein anderes Mal sagte Hannes: »Ich vermiss die Mama schon.« »Ich auch«, sagte Sepp in die Dunkelheit hinein. Am nächsten Tag taten sie es ab wie einen Traum, etwas, das in der Nacht geschah und sich im Tageslicht auflöste.

Sepp war froh gewesen, als Hannes dann irgendwann mit dieser Franziska ankam. Mit einer Frau würde dem

Jungen das Reden sicher leichter fallen. Nur dass sie ihm dann die Touristen auf den Hof lockten, damit konnte er nicht um.

Manchmal vermisste er die Gespräche mit Hannes in der dunklen Stube, vor allem nachdem dieser Anruf gekommen war. Mehr als zehn Jahre nach Rosas Tod. Es passierte öfter, dass längst verlorene Dinge wieder ans Licht kamen. Durch das ständige Umpflügen der Erde zum Beispiel. Am Gampenhof hob der Bauer staunend einen seltsam gedengelten kurzen Dolch aus der Ackerfurche. Woanders kamen alte Grenzsteine hoch, oder Kohle, die noch aus Zeiten stammen musste, als die ersten Bauern hier die Waldflächen niederbrannten, um Platz für Häuser und Weiden zu schaffen. Franz Schwarz hatte auf seiner Alm eiserne Pfeilspitzen gefunden, nachdem er die alte Hütte abreißen ließ. Er siebte dann auch den Rest der Erde darunter durch und fand noch einige weitere. Unweit der Kirche waren Bruchstücke von Tonschalen ans Tageslicht gekommen, und als dann Archäologen aus Bozen anrückten, waren die ein bisschen aus dem Häuschen, denn sie gruben ganze Siedlungsreste aus der Bronzezeit aus. Die Tiefenthaler beeindruckte es nicht sonderlich, sie wussten ja, dass sie schon eine Ewigkeit in diesem Tal sesshaft waren.

Manchmal war es die Erde, die etwas über die Vergangenheit preisgab, manchmal waren es die Häuser. Man fand Inschriften auf alten Balken, und in den

Fugen dazwischen fand man Briefe und Ausweisdokumente, Kämme und Haarnadeln, Notizen und Kartenspiele, manchmal auch Glücksbringer und Bannsprüche gegen Feuer, Krankheit oder Butterhexen, die die Milch verdarben; gerollte Zettel, versteckt unter der Schwelle der Eingangstür oder eingemauert über dem Türrahmen. Und als der Mitterhof entkernt wurde, wurden Dinge gefunden, die gar nicht von diesem Hof stammten, sondern von einem ganz anderen.

Der Anruf war von einem Mark Rößler gekommen. Er gab an, der Großneffe zweiten Grades von Louis und Mathias Unterholzner zu sein. Der Hof hatte lange leer gestanden und war vor Kurzem ihm zugefallen. Er wollte ein kleines Boutique-Hotel daraus machen, reduziert, naturnah, die alten Balken stehen lassen, ein paar blanke Mauerreste, ansonsten viel helles Holz und Glas, die Leute liebten sowas. Er redete sehr viel, bis er zum Punkt kam. »Und dann haben wir die Sachen gefunden, hinter einem der Dachsparren«, hatte er am Telefon gesagt. »Der Nachbar meint, da wäre etwas von Ihrer Mutter dabei und dass Sie sie vielleicht haben möchten.« Er kam noch am gleichen Tag vorbei. Teures Auto, Münchener Kennzeichen. Sepp meinte, etwas an seinem breiten Lächeln würde ihm bekannt vorkommen, war das bloß Einbildung? Mark Rößler hielt ihm einen gelblichen Umschlag entgegen. Mit verblasster Tinte stand nur ein Wort darauf. Rosa. »Ich weiß ja eigentlich kaum etwas über meine Verwandten aus dem Tiefenthal«, sagte der Münchner. »Aber der Nachbar, dem ich die Sachen gezeigt habe, der hat dann gleich gewusst, wo die Sachen einzuordnen sind.«

Sepp öffnete den Umschlag, befahl seinen Fingern nicht zu zittern, was zwecklos war. Es war ein Stapel Fotografien darin. »Aber über eins hat der Nachbar sich dann doch sehr gewundert«, sagte Herr Rößler gerade. Dieser Mensch hörte einfach nicht auf zu reden. Sepp wäre jetzt gerne allein gewesen, aber Herr Rößler redete einfach weiter. »Wir haben an der gleichen Stelle auch Dokumente gefunden, die aber nicht von Mathias waren, ihrem verunglückten Vater, wie man mir erzählte, sondern von seinem Bruder Louis.« Darüber wunderte Sepp sich jetzt allerdings auch. Er wartete noch, bis Herr Rößler vom Hof fuhr, dann nahm er die Bilder mit in die Stube, legte eins ums nächste nebeneinander auf den Tisch und betrachtete sie genau. Da stand der Garten, wie er früher war, wie Rosa ihn angelegt hatte. Da stand der Weizen, so hoch wie ein Mann. Da war die Mauer der alten Ackerterrassen. Da war sein lahmes Schaf Willy. Da war er selbst, ein kleiner Junge in kurzen Hosen. Und da war Rosa, in diesem geblümten Kleid, er hatte als Kind kaum je ein anderes an ihr gesehen. Wie glücklich sie in die Kamera schaute, mit diesem kleinen, hinreißenden Lächeln. Aber dann fiel es ihm wie Schuppen von den Augen. Es war gar nicht die

Kamera, zu der sie schaute, es war der Mensch dahinter, es war Louis.

Natürlich hatte er als Kind nie über sowas nachgedacht, man hat als Kind noch keinen Blick für sowas. Er konnte sich an ein paar gute Momente mit Louis erinnern, an Musik im Garten, an ausgelassene Sommertage. An eine Art komplizenhaften Beistand, der ihm guttat. Und den er vermisste, als Louis dann irgendwann verschwunden war. Er hatte ja immer weggehen wollen. Später erzählte Rosa ihm, dass Louis sich dem Bautrupp am Stausee angeschlossen und das Tal irgendwann schließlich für immer verlassen hatte. Aber was war dazwischen gewesen? Niemand geht doch einfach fort von einer Frau, die einen so anschaut, dachte er. Warum fragt man nicht?, dachte er weiter. Warum fragt man nach dem Wetter, fragt, wie es mit dem Vieh geht, fragt nach dem Essen, aber fragt nicht: Was treibt dich um? Was wünschst du dir? Fehlt dir was? Oder jemand? Bist du glücklich hier, und wenn nicht, wie könntest du es wieder werden?

Tiefwurzler

»Willst du einen Tee?«, fragte Franziska. Man konnte ja mal einen Anfang machen. Sepp saß auf seiner Terrasse über dem Hang in der Sonne. »Ein Schnaps wäre mir lieber«, sagte er.

Er schlich schon den ganzen Tag wie ein Gespenst herum, es entging keinem. Hannes wusste den Grund natürlich, es war jedes Jahr so an Rosas Todestag.

Franziska kam mit einer Flasche Vernatsch und zwei Gläsern wieder und ließ sich neben ihm auf die Bank fallen. Schnaps hatte sie auf die Schnelle keinen gefunden. Eine Weile saßen sie schweigend nebeneinander, dann bemerkte sie etwas in der alten Esche neben der Terrasse. Auf einem der Äste saßen Rotkehlchen, mindestens ein halbes Dutzend, das sah man eher selten. Und weil Sepp immer noch schwieg, zeigte sie auf die Gruppe und sagte: »Wusstest du, dass sie sich zusammentun?«

Er verstand nicht ganz.

»Die übrig gebliebenen Rotkehlchen. Nicht alle finden einen Partner. Manche von den Alleinstehenden tun sich dann zusammen, um nicht ganz alleine zu sein«, erzählte sie.

»So klein und so schlau«, sagte Sepp leise. Er war heute wie weichgeprügelt.

Ein Geräusch irgendwo vom Hof erschreckte die Vögel, sie flogen plötzlich alle auf und waren fort. Franziska merkte, ohne hinzusehen, dass etwas in Sepp zu beben begonnen hatte, tief drinnen. Sie stellte die Frage trotzdem.

»Fehlt sie dir?«

»Schon immer«, sagte er und schlug die Hände vors Gesicht, ein letzter verzweifelter Versuch, eine Barriere zu errichten. Aber das nützte auch nichts mehr. Er weinte, mitten am Tag, lange und laut. Es kam aus ihm heraus wie bei einem Dammbruch, endlich ein Riss in der Betonmauer, und alles floss dahin, wo es schon so lange hinwollte. Als es nachließ, als er dann wieder die Hände vom Gesicht nahm, war nichts passiert, die Erde drehte sich weiter, die Laufenten tauchten und schüttelten sich in ihrem kleinen Teich, glitzernde Wassertropfen flogen umher, Herkules döste in der Sonne neben seiner Hütte, ab und zu gackerte irgendwo ein Huhn. Und Sepp war noch immer ein Mann, und war noch immer ein Bauer.

Franziska war verlegen. Nicht weil es ihr unangenehm war, dass er geweint hatte, sondern weil ihr nichts Schlaues einfallen wollte, was sie ihm sagen konnte. Sie kramte in ihrem Psychiatrie-Schatzkämmerlein herum, in dem so viele Sprüche lagen, und überlegte angestrengt, welcher davon der richtige für ihn wäre. Doch noch ehe sie irgendwas sagen konnte, tat es Sepp.

»Wie geht es dir eigentlich?«

Sie lächelte, sie hatte nicht mit der Frage gerechnet. »Es ging mir ziemlich schlecht«, antwortet sie. Warum nicht ehrlich sein? »Es war, als ob man mich in einen dunklen Sack gesteckt hätte.« Dann überlegte sie kurz. »Aber jetzt bin ich, denke ich, übern Berg.«

»Hauptsache, du bist auf dem Berg, auf diesem hier, bei uns«, sagte Sepp, und darüber mussten sie beide lachen.

Er griff neben sich und reichte ihr das Album, in dem er Louis' Fotos einsortiert hatte. Es hatte einen braunen Ledereinband mit goldenen Schnörkeln am Rand. Eins der Bilder kannte sie schon, er hatte es ihr gegeben, damit sie es für die Hofmappe fotokopierte. Es war das Bild mit dem Haflinger. Mehr hatte er ihr damals nicht zeigen wollen, über mehr hatte er nicht reden wollen. Nicht dass noch irgendwas hochkam, das wehtat. Aber nun war es ja eh passiert, und er hatte es überlebt.

»Es gibt noch mehr von diesen Fotos?«, rief Franziska erstaunt und begann in dem Album zu blättern. Sie konnte sich kaum einkriegen. »Bist du das etwa? Du schaust ja aus wie Max, oder der Max schaut aus wie du. Das ist ja irre … Und so war der Garten früher? Wie hat deine Mutter das nur hinbekommen? Ich hab ja auch überlegt, ihn zu erweitern, genau in diese Richtung … Das ist doch nicht etwa Weizen da im Hintergrund? Wie kann es sein, dass der so hoch wächst, hier in dieser Lage? Wie hat sie das nur gemacht?«

»Ein paar Dinge weiß ich noch. Zum Beispiel, wie sie den Boden behandelt hat«, sagte Sepp. »Aber die Wahrheit ist auch, dass ich zu wenig zugehört, zu wenig gefragt habe. Wir waren viel zu sehr damit beschäftigt, gegeneinander zu kämpfen, und heut weiß ich nicht mal mehr warum.«

Sie legte ihm die Hand auf die Schulter, und sie schauten eine Weile schweigend auf die Berge.

»Wie macht ihr es jetzt?«, wollte Sepp wissen. »Was habt ihr denn nun alles vor?«

»Komm mal ein Stück mit«, sagte sie, und sie schritten zusammen die Hänge ab. Franziska zeigte hierhin und dorthin. Und Sepp sah ihren Handzeichen und Gesten hinterher, der Zukunft, die sie über den gerade ergrünenden Wiesen in die Luft zeichnete. Wo das Einkorn hinsollte und was sie mit dem Roggen vorhatten. Sie hatte sich richtig eingelesen, gab stolz ihr Wissen preis, erzählte von Sorten, die perfekt an die Bedingungen hier oben angepasst seien. »Wusstest du, dass die Wurzeln von Winterroggen achtzig Meter lang werden können, *achtzig Meter*, Sepp!«, rief sie, als würde sie es immer noch nicht glauben können. »So übersteht er den harten

Winter hier, gräbt sich einfach ganz tief ein, Intensivwurzler sagt man dazu«, fuhr sie fort. »Jeden Tag legen die Wurzeln mehr als zwei Zentimeter zu. Theoretisch könnte man ihnen beim Wachsen zusehen. Wusstest du das?«

Sepp nickte anerkennend, hatte er nicht gewusst.

»Und weißt du, warum der im Winter nicht weiterwächst, selbst wenn es zwischendurch mal wärmer wird?«

»Hab ich mich tatsächlich auch schon gefragt«, gab Sepp zu.

»Weil er sich nicht nach den Temperaturen richtet. Viel zu fehleranfällig. Die Pflanzen richten sich nach der Dauer der Sonnenstunden. Die zählen sie. Und erst wenn der Tag die richtige Länge hat, wachsen sie weiter. Ist das nicht faszinierend?«

Sie nahm etwas Erde in die Hand. »Es ist Erde, wir laufen darüber, die meiste Zeit beachten wir sie gar nicht«, sagte sie. »Aber eigentlich ist alles, was darin passiert, Magie.«

Fragen stellen, miteinander reden. Es war so einfach, es war so schwer. Aber sie übten sich darin, sie trainierten es wie einen Muskel. Am Anfang war es noch ungewohnt, es war anstrengend, und es tat manchmal weh, aber sie wurden besser darin mit der Zeit. Mit den Zyklen, die sie erlebten. Der Herbst kam, dann der Winter, und alles begann wieder von vorn. Ein kleiner Junge weinte und wurde auf den Arm genommen, eine Frau und ein Mann stritten sich und vertrugen sich wieder. Die einen wurden groß, die anderen wurden alt. Ende März hatte die Sonne den Boden genug gewärmt, es wurde Zeit, den Acker zu bestellen. Sie hatten ein Korn gewählt, das sich hier auskannte, unendlich tief wurzelte, robust war, und so ziemlich alles überstand, was sich ihm hier in den Weg stellen wollte.

Zur Mittagszeit machten sie eine Pause, saßen am Rand und aßen Brot, Käse und Speck. Überall in der Landschaft vor ihnen strebte neues, zartes Grün nach oben, erste Hummeln brummten durch die Luft, die nach feuchter Erde roch. Nur Ella hatte nicht rasten wollen, und so sahen sie ihr nach. Sahen, wie sie über den frisch umgebrochenen Acker schritt. In langen, aber vorsichtigen Schritten, den Rücken gerade, warf sie das Korn aus, mit einem Schwung, der perfekt war. Keiner von ihnen sagte etwas, aber sie alle sahen es genau.

Sie schritt über die Erde wie eine Bäuerin.

Danksagung

Von Herzen danke ich Familie Staffler vom Ortlerhof im Ultental – allen voran Silvia, die bis zum Schluss eine riesige Hilfe und Unterstützung war. Danke dafür sowie für die unvergessliche Zeit bei euch.

Meinem Verlag danke ich für die Begeisterung und das Engagement, die eine große Motivation für mich waren.

Danke Daniel Gruber für die Zeit, die ich in meinem eigenen Zimmer verbringen konnte, bis dieses Buch fertig war.

Für wertvolle Hinweise danke ich außerdem Bernd Sauer und Christian Lauenstein. Sabrina Görlitz sowie Thomas Schmidt bin ich dankbar, dass sie sofort an meine Idee geglaubt haben.

Die Autorin hat im vorliegenden Roman tatsächliche Ereignisse aufgegriffen, die sich in einer bestimmten Gegend zu einer bestimmten Zeit abspielten. Zahlreiche tatsächliche Abläufe und handelnde Personen sind verändert, ergänzt und in ihren Verschränkungen sämtlich romanhaft gestaltet.

Dieses Buch ist also ein Werk der Fantasie, in dem Fakten und Fiktion, Geschehenes wie Erfundenes, eine untrennbare künstlerisch verfremdete Einheit bilden.

Aus folgenden Songs wird in diesem Roman zitiert: